DOMPTEUR D'ANGES

ÉGALEMENT CHEZ POCKET

LE TUEUR INTIME

LE TUEUR DE L'OMBRE

APNÉE NOIRE

MIETTES DE SANG

SERRE-MOI FORT

DOMPTEUR D'ANGES

INEXORABLE

LES CICATRICES

LA CHAIR DE SA CHAIR

CLAIRE FAVAN

DOMPTEUR D'ANGES

LA BÊTE NOIRE
Robert Laffont

LA BÊTE NOIRE

Collection dirigée par Glenn Tavennec

ISBN : 978-2-661-27988-8
Dépôt légal : février 2018

Pour Gabriel.
Afin que chaque petit combat d'aujourd'hui
t'aide à dompter le guerrier qui est en toi
et te permette de devenir un Homme, mon fils.

Il y a quelques mois, jamais je n'aurais pensé rejouer à ce jeu tout droit sorti de mon enfance, mais il faut bien s'occuper l'esprit. Et entre ce divertissement puéril ou devenir fou, mon choix est vite fait. Alors, comme quand j'étais gamin, je m'amuse à accoler des mots ou des concepts qui n'ont rien à voir entre eux, juste pour découvrir lesquels résonnent en moi lorsqu'ils heurtent les limites du néant de mon existence.

En ce moment, je cherche une combinaison à la hauteur pour décrire l'emmerdeur qui me pourrit la vie. Quelque chose autour de sa lâcheté crasse, du dégoût qu'il m'inspire, de la terreur rampante que je ressens chaque fois qu'il entre dans mon champ de vision, qui fait que je suis contraint de masquer mes sentiments par peur des représailles. Genre une répulsion apprivoisée. *Ouais, ça me plaît bien, parce que, en aucun cas, détester quelqu'un ne peut se faire dans la nuance. La palette de couleurs passe du blanc au noir sans transition.*

C'est ma mère qui m'a appris à jouer à ça, sans le vouloir, évidemment. Elle adorait me lire des passages de la Bible et éprouvait une passion toute particulière pour l'angéologie... Et pendant qu'elle partait dans des envolées mystiques, j'imaginais le Créateur se marrer en envoyant des chérubins justiciers, aussi appelés les « glaives de Dieu », chasser Adam et Ève du paradis terrestre. Penser à ces poupons potelés une arme à la main et chargés de terrifier les premiers hommes, ça m'inspire des tas de choses.

Parce que les anges existent.

Je sais où les trouver.

LE DOMPTEUR

1

— Désolé, Faye. On a pris du bon temps, mais mon avenir est tout tracé et toi et cet enfant, vous n'en faites pas partie.

Les larmes aux yeux, Faye Ender tente d'argumenter, mais que peut-elle attendre d'un type comme Derek ? Compétiteur dans l'âme, fils de notables, déjà inscrit dans une grande université pour devenir avocat, il l'a toujours considérée comme un trophée remporté de haute lutte face à ses adversaires. Comment a-t-elle pu imaginer qu'une fille simple comme elle aurait une quelconque importance pour lui ?

Parce qu'il n'avait pas envie de prendre ses précautions, il lui a fait un bébé qu'il considère comme un obstacle en travers de sa route. Obstacle qu'il franchit sans peine.

— D'ailleurs, qui me prouve qu'il est de moi ? ajoute-t-il avec un air soupçonneux.

Faye Ender est un joli brin de fille. Courtisée par beaucoup de garçons à l'école, elle a fini par sortir avec celui du lot qui la respectait sans doute le moins. Cette phrase le montre.

— Comment oses-tu penser cela ? réplique-t-elle avec rage. J'étais vierge et il n'y a eu que toi !

Il hausse les épaules.

— Ça, c'est toi qui le dis.

Devant sa mine outrée, il fait machine arrière.

— Allons, soyons honnêtes l'un envers l'autre, Faye. Je ne supporterai jamais de vivre enchaîné avec toi pour de mauvaises raisons. Cet enfant, c'est une astuce grossière pour me piéger, admets-le.

Blessée au-delà de tout par ses mots et ce qu'il pense d'elle, elle lui tourne le dos et s'éloigne à pas vifs. Alors qu'elle sanglote au point de ne plus voir ni la route devant elle, ni les voitures qui la frôlent en passant, il ne lève pas le petit doigt pour la retenir.

Pendant le reste de sa grossesse, Faye se montre courageuse. Élevée dans un milieu très pieux, elle décide avec l'appui de sa famille de garder cet enfant. Ses parents auraient évidemment souhaité un avenir autre que celui qu'elle se prépare en devenant mère célibataire à seize ans, mais ils lui apportent un soutien sans faille.

Elle accouche donc d'un robuste garçon qu'elle élève de son mieux grâce à l'aide de sa mère et au travail de secrétaire que son père lui donne dans son cabinet médical à Eldorado dans l'Illinois.

Dès sa naissance, Max Ender, son fils, devient le seul homme de sa vie. Il faut dire qu'avec le comportement de ce salop de Derek, Faye est vaccinée. Elle consacre chaque seconde et tous ses espoirs à ce bambin. Elle ne manque aucun moment important de son existence. Attentive et protectrice, elle fait son possible pour qu'il ne souffre jamais de l'absence de son père.

Au fil des années, pourtant, Faye se rend bien compte que Max n'a qu'un faible intérêt pour l'école. Il préfère les activités manuelles, le grand air. C'est un garçon modeste, sans ambition, sans envies extravagantes, doté d'une capacité à comprendre ce qui l'entoure limitée à l'essentiel.

Elle s'inquiète énormément pour lui. Elle aurait aimé qu'il mène de grandes études, qu'il ait un métier brillant et rémunérateur, une vie de nanti… Oui. Elle espérait pour lui tout ce à quoi elle a renoncé à cause de sa naissance. Bref, l'inverse de ce que son fils semble rechercher.

Lorsqu'il atteint l'adolescence, Faye prie sans relâche pour qu'il trouve un travail honnête, pour qu'il n'ait pas de mauvaises fréquentations et pour qu'il ne se drogue jamais. Chaque matin avant de se rendre à son travail dans le cabinet du médecin qui a repris l'activité de son père après son décès, elle s'arrête à l'église pour s'agenouiller devant l'autel afin que Dieu entende ses prières.

Histoire qu'elle ne se fasse plus de mouron, il l'exauce. Tandis qu'elle vient juste de fêter ses trente-cinq ans, un camion la fauche sur un passage piéton.

Après sa mort, Max se retrouve seul. Alors qu'il a dix-neuf ans à peine, il hérite de la jolie maison familiale, au 1817 Organ Street à Eldorado et se voit brutalement propulsé dans l'âge adulte, lui que sa mère a toujours couvé d'un peu trop près.

Pour tout dire, elle a perdu beaucoup de temps et d'énergie à s'inquiéter pour rien. Peu intéressé par les études et les perspectives que cela aurait pu lui apporter, Max a interrompu l'école dès que cela a été possible. Il a donc perdu le contact avec les quelques camarades de son âge qu'il s'était faits au fil des ans. Il sort peu, évolue dans un cercle assez restreint de connaissances dont le vice le plus affreux est de s'enfiler deux bières par semaine au bar du coin. Max, lui, déteste le goût de l'alcool et l'idée de prendre de la drogue ne l'a jamais effleuré.

C'est un bon gars, simple et costaud, mais bien loin du demeuré que sa mère imaginait. Ses qualités manuelles lui assurent une place dans la société.

Il travaille chaque matin à la station-service locale comme mécanicien. Et l'après-midi, il exécute des travaux de jardinage ou de bricolage en ville. Son avenir d'homme à tout faire semble par conséquent tout tracé.

Il n'a pas de gros besoins et les revenus tirés de ses diverses activités lui assurent un train de vie modeste, mais suffisant. Pendant trois ans, les résidents prennent l'habitude de le voir monté sur sa bicyclette pour se rendre chez ses différents employeurs. Son planning ne désemplit pas. Sa réputation croît avec le bouche à oreille.

Max travaille entre autres pour une famille bourgeoise, les Legrand, sur Doc Road. L'été 1986, ils chargent Max de repeindre la façade de leur maison et des dépendances, un gros chantier de plusieurs semaines.

Leur fils Kyle, jeune prodige de douze ans, de retour de sa prestigieuse école pour surdoués et souvent livré à lui-même en raison des carrières respectives de ses parents, se prend d'amitié pour lui. Après lui avoir tourné autour pendant plusieurs jours, il finit par se joindre à lui. Très rapidement, il devient l'ombre de Max.

Et bientôt, ce n'est plus un, mais deux vélos auxquels les riverains doivent s'habituer.

Pendant un temps, Max trouve ça vraiment chouette, d'avoir un ami.

2

— Tu peux me passer la cisaille ?

Kyle la ramasse et la lui tend.

— Tiens.

Max s'en saisit et reste silencieux quelques secondes.

— Qu'est-ce que tu regardes ? demande Kyle, curieux.

— J'observe pour savoir quelle forme je vais donner à ces arbustes.

Kyle fronce les sourcils.

— Tu déconnes !

— Non. Il faut bien que je tienne compte de l'implantation de leurs branches pour les couper.

Kyle s'esclaffe.

— Ah ! OK… Comme chez le coiffeur !

Max lui passe un bras autour des épaules et le serre très brièvement contre lui.

— Reste tranquille maintenant, tu m'empêches de me concentrer.

Avec un clin d'œil, il le repousse d'un geste mou.

— Allez, file.

Affalé sur la pelouse, Kyle le regarde tailler la haie pour qu'elle soit droite et ne dépasse plus sur la route.

Il a beau appartenir à l'élite d'après son entourage, il adore Max. Sa façon simple d'appréhender la vie l'apaise. Ses parents lui mettent une telle pression sur les épaules qu'il se sent parfois au bord de l'implosion. Passer ses vacances d'été aux côtés de Max lui ouvre des perspectives insoupçonnées, lui donne la certitude qu'un jour il pourra échapper à son destin tout tracé de trader.

Max a vingt-deux ans. Il bosse pour qui il veut, quand il en a besoin financièrement, le tout dans un domaine professionnel qui lui convient à la perfection : bricoler, réparer et vivre en extérieur. Kyle l'envie, lui et cette liberté de choix et d'action.

Max procède à quelques retouches, et se recule pour observer l'effet d'ensemble.

— Parfait.

— Oui. Parfait, approuve Kyle.

Max ramasse les branches et les feuilles éparpillées sur l'herbe pour les mettre dans un grand sac en plastique, puis il frappe à la porte de la maison de Mme Jensen pour recevoir son dû.

— Où doit-on aller ensuite ? demande Kyle en bâillant quand il le rejoint.

Max se baisse pour regrouper ses affaires et les ranger dans un bac prévu à cet effet. Kyle l'imite et attrape la cisaille. Il la lui passe d'un geste distrait au moment où Max se penche en avant. La pointe coupante lui entaille la joue.

— Aïe ! Fais attention ! crie-t-il en portant sa main vers son visage.

Kyle se redresse comme un diable.

— Je suis vraiment désolé ! Pardon, Max. Laisse-moi voir.

Il pose les doigts sur les bords de la plaie et grimace en constatant la gravité de son inattention. À quelques centimètres près, il aurait pu lui crever un œil.

— Ça a l'air un peu profond. Tu devrais te rendre à l'hôpital.

Max ricane.

— Pour ça ! Non, je n'ai pas le temps. J'ai promis à Mme Briggs de réparer le broyeur de son évier aujourd'hui. Je suis certain qu'elle m'attend déjà et c'est à l'autre bout de la ville.

— Tu ne peux pas rester comme ça, argumente Kyle en voyant le sang de son ami sur ses propres mains. Je vais récupérer des strips adhésifs et du désinfectant à la maison. Je te rejoins chez elle, propose-t-il.

Max cède.

— D'accord. Mais essuie un peu tes doigts avant de partir. Si ta mère te voit dans cet état, elle va avoir une attaque.

Kyle attrape un chiffon et s'exécute.

— À tout à l'heure.

Il part en courant, saute sur sa bicyclette et file vers sa maison et vers son destin.

3

— Allô ?

— Max ? C'est la maman de Kyle à l'appareil…

Max se redresse sur le canapé pour attraper la télécommande. Il baisse le volume de la télé.

— Bonsoir, madame Legrand.

Elle hésite quelques instants.

— Je me doute que Kyle ne nous ferait jamais peur intentionnellement, mais il a peut-être oublié l'heure. Est-il toujours avec toi ?

— Kyle a une montre, ce n'est pas le genre de chose qu'il ferait.

Il entend sa voix se fêler au fur et à mesure qu'elle exprime son angoisse.

— Je suis très inquiète ! Auprès de qui d'autre pourrait-il être, d'après toi ?

Max secoue la tête comme si elle pouvait le voir. Il n'en a aucune idée.

— Il est reparti chez vous en milieu d'après-midi pour récupérer des pansements et je ne l'ai pas revu ensuite, réfléchit-il à haute voix.

— Il était blessé ? s'alarme-t-elle.

— Non, absolument pas. C'était pour moi, la rassure-t-il. Il m'a proposé de me dépanner pendant que je me rendais sur mon chantier suivant.

— Et tu l'as laissé traverser la ville seul ? s'indigne-t-elle.

— Madame Legrand, Kyle l'a fait des dizaines de fois avant qu'on se rencontre, lui rappelle-t-il avec douceur.

Il entend un sanglot briser la carapace qu'elle tente d'afficher.

— Je me sens perdue…

— Votre mari est-il présent ?

— Non…

Un petit silence s'installe entre eux. Elle finit par le rompre.

— Je vais appeler la police.

Max reste songeur. Aurait-il dû réagir plus tôt en ne voyant pas Kyle revenir ?

Un ado de douze ans possédant une NES et des jeux vidéo dernier cri a forcément mieux à faire que de suivre un gars comme lui pour le regarder tailler des haies ou retirer de la nourriture avariée d'un broyeur, même si ça n'a pris que quelques minutes pour régler le problème de Mme Briggs.

Sans oublier que les parents de Kyle n'approuvent pas tellement qu'ils traînent ensemble. Ils auraient pu lui interdire de ressortir de la maison. Bref autant d'hypothèses qui ont conduit Max à ne pas s'inquiéter outre mesure.

Quand il est rentré chez lui, il s'est assoupi. À son réveil, Max s'est collé devant la télé et n'a pas bougé du canapé depuis.

Or si Kyle n'est pas rentré chez ses parents, c'est très mauvais signe. Étant inscrit dans un pensionnat, il n'a pas d'autre ami que lui en ville et personne chez qui passer une soirée. Et surtout, ce n'est absolument pas son genre de disparaître sans prévenir qui que ce soit.

Sans perdre un instant, Max sort de chez lui et enfourche sa bicyclette. Il retourne devant la maison de Mme Jensen, sur Lee Road, là où il a vu Kyle pour la dernière fois et refait le chemin qu'il a dû suivre pour rentrer. En temps normal, Kyle aurait dû mettre une dizaine de minutes pour arriver à destination.

Malgré la nuit, Max surveille les bas-côtés en roulant très doucement. Après s'être creusé la tête pour trouver une explication, il en est venu à penser que Kyle a peut-être été renversé par un chauffard et abandonné à son triste sort.

Max pédale en zigzaguant d'un bord à l'autre de la route, scrutant les ombres. Il tourne dans Trolley Road et continue son manège. Soudain, il remarque un reflet sur sa gauche. Il s'arrête et pose son vélo en équilibre sur le trottoir. Il s'enfonce entre les arbres pour rejoindre l'objet qui a attiré son attention.

Le vélo de Kyle.

Max tourne la tête en tous sens, mais il ne voit rien avec la pénombre du sous-bois. Il avance à tâtons, trébuche sur le sol inégal et les racines qui dépassent.

— Kyle ?

Autant chercher une aiguille dans une botte de foin… Max emprunte un autre chemin pour retourner vers son vélo. Et soudain, le monde bascule devant lui. Il tombe lourdement au milieu des branchages et des cailloux. Ses mains sont tout écorchées.

— Merde !

Quelle idée aussi de se lancer en expédition dans le noir complet… Il se tourne et prend appui sur quelque chose de mou pour s'extraire du piège végétal dans lequel il est tombé. Il baisse les yeux et se retrouve nez à nez avec un visage grimaçant, celui qu'arbore le sweat préféré de Kyle. Et alors qu'il se dit que son ami portait justement ce vêtement aujourd'hui, il réalise l'évidence. Avec un cri horrifié, il retire ses mains du corps partiellement dénudé de Kyle.

Épouvanté, Max émerge de sous le couvert des arbres en courant, au moment où une voiture de police se gare le long du trottoir.

Un homme en uniforme en descend avec une mine sombre. Il remarque immédiatement les coupures récentes et la mise débraillée de Max.

— Bonsoir, Max. Que fabriques-tu dans le coin ?

— Oh, monsieur Taylor, c'est terrible !

— Calme-toi, Max.

— Je… il est là-bas… tout est ma faute ! Il était avec moi et…

— Qu'est-ce que tu dis ? De quoi tu parles ?

Max indique l'endroit d'où il vient.

— Kyle est là. Il est mort.

— Tu es sûr de toi ?

— Oui !

D'un signe, Taylor lui enjoint de ne pas bouger. Il attrape une puissante lampe torche dans sa voiture et rejoint le sous-bois. Il découvre rapidement la bicyclette qu'il inspecte avec attention.

Elle ne porte aucune trace d'accident. Les pneus sont intacts également. Taylor commence à avoir chaud comme si son corps se préparait déjà au choc.

Le cœur cognant contre ses côtes, il s'enfonce dans l'ombre.

Depuis le bord de la route, Max n'entrevoit bientôt plus que sporadiquement le cône de lumière de sa torche.

Puis, brusquement, le faisceau se met à danser dans tous les sens. Taylor émerge au pas de course, le teint livide. Il passe près de lui sans le voir pour rejoindre sa voiture. Il s'engouffre dedans afin d'appeler des renforts par radio.

— Il faut immédiatement boucler la zone. Et… demandez au légiste de venir…

Il repose sa radio, puis il se tourne vers Max.

— Tu vas devoir rester ici.

4

— Inutile de vous préciser que, sur ce coup-là, il va falloir être rapide et efficace. D'ailleurs, on va bénéficier d'un budget spécial pour pratiquer des tests ADN sur le corps.

Le capitaine dévisage ses hommes un à un.

— Les Legrand sont très respectés localement. L'assassinat de leur fils unique n'est pas seulement une tragédie, mais aussi un risque de pertes financières substantielles si cette famille d'investisseurs décide de quitter la région. Alors ? Qu'est-ce qu'on a ?

Taylor consulte ses notes.

— Je suis arrivé le premier sur les lieux. Max Ender sortait des bois à cet instant. Il avait l'air paniqué et il a tenu des propos assez confus.

Qui ressemblaient beaucoup à des aveux, pense-t-il in petto.

— C'est en fouillant les alentours que j'ai découvert le corps de Kyle, le pantalon tire-bouchonné sur les chevilles. J'ai compris immédiatement qu'il avait été violé.

— Qu'est-ce que Max faisait dans le coin ? s'enquiert le capitaine avec un froncement de sourcils.

— Il a dit que la mère de Kyle venait de l'alerter, ce qu'elle confirme. Il s'est mis à sa recherche parce qu'il s'inquiétait.

Un autre policier, nommé Drew, se penche en avant.

— Ces deux-là étaient tout le temps fourrés ensemble. Suis-je le seul à penser qu'il y a un truc louche là-dessous ?

Taylor secoue la tête pour chasser les images que son collègue tente d'implanter dans son esprit.

— Ils étaient amis.

— La mère l'appelle, insiste Drew, et il se rend subitement compte qu'il n'a pas suffisamment caché le corps ou alors il a envie de passer encore un peu de temps avec lui…

Taylor le coupe encore une fois.

— Tu vas fermer ta gueule ! On parle d'un gosse qui a été violé, tabassé à mort et achevé à coups de pierre dans la tête.

— Justement ! approuve Drew. Max était très proche du garçon. Il a reconnu être la dernière personne à l'avoir vu en vie et il a été surpris sur les lieux du crime. Il faut aussi que je parle des coupures qu'il a sur les mains et sur le visage pour que tu saisisses ?

Taylor voit que l'opinion des autres est déjà faite. Pourtant, Max a répondu à chacune de leurs questions sans opposer de résistance, sans avoir l'air inquiet et en témoignant d'une peine sincère. Taylor ne croit pas une seconde à son implication dans le meurtre du fils Legrand, même s'il n'a pas d'arguments à opposer à ses collègues.

— Convoquons-le et demandons-lui de s'expliquer encore une fois, décide le capitaine.

Max explique aux policiers les raisons de sa présence sur la scène de crime, du chiffon plein de sang découvert dans ses affaires, de son absence d'alibi après son chantier chez Mme Briggs, de ses nombreuses blessures sur les mains, mais il ne les convainc pas.

Alors qu'il se trouve encore sous le feu des questions dans les locaux de la police, un témoin inattendu se présente.

Taylor indique une chaise face à son bureau.

— Bonjour, madame Jensen. Prenez place. J'ai cru comprendre que vous vouliez apporter votre témoignage concernant le meurtre de Kyle Legrand ?

Elle hoche la tête.

— Max était chez moi pour tailler mes haies l'après-midi du meurtre. Comprenez-moi bien : je ne le surveillais pas. Je voulais juste voir où il en était, car j'avais un rendez-vous chez le médecin juste après.

Comme beaucoup de monde en ville, Mme Jensen apprécie beaucoup Max et a ressenti du chagrin pour lui à la mort de sa mère, une femme courageuse. Si elle s'est déplacée pour témoigner, ce n'est pas de gaieté de cœur. Il doit donc la pousser un peu pour qu'elle poursuive.

— Et…

— Je l'ai vu prendre le fils Legrand dans ses bras, lâche-t-elle en rougissant.

— Que s'est-il produit ensuite ?

— Kyle s'est écarté de lui.

— Il a repoussé Max ?

Elle visualise la scène dans sa tête avant de répondre :

— Je… je ne pourrais pas l'affirmer. J'ai simplement pensé que Max s'attachait beaucoup trop et que ça allait lui attirer des ennuis. La scène m'était sortie de la tête jusqu'à ce que j'apprenne qu'il était suspecté…

— Vous avez eu raison de venir, approuve Taylor.

Fort de ce nouvel éclairage qui fournit également un mobile pour le meurtre, l'enquête se focalise, dès lors, sur un unique suspect.

Le tueur a utilisé un préservatif, mais dès qu'un des cheveux de Max est retrouvé dans un repli du pantalon de Kyle, dès que le sang de Max est identifié sous les ongles, sur les vêtements de Kyle et sur la scène de crime, la griffure sur son visage et l'état de ses mains achèvent de sceller son sort. Convaincu à son tour, Taylor se décide à inscrire dans son rapport final les propos décousus de Max quand il l'a trouvé devant le bois. Des mots qui pris hors contexte sonnent aux oreilles de tous comme des aveux.

Pour les policiers, Max vit sans aucune fille dans sa vie depuis trop longtemps. Il s'en est pris à Kyle, soit sur un coup de folie, soit après une longue période d'approche qui s'est soldée par un échec. Kyle l'a griffé en se défendant. Max l'a frappé dans un accès de rage avant de le violer, puis de l'achever. Il a abandonné le corps sur place avant de paniquer et de revenir le chercher en pleine nuit pour le faire disparaître.

5

Max est officiellement inculpé et conduit à Harrisburg, au siège du comté de Saline, pour y être jugé.

Incrédule et complètement abasourdi par la tournure des événements, il rencontre l'avocat qui lui a été commis d'office, Donovan Moore. À peine plus âgé que lui, il doit avoir obtenu son diplôme quelques mois plus tôt, dans le meilleur des cas. Pour autant, il est déjà bouffi d'autosuffisance. Il ne lève même pas les yeux vers lui à son entrée, trop absorbé par la lecture du dossier d'un autre accusé, un comble ! Max s'assoit, patiente quelques minutes avant de marquer sa présence d'un toussotement. Moore daigne enfin lui jeter un regard.

— Le mieux à faire dans votre situation est de plaider coupable, monsieur Ender.

— C'est hors de question ! Je suis innocent ! réplique Max, piqué au vif par ce parti pris inqualifiable de la part de celui qui est censé le défendre.

— Soyez raisonnable. Les charges contre vous sont accablantes.

— Mais putain de merde ! Est-ce que vous m'écoutez ? s'insurge Max. Je n'ai pas tué Kyle !

L'avocat lui lance un clin d'œil blasé.

— Bien sûr...

— J'imagine que tous vos clients vous disent la même chose, mais dans mon cas, c'est la vérité ! plaide Max.

Moore lui adresse un regard excédé.

— OK... Si vous voulez jouer à ça, allons-y. Tentons de plaider non coupable. Avec les preuves que la police a contre vous, les aveux que vous avez faits – il stoppe d'un geste la tentative d'explication de Max – vous vous retrouverez enfermé à vie dans une cellule avec des gens qui vous feront payer très cher le fait d'avoir violé un gosse.

Max se redresse d'un bond.

— Vous ne m'écoutez pas ! Je ne plaiderai ni coupable ni non coupable. Je ne peux pas aller en prison, puisque je suis innocent. Quelqu'un va bien finir par s'apercevoir qu'il s'agit d'une erreur monstrueuse !

L'avocat se lève avec lenteur.

— Vous ne m'aidez pas vraiment, monsieur Ender.

Et il se dirige vers la porte.

— Où allez-vous ? supplie Max.

— Je vais avertir le juge que vous plaidez non coupable.

Il se retourne sur le pas de la porte avec une mine sombre de très mauvais augure.

— Et surtout, ne venez pas vous plaindre quand vous écoperez d'une condamnation plus longue que si vous aviez plaidé coupable.

Max en pleurerait de rage. Comment expliquer à tous ces gens qu'il n'aurait jamais fait de mal à Kyle ? Et surtout pas de cette façon ignoble.

Rien que de savoir qu'on l'imagine capable de violer son ami, puis de le tuer, il en a la nausée.

Il s'est arrêté au stade du pelotage à l'arrière de sa voiture, et ça juste avant d'abandonner ses études. Ensuite, ce n'est pas l'envie qui lui manquait de rencontrer une fille, mais plutôt le courage d'en aborder une, alors qu'il n'était qu'un homme à tout faire sans qualifications ni culture. Il a toujours eu une trouille bleue qu'on l'envoie promener. Au fil des ans, il s'est habitué à vivre sans amour et sans connaître le sexe. Et voilà le résultat !

Quelques semaines après cet entretien calamiteux, le procès de Max commence.

Pendant chaque séance, Max écoute attentivement les échanges, certain que quelqu'un va se rendre compte qu'il est innocent. C'est obligé ! Pourtant, les témoignages s'enchaînent, plus accablants les uns que les autres. Et le verdict tombe : la justice vient de le broyer entre ses bras puissants, comme une coquille de noix.

Moins de six mois après la mort de Kyle, les jurés et l'honorable juge Harrington condamnent Max à la réclusion à perpétuité sans aucune hésitation. Il évite de peu la peine de mort.

Le juge l'envoie à la prison fédérale Thomson, un établissement de sécurité maximale, empli de gens comme lui, précise-t-il, des détraqués sexuels de la pire espèce.

La salle d'audience se vide lentement. Donovan Moore se tourne vers lui en haussant les épaules.

— Ce n'est pas comme si je ne vous avais pas prévenu que ça allait se finir exactement de cette façon, n'est-ce pas ?

6

Tandis que le fourgon cellulaire avance sur une petite route isolée, Max, le regard braqué sur le paysage environnant, refuse toujours de croire que tout cela lui arrive vraiment.

Pourtant, le véhicule se rapproche inexorablement d'une série de bâtiments en forme de X immenses. Après un bref arrêt, le fourgon franchit une grille et s'engouffre dans l'enceinte de la prison.

En observant les murs gris, en entendant les cris qui s'échappent par les étroites fenêtres de la façade, en voyant les mines patibulaires du comité d'accueil qui se tient légèrement en retrait, Max a l'impression de sombrer.

— Tous dehors !

Max et les autres passagers descendent et sont pris en charge par cinq hommes à la silhouette épaisse et conduits à l'intérieur. Après les formalités administratives d'usage, la distribution de vêtements neutres et de quelques produits de base, ils parcourent des couloirs interminables sous les regards curieux ou les moqueries des prisonniers.

Ils installent les autres nouveaux venus dans leur cellule respective. Quand arrive le tour de Max, un des gardiens s'arrête, réclame l'ouverture de la porte par radio avant de le pousser à l'intérieur. Le confort est rudimentaire : à droite deux lits superposés, à gauche un lavabo et des latrines sans aucune intimité possible. Une ouverture à deux mètres du sol d'un mètre de long sur une vingtaine de centimètres de haut apporte un semblant de lumière. Juste de quoi ne pas devenir fou, selon les critères de Max.

Pendant qu'il prend conscience de son nouvel environnement avec une pointe d'incrédulité et de désespoir, un second maton discute avec son futur codétenu, un type à la carrure massive dont les bras sont couverts de tatouages obscènes.

— Tiens, Farmer ! Voilà un nouveau copain pour toi !

Le dénommé Farmer braque un regard porcin vers Max qui a envie de hurler qu'un homme innocent ne peut pas se retrouver dans cette situation !

Et pourtant, la justice vient de le juger coupable. Même en se conduisant le mieux possible, il devra purger une peine incompressible de trente ans. Dans le meilleur des cas, il aura plus de cinquante ans quand il sortira d'ici. Autant dire qu'il aura passé ses meilleures années enfermé dans cette cage.

Abattu, il baisse la tête sans se rendre compte qu'un drame se joue à côté de lui.

— Vu qu'il aime s'en prendre à des gosses, on s'est dit que vous vous entendriez à merveille.

Max sursaute. Paniqué, il jette un regard vers Farmer qui lui sourit d'une façon glaçante.

Il secoue la tête pour réfuter ces accusations et pour chasser les larmes d'humiliation et de terreur dans ses yeux.

— C'est faux, murmure-t-il d'une voix éteinte.

Les deux gardiens referment la grille et s'éloignent en riant de sa faiblesse. Max les entend parier sur ses chances de survie. Quand il entend le pronostic, il ferme les yeux et se met à prier le Dieu de sa mère. Si elle le voyait à cet instant…

Évidemment, Max ignore qu'en livrant une telle information à Farmer les matons ont scellé son destin. D'une part, ils savent que ce type est une enflure qui a démoli ses trois derniers codétenus de la pire des façons, et d'autre part, que c'est un bavard qui ne manquera pas de diffuser la nouvelle. Or, une fois lancée, elle ne tardera pas à faire le tour du bloc. Quand le mot sera passé entre les rangs des prisonniers, le nouveau va avoir un petit aperçu de ce qu'il a infligé à sa victime.

Car même les rebuts de l'humanité qui peuplent les couloirs de ce bloc ont un code de l'honneur. Et violer un enfant sort du champ du moralement acceptable pour eux.

Max ne tarde pas à s'en apercevoir.

7

Max avance rapidement le long des coursives pour rejoindre son poste de travail. Avec nervosité, il tourne la tête pour repérer d'éventuels ennemis en embuscade.

Après presque une année passée entre ces murs, il a appris par la force des choses à devenir prudent, paranoïaque et à se rendre aussi discret que possible. Sans succès la plupart du temps. Sous l'impulsion de Farmer qui a pris sa part avant de diffuser complaisamment la raison de son emprisonnement, Max est rapidement devenu le souffre-douleur du bloc.

Et encore ! Le mot « douleur » se situe souvent bien en dessous de ce qu'il éprouve. Rien dans sa vie d'avant ne l'a préparé à ce qu'il subit ici. Isolement, brimades et privations font partie de son quotidien. Proportionnellement, c'est presque ce qui le dérange le moins. Il a déjà été passé à tabac une dizaine de fois, violé à plusieurs reprises, blessé à l'arme blanche, frappé à coups de barre de fer…

À croire que, quand il s'agit de lui, les gardiens se volatilisent, comme par magie.

Max vit sous pression, un sentiment profond d'injustice greffé au cœur, la peur et la haine chevillées au corps en permanence. Il ne sait jamais d'où va venir le coup suivant, ni comment le parer. Lorsqu'il pense qu'un groupe de prisonniers s'est lassé de lui, un autre prend le relais. La boucle est sans fin.

En ce moment, c'est le gang d'un trafiquant de drogue qui s'attaque à lui. Ces connards frappent fort, très fort.

D'ailleurs, Max sort à peine de l'infirmerie avec de nouveaux points de suture. Un an et il est déjà couturé de partout. À quoi va-t-il ressembler dans deux, dix, vingt ans, trente ans ? Survivra-t-il à cela ? Et même si c'est le cas, que restera-t-il du jeune homme qui aimait jardiner et bricoler, qui rêvait de rencontrer l'âme sœur, qui avait trouvé son équilibre malgré ses deuils successifs ?

Enfin, il parvient à l'atelier. Avant d'entrer, Max chasse les larmes qui perlent à ses paupières. Inutile de montrer encore plus de signes de faiblesse. Il renifle et entre d'un pas vif.

— Tu es à la bourre ! crie Don Miller, le taulard à l'allure de vieux biker barbu et tatoué qui affecte les tâches.

— Désolé, marmonne-t-il.

Don sait qu'il devrait se montrer plus dur avec lui, mais Ender bosse sacrément bien. Il a un instinct inné pour réparer n'importe quelle panne. Et puis il paye déjà assez cher par ailleurs. Don l'observe du coin de l'œil tandis qu'il s'assoit en prenant garde à ne pas réveiller la douleur de ses différentes blessures. Son visage ressemble à un steak haché au niveau de la joue gauche, quant à la droite, elle porte encore les vestiges d'un arc-en-ciel de couleur dont la teinte est en train de virer au jaunâtre. Don ne peut pas s'apitoyer trop ouvertement sur son sort, pourtant il le plaint sincèrement.

— Bon… bon. Allez, au boulot.

Max commence à réparer la pièce qu'on lui a apportée la veille. Encore aujourd'hui, il est étonné que l'administration ait accepté de lui confier un poste comme celui-ci quand tout, par ailleurs, a été prévu pour qu'il en bave au maximum.

Ce job, c'est sa bouffée d'oxygène, les seuls moments de la journée durant lesquels il peut respirer librement, du moins autant que ses côtes cassées le lui permettent. Il se détend alors et laisse ses mains agir. Il peut presque imaginer qu'il est de retour dans sa vie d'avant.

Il est si concentré qu'il n'entend pas les autres bosser dans un joyeux brouhaha dont il serait exclu quoi qu'il arrive, ni le moment où les chaises raclent le sol parce qu'il est l'heure de retourner en cellule.

Tout en tournant sa clef de 10 pour resserrer un boulon, Max est obnubilé par le chiffre 1. Un comme un an seulement passé dans cet enfer à crever à petit feu. Et dire qu'il reste une trentaine d'années comme celle-ci à surmonter pour sortir de cet endroit.

— Ender…

La voix caressante et pleine de menaces s'insinue dans ses synapses. Son cerveau passe en mode alerte. Max se redresse pour faire face à trois détenus menaçants.

Max les connaît. Ce sont les trois exécutants de Juan Delgado : Jake, Snake et FG. Ils sont sur son dos depuis plusieurs jours.

— Qu'est-ce que vous voulez ?

Il déteste sa voix geignarde qui trahit sa peur.

— On vient finir notre boulot d'hier…

Finir…

Hier, un gardien a fait irruption dans le local où ils l'avaient coincé. Il s'en est bien sorti, si on peut appeler ainsi ce qu'ils ont eu le temps de lui infliger. Mais aujourd'hui, demain et ensuite ?

Snake s'approche et le pousse violemment. Déséquilibré, Max recule et trébuche sur des pièces métalliques sur le sol. Son épaule heurte le moteur qu'il réparait quelques instants plus tôt. Ses côtes se rappellent à son bon souvenir. Il grimace.

— Alors, sale enfoiré ! Tu joues moins au malin face à des hommes, hein ? Je sais que tu préfères t'attaquer à des enfants, mais prends ça !

Le premier coup de poing le cueille à la mâchoire. Max se mord la langue sous le choc. Sonné, il ne voit pas le suivant qui s'enfonce dans son estomac. Le souffle coupé, il tangue à l'aveuglette.

Un coup de genou atteint ses parties, il s'effondre en geignant. Au sol, il se recroqueville pour protéger son ventre et son visage de la pluie de coups de pied qui s'abat sur lui.

— Innocent… je suis innocent, gémit-il en sanglotant.

Et tandis qu'il ne cesse de répéter ces mots, ils rient et frappent encore plus fort.

Max comprend alors que ces grandes théories, innocence, désespoir, douleur, deuil sont inutiles face à eux. Ils n'auront jamais pitié de lui. Ils ne veulent même pas le tuer. Ils veulent juste qu'il souffre. Sauf qu'il n'a pas mérité ça !

Alors, pour la première fois depuis son arrivée ici, il se rebelle. Il ne prémédite pas son geste. Ce qui l'anime, à l'instant où il tend la main, c'est le sentiment de révolte et d'injustice qui lui ronge les entrailles depuis presque un an.

Il attrape le premier objet à sa portée et frappe de toutes ses forces. Il entend autant qu'il sent le choc suivi d'un cri de douleur. Ses agresseurs reculent.

Profitant de l'effet de surprise, Max se redresse en titubant. L'écume aux lèvres, il lève la clef anglaise devant lui.

FG est au sol et se tient le tibia. Les deux autres se tiennent prêts à riposter.

— Ah ouais… Tu veux t'amuser ?

Max secoue son arme pour la rendre plus menaçante qu'elle ne l'est en réalité.

— Allez vous faire foutre ! Je n'ai pas tué Kyle, bande d'enfoirés !

— Qu'est-ce que tu viens de dire ?

Snake avance d'un pas et Max projette son bras vers lui. La clef s'écrase sur le nez du taulard avec un bruit sec effroyable. Séché, il s'effondre comme une marionnette dont on aurait coupé les fils.

— Putain ! T'es malade ou quoi ?

FG rampe vers son pote pour lui prêter assistance. Max recule hors de portée. Jake observe la scène en retrait.

— Ça va te coûter très cher, Ender.

— Je t'emmerde, espèce de sale connard ! éructe-t-il.

Jake incline la tête, vaguement amusé par ce retournement de situation. D'un claquement de doigts, il ordonne à FG d'arrêter de jouer les chochottes et d'évacuer Snake. Supportant le poids du taulard évanoui, il sort en boitillant.

Jake sourit à Max.

— T'as fini par sortir tes crocs. Je me demandais comment une merde de ton espèce avait pu tuer un gosse. Je vois mieux à présent.

Soudain épuisé, Max baisse les bras.

— Il était déjà mort quand je l'ai trouvé ! Tu m'entends ? Ce n'est pas moi !

Jake hausse les épaules.

— Et alors ? J'suis pas ton avocat, j'en ai rien à cirer.

— T'en as rien à cirer de mon innocence ? Mais espèce de merde décérébrée, si je ne l'ai pas tué, rien ne justifie que vous m'infligiez tout ça !

— Mis à part le fait que ta sale gueule ne me revient pas ?

Alors, il ne s'agit que de ça ? Passer le temps ? Les sentiments ravageurs qui couvent en Max depuis son incarcération explosent brutalement. La colère l'aveugle. En deux enjambées furieuses, il couvre la distance entre eux. Il lève son arme improvisée et frappe. Surpris, Jake ne se protège pas assez rapidement. L'os de sa pommette vole en éclats. Il se retrouve un genou à terre.

— C'est pas moi le coupable ! Pas moi !

Max ponctue chaque affirmation d'un coup. Sous la violence des chocs, la peau du visage de Jake éclate. Le sang coule. Et cette vision galvanise Max qui voit là une chance de rendre la monnaie à tous ces enfoirés. Il frappe encore et encore jusqu'à ce qu'un coup atteigne la tempe de Jake. Déjà mal en point, il cligne des yeux une unique fois avant de s'effondrer.

Max reste en garde avant de se rendre compte, avec effroi, que Jake ne lui posera plus jamais de problème.

Il vient de tuer quelqu'un. Max sent un rire nerveux monter en lui. Ça y est ! Il est enfin là pour quelque chose ! Son hilarité s'éteint aussi vite qu'elle est venue.

Avec calme, Max essuie la clef sur les vêtements de sa victime. Les empreintes, surtout…

Il vérifie qu'il n'y a pas trop de sang sur son uniforme et il rejoint sa cellule au pas de course. Farmer est étalé sur son matelas comme une grosse fiente.

— Oh ! Ender ! Je commençais justement à penser que tu me manquais. Ça t'intéresse une petite séance entre nous, ce soir ?

— Ta gueule, espèce de gros pédé !

Il se jette sur son lit, sans prendre garde à la mine interloquée de Farmer.

— Qu'est-ce que tu viens de dire ?

Mort. Il est un homme mort.

— Je viens de dire que si tu approches encore une fois ta queue de moi, je te la ferai bouffer !

C'est sûr. Il va crever ici comme un chien.

8

— Monsieur Ender ?

Max cligne des yeux. La lumière filtre entre ses paupières, libérant la voie à une vague de désespoir.

— Vous m'entendez ? insiste la voix masculine.

Si Max voit toujours, s'il entend toujours, cela signifie qu'il a échoué. Il voudrait se lever pour finir le travail, trouver une solution radicale, mais une main douce posée sur son bras l'empêche de se redresser.

— Ne bougez pas trop.

En même temps, avec la dernière trempe qu'il s'est prise, il n'a plus aucune force. Trop de douleur, d'os brisés. Cette fois, ils se sont mis à quatre contre lui. Ils l'ont roué de coups. L'un d'eux lui a planté un tournevis dont il a préalablement aiguisé la tranche dans l'abdomen.

En entendant un bruit, ils se sont dispersés comme une volée de moineaux.

Max a juste trouvé la force de retirer l'arme improvisée de son ventre pour se trancher les veines avec. Puis il a perdu connaissance en espérant ne jamais revenir à lui.

— Monsieur Ender, je sais que vous êtes réveillé.

Inutile de reculer davantage. Il ouvre les yeux avec la rage au cœur, celle d'avoir survécu, celle de savoir qu'à peine sorti d'ici il va revenir avec d'autres blessures, d'autres souvenirs hideux et d'autres fractures à l'âme.

Un homme âgé d'une cinquantaine d'années, un inconnu malgré ses multiples séjours à l'infirmerie de la prison, est penché sur lui.

— Vous êtes réveillé. Parfait !

Il recule de quelques pas pour ajuster le robinet de la perfusion qui contribue à maintenir Max en vie.

Parfait ? Mais de qui se fout-il ?

— Vous êtes nouveau, ici, coasse Max.

— Oui. Je m'appelle Joseph Finley. Je viens d'arriver. Et au cas où vous vous poseriez la question, c'est Don qui vous a découvert baignant dans votre sang. Quand on vous a amené ici, il en a profité pour m'informer de ce que vous subissez.

Max observe son visage serein alors que les mots semblent si inoffensifs entre ses lèvres.

— Ce que je subis ?

Le médecin hoche la tête.

— Don n'a rien fait de répréhensible, puisque, quoi qu'il arrive, j'aurais consulté votre dossier.

Il le feuillette avec un air attristé.

— Depuis le début de votre peine il y a deux ans, vous avez été admis ici vingt-trois fois. Os brisés, passages à tabac, blessures par arme blanche, viols…

Pour la première fois, sa belle voix grave flanche. Il lance un regard en biais vers Max, comme pour mesurer pleinement sa misérable condition.

— Je pense que je vais vous garder quelque temps ici. Vous pourrez vous refaire une santé.

Presque involontairement, Max ricane.

— Pour qu'ils puissent recommencer dès que je sortirai d'ici. Merci bien, doc !

Finley a trouvé suspecte l'attitude des gardiens quand ils ont amené ce garçon à l'infirmerie. Lorsqu'un prisonnier subit ce genre de choses, il est isolé pour sa propre sauvegarde. Un tel dossier signifie que Max Ender ne bénéficie d'aucune mesure protectrice.

— Pourquoi recommencent-ils ? finit-il par demander avec une curiosité réelle.

Pourquoi ? Il y a d'abord eu la phase où il a payé pour son prétendu crime, puis celle durant laquelle ils ont maté ses tentatives de rébellion, ils ont ensuite voulu venger le meurtre de Jake et lui faire ravaler ses menaces à l'encontre de Farmer. Maintenant, ils s'amusent avec lui… par habitude.

— Vous êtes au courant de quoi au juste ?

Le médecin secoue la tête pour marquer son ignorance de ce qui peut exister au-delà du dossier médical de son patient.

— Je suis accusé d'avoir violé et tué un gosse, l'informe Max.

— Oh…

Max le toise.

— Eh oui : oh… vous comprenez pourquoi je ne sortirai pas d'ici vivant. Ils s'en foutent que la justice se soit plantée en me condamnant ! Que ce gosse, je le pleure encore parce qu'il était mon ami et pas parce que je le convoitais d'une façon immonde !

Max remarque alors la mine interloquée du médecin. Il baisse d'un ton.

— Je sais, vous vous en foutez de ma prétendue innocence ! Vous avez déjà entendu ça des centaines de fois…

— Max, l'interrompt-il, mon job, à moi, c'est de vous remettre sur pied. Et même si je veux bien vous croire, cela ne changera rien à ce qui vous arrive.

Il hausse les épaules en signe d'impuissance avant de vérifier le pansement qui entoure le poignet de son patient. Finley ne peut pas s'impliquer dans le dossier de Max si tôt après son arrivée au sein de cette prison. D'une part, il ne connaît pas les tenants et les aboutissants de son affaire et, d'autre part, il y a bien longtemps qu'il a arrêté de jouer les justiciers au grand cœur.

Le silence s'éternise quelques minutes avant que le médecin reprenne la parole.

— Pourquoi ne demandez-vous pas un transfert ?

— À quoi bon ? Avec ce dont je suis accusé, le lieu importe peu.

Max a bien fini par comprendre que la latitude qu'ont les taulards de lui tomber dessus n'importe où et n'importe quand n'a rien de naturelle. Ils sont encouragés et aidés dans leur démarche. Pour les matons aussi, Max doit payer.

— Vous allez donc accepter de crever ici ?

— Au cas où vous ne l'auriez pas remarqué, ça ne dépend pas que de moi. S'ils me tuent, tout le monde oubliera que je n'ai cessé de clamer mon innocence…

Le médecin affiche un air navré.

— Vous devez trouver un exutoire, ne serait-ce que pour conserver la raison.

Max cligne des yeux.

— Trouver un quoi ?

Le médecin s'éloigne vers son bureau et revient quelques minutes plus tard avec un livre dans les mains.

— Je l'ai acheté pour mon fils, pour son cours de français, mais j'ai l'impression que vous en avez davantage besoin que lui. Tenez ! Prenez-le. C'est un roman de Jules Verne.

— Qu'est-ce que vous voulez que j'en fasse de son putain de tour du monde ? Vous voyez pas que je suis coincé ici pour les trente prochaines années, moi ?

Finley hésite avant de le déposer près de la main de Max.

— Lisez-le. Lui et d'autres. Fabriquez-vous d'autres souvenirs, même s'ils proviennent des pensées des autres. Sinon, vous ne tiendrez pas. Profitez du temps dont vous disposez pour vous cultiver, pour apprendre.

La colère de Max retombe. Il regarde la couverture colorée.

— Je vais y réfléchir.

— Je sais que ce n'est pas la porte de sortie dont vous rêvez, mais c'en est une quand même, insiste le médecin.

9

— Ender ! Une visite pour toi…

En pleine lecture d'un traité de psychologie, Max pense que c'est une blague, vu qu'il n'a jamais reçu de visite depuis son arrivée.

— Oh ! Tu m'entends ?

Un choc résonne à côté de sa tête. Pas de quoi l'effrayer désormais. Après cinq années passées entre ces murs, il en faut désormais plus pour le faire réagir.

— Je pense que tu devrais venir, Max.

Étonné d'entendre son prénom, Max se tourne vers Karl Porter, le chef des matons. Celui-ci semble anxieux et vaguement inquiet, pour tout dire. Et pourtant, il fait partie de ceux qui lui ont bien savonné la planche depuis le premier jour.

Max hausse les épaules. Il pose son livre, se redresse et le suit en silence.

Ils traversent les couloirs. Bizarrement, chaque fois que Max croise le regard d'un gardien, il détourne les yeux, embarrassé et honteux.

Que se passe-t-il ?

Sa curiosité moribonde s'éveille.

Ils entrent dans la salle des visites. Porter l'invite à s'asseoir sur un banc et recule de quelques pas.

— Vous ne m'attachez pas ? s'étonne Max en montrant ses poignets libres.

— Non, non ! élude le gardien, visiblement très mal à l'aise.

— Bonjour, monsieur Ender.

Max se tourne vers la voix de ce nouveau venu.

— Ça, pour une surprise…

Donovan Moore, le retour… Son avocat plus riche et plus pédant encore que lors de leur dernière entrevue. Son putain d'avocat qui frémit en voyant sa pitoyable allure, ses traits creusés par le manque de sommeil et la paranoïa permanente imposée par son statut de paria, son visage défiguré par les coups et les cicatrices, son nez brisé à de multiples reprises, les points de suture sur sa joue gauche, la tension de son corps meurtri…

— Une bonne surprise, je vous l'assure, répond-il en s'asseyant en face de lui et en posant sa mallette sur la table, entre eux. Monsieur Ender, j'ai de très importantes informations à vous transmettre.

Le gardien recule dans un coin. Il semble presque chagriné. Tout comme l'avocat qui se racle la gorge avant de se lancer dans son explication.

— Le corps d'un deuxième enfant a été découvert à côté de l'endroit où celui de Kyle Legrand avait été retrouvé. Il a été violé et battu à mort, lui aussi.

Max ne voit pas le rapport avec lui.

— Qu'êtes-vous en train de me dire ?

Yeux baissés, son avocat s'explique.

— La police a mené son enquête et a fini par identifier le coupable.

Il lève une feuille devant ses yeux.

— Eddy Libermann, ça vous évoque quelque chose ?

Max réfléchit rapidement.

— C'est le patron de la banque d'Eldorado, non ?

— Exact. La police l'a interrogé. Il a alors admis avoir tué le petit Steve Dorset et… également Kyle Legrand.

Max le dévisage avant de se tourner vers le gardien qui observe le bout de ses chaussures avec une intensité suspecte.

— Vous voulez dire…

— Que vous êtes officiellement innocenté !

Max s'effondre sur sa chaise.

— Je vais sortir de prison ?

Moore approuve.

— Oui.

Max se lève, puisqu'il est libre, autant en profiter. Il se déplace pour se mettre dans le champ de vision de Karl Porter. Et tout en le fixant, il pose la question à son avocat.

— Avec la complicité des gardiens, j'ai été tabassé, violé, envoyé un nombre incalculable de fois à l'infirmerie…

— Justement, le coupe Moore, l'État de l'Illinois reconnaît votre innocence et votre emprisonnement abusif. Dans ce genre de cas, il est d'usage de prévoir une indemnité à la hauteur du préjudice subi.

Max a envie de rire.

— Voyons voir à combien ils estiment ma vie en miettes ?

— Hum…

Karl Porter rompt le contact visuel. Ender était peut-être innocent en arrivant, cela ne veut pas dire qu'ici il n'est pas devenu un coupable. Même si l'enquête a tourné court, faute de preuves, Ender s'en est violemment pris à Snake qui a toujours de sérieuses séquelles. Et pour ce qu'il en sait, il a probablement tué Jake. Il a aussi envoyé Farmer à l'hôpital en essayant de le châtrer dans son sommeil.

Il ouvre la bouche pour le lui signifier, mais Max se rapproche encore.

— En même temps, vous ne pouvez pas faire comme si je ne vous l'avais pas dit, hein ?

— Mais…

Pris d'une flambée de haine, Max se voit en train de serrer son cou entre ses mains, de frapper son entre-jambe avec frénésie, de taillader son ventre à coups de couteau. Bref, de rendre à cet enfoiré la monnaie de sa pièce.

En percevant son regard, Porter recule et se tasse contre le mur. Max se détourne de lui.

— Alors combien ?

— Je pense que compte tenu de la gravité des faits qui sont reprochés à cette institution, nous pouvons tabler sur plusieurs centaines de milliers de dollars de dommages. En période électorale, je vous garantis qu'ils feront tout pour étouffer l'affaire et parvenir à un accord rapide.

Max demeure silencieux quelques instants, le temps d'imaginer le pourcentage ramassé au passage par son avocat. Lui aussi, il aimerait bien le vider comme un poisson, sortir ses intestins entre ses doigts et voir sa vie s'échapper de lui au fil de la souffrance.

Encore une fois, sa réaction refroidit l'homme de loi.

— Monsieur Ender ?

— J'ai entendu. Quand sortirai-je d'ici ?

Moore se tourne vers Porter.

— Tout est arrangé, je crois ?

— Oui. Vous êtes libre. Vos affaires vous attendent à la sortie.

Max les suit.

Ce que ni Porter ni Moore ne mesurent pleinement, c'est que s'ils ont fait emprisonner un innocent, c'est un être assoiffé de vengeance et ivre de haine envers la société qu'ils contribuent à libérer.

Le Max Ender qui a pénétré entre ces murs n'existe plus. Celui qui a surgi des ruines de sa personnalité fracassée, de son corps martyrisé et de ses lectures orientées, personne ne le connaît, pas même Max. Mais il est impatient de tester sa détermination à rendre les coups.

Il retournera dans la maison familiale, maintiendra encore les apparences le temps de récupérer son fric, de la vendre, puis il disparaîtra de leur vie à tous. Il leur laissera le temps de l'oublier.

Et ensuite, à leur tour de connaître cette sensation de déchéance impuissante, de chute irréversible.

LES ANGES

I

FRÈRES DE SANG

10

Bien calée dans le canapé défoncé du salon, Suzy Keaton mâche son chewing-gum si bruyamment qu'une vache ne la renierait pas. Les yeux rivés sur l'écran de sa télé, totalement absorbée par les images qui défilent devant elle, elle essuie une larme sur sa joue tandis qu'un drame vient de se jouer dans sa série préférée *Sans pitié ni territoire*.

Nick Lebel est penché sur le lit d'hôpital de son ex-femme qu'il aime encore désespérément malgré leurs incessantes disputes. Elle a pris une balle à sa place et ça sous les yeux de leur fils, Alexis. Nick cache son visage plein de larmes entre ses doigts.

En retrait, son coéquipier et meilleur ami, Oliver Norek, lui promet qu'il va retrouver le fumier qui a fait ça. Il lui serre l'épaule d'un geste assuré avant de faire mine de sortir de la chambre.

Un sifflement strident retentit alors.

Les mains agrippées aux accoudoirs, Suzy sursaute. Son cœur s'emballe et sa bulle de chewing-gum lui explose en pleine figure. Non ! C'est impossible ! Les scénaristes ont-ils décidé de tuer l'ex de Nick ? Merde ! Elle a toujours cru qu'ils se remettraient ensemble, ne serait-ce que pour l'équilibre du petit Alexis qui a l'impression que tout le monde le hait depuis leur tragique séparation.

Un second sifflement en total désaccord avec les images à l'écran l'aide à comprendre que le bruit ne provient pas de la télé, mais de la réalité. Trop occupée pour répondre à cet appel, elle se met à crier.

— P'pa ! Un client…

En ne percevant pas le bruit de ses pas sur le plancher fatigué, elle comprend qu'il doit être en train de bosser sur le terrain.

— Merde… Merde !

Elle jette un regard désespéré vers l'écran du téléviseur. Elle n'a pas entendu un traître mot de ce que Nick vient d'avouer à son ex dans le coma, mais ça avait l'air très important.

À regret, elle quitte le canapé pour rejoindre l'accueil. Un type posté près du guichet observe les alentours les mains dans les poches. Quand il l'entend, il se tourne vers elle. Suzy retient son souffle en le découvrant.

Son visage assez mignon est celui d'un jeune homme. Suzy fronce les sourcils. Enfin… s'il n'y avait pas toutes ces cicatrices pour gâcher ses traits fins et séduisants, il serait vraiment canon. Pourtant, ce qui ressort le plus, c'est son regard chargé de colère, d'amertume et de souffrance. Tout cela mélangé donne l'impression que les épreuves ont fait de lui un centenaire, usé jusqu'à la moelle.

— Bonjour.

Sa voix est très douce, voire surprenante, pour son gabarit. Il passe une main dans ses cheveux châtains pour écarter une mèche trop longue qui pend devant ses yeux.

— Bonjour. Soyez le bienvenu. Vous voulez un emplacement ?

— Pour une caravane, approuve-t-il sans que ça soit utile vu que l'attelage est juste à côté de lui.

Suzy cherche à le cataloguer. C'est une caravane grand modèle, mais assez ancienne. Et son pick-up n'est pas non plus très récent. Il est fauché. Belle déduction, Suzy ! Pour atterrir dans ce camping, il faut au moins ça comme excuse… Sa gueule cabossée indique que c'est un bagarreur. Est-il en fuite ? Elle secoue la tête pour calmer son imagination débordante et revient à lui qui supporte son regard inquisiteur. Elle rougit et se tourne vers le tableau des réservations, pour faire genre.

Ha ! Ha ! Ha ! La blague… Il y a bien longtemps qu'aucun campeur digne de ce nom ne s'est arrêté ici. Comme si cette poubelle à ciel ouvert pouvait tromper des gens normaux plus de quelques secondes.

— Emplacement numéro dix-huit. Je vous montre ?

Il hausse les épaules et la suit à pied. Elle traverse le terrain de camping sur lequel s'entassent des mobile homes hors d'âge, des piles d'ordures que personne ne voit plus, des carcasses de voitures ou d'appareils électriques cassés et tout un tas de rêves brisés.

Personne ne peut préméditer de finir dans un endroit pareil. Personne, sauf lui qui semble être là de son plein gré. La curiosité de la jeune femme s'enflamme.

En les regardant passer, un chien attaché par une chaîne au pied d'une terrasse branlante aboie avec lassitude. Sa maîtresse, une matrone vêtue d'une nuisette en satin dix fois trop petite pour elle sort en beuglant pour lui coller une taloche derrière les oreilles. Le chien disparaît en rampant sous les planches disjointes avant qu'elle le rejoigne. Elle se penche en avant, ne laissant plus rien à l'imagination, tandis que son imposant fessier se retrouve exposé à la vue de tous.

Le type à côté de Suzy produit un bruit de gorge qui ressemble à un râle de stupeur. Elle se tourne vers lui et lui tend la main.

— Je m'appelle Suzy. Je suis la fille du gérant. Si vous avez besoin de quoi que ce soit…

Il la serre.

— Max.

Enfin, elle s'arrête pour lui montrer son emplacement.

— C'est ici.

Si la parcelle est vide, c'est parce que le vieux qui habitait là depuis presque trente ans a fini par mettre le feu à son mobile home en s'endormant, sa clope au bec. Le temps que les secours arrivent, l'incendie avait tout ravagé. Seules les cendres encore visibles sur l'herbe roussie et la façade noircie du mobile home voisin peuvent rappeler le drame récent.

Le seul qui s'est réjoui de la situation, c'est son père parce que le vieux ne payait plus son loyer depuis des mois.

Elle fait face à Max avec un sourire gêné.

— C'est un très bon emplacement… enfin…

Elle surprend alors son regard sur elle et sur ses formes maigrichonnes qui la désolent tant. Il baisse les yeux avec précipitation. Un silence pesant s'installe.

— Je prends la place, finit-il par lâcher.

Suzy l'observe à la dérobée. Il serait vraiment charmant, sans les balafres sur son visage, sans son nez de boxeur, sans cette lueur de folie dangereuse qui danse au fond de ses yeux.

— Installez votre caravane. Mon père passera vous voir si vous avez besoin d'eau et d'électricité.

— Merci beaucoup, Suzy.

Un frisson parcourt le dos de la jeune fille quand elle entend ces mots et qu'elle perçoit son faible sourire.

Sans le savoir, il vient de marquer des points cruciaux avec elle, parce que Suzy est en recherche désespérée d'attention et de reconnaissance. C'est presque maladif chez elle, ce besoin.

Elle a déçu son père dès sa naissance en n'étant pas un garçon. Même s'il s'est largement rattrapé avec les trois suivants, il ne s'est jamais remis de cette désillusion. Pire, il ne sait pas comment s'y prendre avec elle, ni quoi lui dire. Du coup, il l'ignore la majeure partie du temps.

Quand sa mère a fini par prendre la fuite avec un représentant de commerce de passage, Suzy s'est de facto retrouvée à la place de boniche laissée vacante.

Sa mère aurait sans doute voulu faire d'elle une fille respectable, mais son père s'est montré assez laxiste sur le sujet. Il n'a rien dit quand elle a arrêté l'école, ni quand elle s'est mise à fumer, ni quand elle est rentrée ivre la première fois, ni les fois suivantes d'ailleurs.

Il s'en fiche que tous les vendredis et les samedis soir, sa seule distraction consiste à aller dans un bar à quelques kilomètres de là pour trouver un mec avec qui passer la nuit ou même quelques minutes, elle n'est pas exigeante.

Même si Suzy rêve du grand amour, elle sait qu'une fille facile comme elle, pas très futée et pas très belle, peut faire une croix dessus avec les gars du coin. Or celui-ci n'est pas de là. Il ne sait pas ce qu'on raconte sur elle et il la regarde avec un certain intérêt.

Dès cet instant, Suzy jette son dévolu sur Max.

11

— Salut. Je t'ai préparé un gâteau aux pommes.

Max se redresse sur les coussins de son canapé et l'invite d'un geste à entrer.

— Merci, Suzy.

— Tu fais quoi ?

Souvent, il reste dans le noir. Par la porte ouverte de sa caravane, il écoute les bruits de la nuit : télé en sourdine, cris d'un couple qui se dispute, pleurs de bébé, musique country…

— Rien de spécial.

— Je peux ?

Il hoche la tête. Ils ont le même rituel, tous les soirs, depuis son arrivée un mois plus tôt. Elle ouvre le frigo pour attraper une bière, puis fouille ses placards à la recherche d'assiettes. Elle lui sert une part de gâteau avant de s'asseoir à côté de lui.

— Mange.

Il s'exécute en sachant ce qui va se passer ensuite. Il l'attend même avec envie, ce qui n'était pas le cas au tout début. Elle s'approche de lui. Elle tire sur la boucle de sa ceinture et ouvre son pantalon.

Max se détend, les yeux clos, alors qu'elle referme ses lèvres autour de son sexe. Il se laisse faire, sa main effleurant à peine les boucles blondes de Suzy qui s'agitent au gré de ses mouvements. Il savoure le fait de se sentir homme, après toutes les épreuves et les humiliations, même si ce sentiment de triomphe est bref comme l'orgasme qui le traverse et le fait gémir.

Elle se pelotonne contre lui avec dévotion. Max a fini par comprendre que Suzy tient vraiment à lui, à la manière d'un chien qui s'attache à son maître et en devient totalement dépendant. Suzy, c'est le genre de fille pot de colle dont on ne se débarrasse pas facilement, prête à tout pour le satisfaire et pour le garder.

— Tu te sens bien aujourd'hui ? s'inquiète-t-elle.

Suzy a parfaitement compris que Max a un passé très compliqué. Il a laissé filtrer quelques mots lorsqu'elle essayait de l'apprivoiser, mais elle a du mal à saisir en quoi cela l'empêche de coucher avec elle. Elle en crève d'envie. Tu parles ! Après un mois d'abstinence…

Elle se redresse et, avec une moue aguicheuse, elle retire les boutons de son chemisier qu'elle laisse ensuite glisser le long de ses bras. Max la regarde agir sans expression, tandis qu'il découvre sa poitrine menue et ses côtes apparentes. Elle fait glisser la fermeture Éclair de son short en jean et le retire. Elle est nue face à lui et lui tend la main.

— Viens.

Max hésite. Est-ce qu'on peut devenir un homme lorsque sa première expérience sexuelle consiste à avoir subi un viol dans les douches de la prison ? Il s'ébroue pour chasser ce souvenir et ceux qu'il draine dans son sillage. Et si, parasité par ces idées-là, il n'y parvenait pas ? Une petite voix dans sa tête lui murmure qu'il a eu plusieurs preuves du contraire depuis qu'elle a jeté son dévolu sur lui. N'a-t-il pas plutôt peur de cette première fois que Suzy sollicite avec insistance ?

— S'il te plaît, Max…

Sans même s'en rendre compte, il lui donne la main et elle l'entraîne vers le lit, dans la chambre à l'avant de la caravane.

Allongé sur le dos, Max assiste à la suite en spectateur conquis et ravi alors que Suzy prend les commandes. Elle sait exactement comment obtenir ce qu'elle veut et Max découvre enfin toute l'étendue de ce que la société lui a volé.

Quand elle se recouche à côté de lui, il lui caresse la joue. C'est plus qu'il ne lui a jamais donné. Suzy se relève avec le même regard qu'un cocker en mal d'affection. Pour elle, il n'y aura désormais plus que lui. Max vient de sceller son destin, leur destin.

Elle caresse doucement son torse couvert de cicatrices.

— Tu as eu mal ?

Il serre les dents et bloque ses doigts entre les siens. Elle capte sa souffrance et le voile de rage qui couvre son regard.

— Je ne sais pas qui t'a blessé ainsi, mais je voudrais qu'il paye…

— Moi aussi, Suzy… moi aussi.

À sa sortie de prison, il a dû retourner dans la maison de sa mère pour attendre son chèque d'indemnisation de la part de l'État de l'Illinois. Quand il a vu l'état des lieux, la façon dont les gens du coin avaient vandalisé son bien, il a senti sa rage décupler.

Plus question de bosser comme larbin pour ces enfoirés d'Eldorado, même si certains d'entre eux ont eu le culot de venir le solliciter avec des mines mielleuses et confites par le remords d'avoir contribué à son emprisonnement abusif !

Pour passer le temps, il a donc lu des ouvrages psychologiques très ciblés, des manuels de survie, des récits de soldats pris dans des conflits africains ou sud-américains, des revues de mécanique. Il s'est aussi occupé de faire les travaux et de remettre en état son domicile pour pouvoir le vendre.

Dès qu'il a reçu l'argent de l'État, puis celui de la vente de la maison, il a acheté un pick-up et cette grande caravane avec deux chambres. Ensuite, Max a pris la route sans trop savoir où aller. La seule chose qu'il voulait, c'était se sentir totalement libre de ses choix, disparaître et se fondre dans la nature pour préparer sa revanche. Il en veut au monde entier et le monde entier paiera pour ce qu'il a subi.

Ses choix l'ont conduit près de la prison où il a purgé sa peine. Pour le moment, sa haine est cristallisée là, vu que c'est entre ces murs qu'il a vécu l'horreur. Et c'est bien par là qu'il a prévu de commencer.

Ce camping devait être un simple point de passage, son camp de base pour procéder à ses premières frappes de représailles, mais cette fille tisse une toile autour de lui et l'englue dans la crasse et l'anonymat de ce lieu désolé.

— Tu n'as qu'à me demander n'importe quoi, Max. Je le ferai pour toi.

— Tu es bien sûre de toi, Suzy ?

— Oui.

12

— Non. Tu ne sortiras pas ! Il pleut beaucoup trop.

Tom se met à hurler d'une voix rendue suraiguë par la colère.

— Je veux y aller !

— Ça suffit comme ça, Tom ! le gronde sa maman.

L'enfant croise ses bras sur son ventre d'un air buté et se met à donner des coups de pied dans la chaise la plus proche en criant. Elle se tourne vers lui avec sa mine des mauvais jours.

— Tom Porter, monte immédiatement dans ta chambre ! Tu seras privé de dessert ! Et si tu ne te calmes pas très rapidement, tu seras aussi privé de tes dessins animés pendant une semaine.

Privé de dessert et de télé ! Choqué, vaincu, Tom recule hors de la cuisine et monte les marches de l'escalier en bois avec la délicatesse d'un troupeau de buffles lancés au galop. Il claque la porte de sa chambre et se jette sur son lit en pleurant.

C'est trop injuste ! À quoi bon lui offrir des bottes en caoutchouc et un parapluie à l'effigie de Superman, si c'est pour lui interdire d'en profiter ?

Après avoir lâché quelques larmes de crocodile vite séchées, Tom enfile sa paire de bottes toute neuve et rutilante. Il observe ses pieds avec un soupir de ravissement désespéré.

Moitié humain, moitié super-héros, Superman est son idole. Tom veut lui ressembler : il veut voler dans les airs, punir les méchants et qu'on ait peur de lui. Il veut…

Il relève la tête.

Un super-héros abandonnerait-il ainsi, au premier obstacle ? Non ! Superman ne recule devant rien ni personne.

Tom se lève et attrape son parapluie d'un geste décidé.

De toute façon, à la maison, celui qui lui fait peur quand il s'énerve pour le gronder, c'est papa. Et pour le moment, il est à son travail à la prison. Maman aussi le dispute parfois, mais elle finit toujours par lui offrir une sucrerie pour qu'il arrête de bouder.

Tom se glisse sur le palier. Il entend la voix de maman. Elle est au téléphone avec Patty, son amie. Elles jacassent, comme dit son père.

Tom descend lentement les marches, en silence cette fois. Arrivé en bas, il jette un coup d'œil vers la cuisine. Maman a la tête dans le frigo. Il franchit les derniers mètres vers la porte d'entrée.

La seconde suivante, il est dehors !

Quand il voit les trombes d'eau s'abattre sur le sol, il hésite un instant. Tom pose un pied sur la première marche de la véranda et s'assoit quelques instants. Il pleut vraiment beaucoup. Morose, il pose son menton sur ses poings et réfléchit quelques secondes avant de redresser la tête. Est-ce que Superman hésiterait, lui ?

Non ! Est-ce qu'il arrêterait de sauver le monde parce qu'il pleut ? Bien sûr que non !

Tom se lève et saute les trois marches en bois. Il atterrit dans une flaque d'eau et arrose ses vêtements et le mur de la maison. Il lance un regard capable de percer un mur en béton et ouvre son parapluie d'un geste théâtral.

— Superman ! Au secours !

— J'arrive, Loïs !

Il part en courant, le parapluie en avant comme un bouclier. Il saute d'une flaque à une autre et tente d'esquiver les éclaboussures qui dans son esprit d'enfant sont des projections mortelles envoyées par son ennemi.

— À l'attaque !

Sans même s'en rendre compte, il franchit le portail de la maison et débouche dans la rue. Avec ce temps de chien, elle est vide.

Là, un ennemi !

Il se cache en s'accroupissant le long d'un pare-chocs, avant de réaliser que Superman n'a pas besoin de s'abriter comme une mauviette ! Il surgit sur la chaussée au moment où une voiture blanche cabossée freine pour s'arrêter à côté de lui.

La fenêtre s'ouvre sur une fille aux cheveux blonds frisottés mal peignés. Elle porte une chemise blanche et une veste en peau de moumoute bleu turquoise. Son maquillage a bavé. Sur le siège, côté passager, Tom a le temps d'apercevoir un gars au visage abîmé.

La fille fait éclater sa bulle de chewing-gum et il fixe son attention sur elle.

— Salut, mon ange !

Passé le premier instant de frayeur, Tom se redresse.

— Salut.

— Pourrais-tu me dire où se trouve la maison de Karl Porter ?

Tom tape sur sa poitrine.

— C'est ma maison ! Elle est là, dit-il en la montrant du doigt.

— Quelle chance nous avons d'être tombés sur toi ! lui dit-elle en souriant.

— Vous connaissez mon papa ?

Il ne voit pas que l'homme est sorti de la voiture pour le rejoindre. Il le réalise seulement quand il se sent quitter le sol, emprisonné entre deux bras puissants.

Et comme, à cet instant, il comprend qu'il n'a rien d'un super-héros, il se met à crier. Sans effort, le type lui couvre la bouche et le porte jusqu'au coffre de la voiture. Il le laisse tomber à l'intérieur et referme le hayon.

Tom se retrouve dans le noir complet. Il a perdu son parapluie. Il a peur dans ses bottes de Superman. Terriblement peur.

13

— Ton nom ?

— Tom Porter.

La gifle le prend par surprise. Même dans ses pires moments de colère, papa ne l'a jamais frappé aussi fort. Sa joue le brûle comme s'il venait de la poser sur le fer à repasser de maman.

— Tu n'as pas écouté, Cameron.

À moitié sonné par le choc, la faim et le manque de sommeil, l'enfant cligne des yeux.

— Réfléchis bien…, lui conseille l'homme en montrant un emballage sur la table.

Tom considère ses options. D'un côté, il y a Tom Porter qui n'a pas mangé depuis deux jours et de l'autre…

— Je m'appelle Cameron, répond-il.

Max sourit.

— Bien. Très bien.

Il déballe un sandwich au jambon et le lui tend. Tom se jette dessus et le dévore avec appétit.

— Quel âge as-tu ?

Tom relève la tête. Inquiet, il cherche dans sa mémoire si l'homme a prononcé une parole à ce propos. Malgré tous ses efforts, il ne se rappelle pas. Ses yeux se remplissent de larmes et il protège instinctivement son maigre butin.

— Cinq ans…, tente-t-il.

Malgré son hésitation, Max approuve.

— Très bien. Prends ça, Cameron.

Il lui donne une canette de soda. Au moment où Tom pose les doigts dessus, l'adulte la lui reprend.

— Qui sont tes parents, Cameron ?

Tom déglutit, car ce mensonge-là est le plus douloureux de tous. Le prononcer à voix haute, c'est renier sa vraie vie, c'est admettre qu'il va passer un bout de temps avec ce gars qui le terrifie.

— Toi et Suzy.

— Parfait, approuve Max. Termine ton repas.

Tom finit de manger et de se désaltérer. C'est si bon après ces deux jours passés enfermé dans un espace réduit, sans eau ni nourriture, à grelotter de froid et de peur ! Il sent les larmes perler à ses paupières. Max secoue la tête pour montrer sa désapprobation.

— Sais-tu pourquoi je t'ai pris avec nous, Cameron ?

— Non.

Tom caresse un instant l'idée que s'il ne satisfait pas Max, il va le ramener chez lui. Max lui soulève le menton et son regard le tétanise.

— Je t'ai choisi pour que tu deviennes plus fort que tu ne l'aurais jamais été sans mon aide. Je vais t'apprendre à voir la société telle qu'elle est vraiment : corrompue, profondément injuste, autodestructrice, mauvaise… Grâce à moi, tu sauras éviter ses pièges et frapper avant qu'on ne te fasse du mal. Je vais te transformer en un super-prédateur apte à survivre.

Tom n'a pas compris un seul mot de son discours. Max s'en rend compte à cause de son expression vide. À cet instant, il se souvient des bottes de Superman qu'il a jetées dans une poubelle sur une aire d'autoroute dans la direction opposée à celle qu'ils ont finalement prise.

— Tu veux ressembler à un super-héros ?

Tom hésite avant de hocher la tête. Il ne voit pas trop le rapport entre se prendre des baffes et devenir quelqu'un de fort. Et sa mère lui manque terriblement. Il a envie de se blottir dans ses bras, de sentir ses mains douces passer dans ses cheveux, alors qu'elle l'embrasse au moment de le mettre au lit. Il a envie de lui dire qu'il est désolé de lui avoir désobéi parce que, sans ça, il serait encore avec elle. Elle doit être morte d'inquiétude.

Cette fois, plus rien ne peut endiguer ses larmes.

En voyant les perles translucides glisser le long des joues sales du gosse, Max se dit que son projet est délirant. Prendre cet enfant et le dresser à rendre les coups que lui a reçus, c'est juste impossible.

Et pourtant, le fils de son ennemi est bien là. Et après seulement quelques jours passés avec eux, il a déjà renoncé à certains pans de lui-même. Et comment pourrait-il en être autrement ? À cinq ans, tout reste à faire. Et c'est bien de ce vide que Max compte se servir pour assouvir sa vengeance.

Puisqu'on l'a accusé d'être un tueur de gosses, il va voler les enfants de ceux qui l'ont le plus meurtri. Il va reformater ces petits anges avant de les renvoyer déchirer leur propre famille.

Sa bulle d'euphorie vengeresse éclate quand il entend les sanglots désespérés de Cameron. Il pointe son index vers sa tête.

— Arrête de pleurer ! Sinon, je retourne chez toi pour tuer ta mère, ton père et ta famille entière ! Et si je m'aperçois que tu m'es inutile, je te tuerai, toi aussi ! Ils mourront par ta faute et pour rien.

Tom se fige. La voix douce de l'adulte est plus flippante que tout ce qu'il a connu jusqu'à présent.

— Cameron est quelqu'un de fort sur qui je peux compter. Dans l'état où tu es, tu ne me sers à rien, menace Max.

L'enfant renifle. Il s'essuie les yeux du mieux possible malgré ses larmes qui coulent toujours.

À cet instant, Suzy entre dans la caravane avec des sacs de courses en papier. Elle lui jette un regard neutre avant de s'approcher de Max.

— Tu as faim ?

Max cesse de s'intéresser à lui alors que Suzy range ses achats en lui racontant des trucs nuls à propos des vieux qu'elle a croisés dans la file d'attente à la caisse du supermarché et de quelqu'un qui lui a grillé la priorité à un carrefour.

— Une beigne de plus ou de moins ne changera rien à l'allure de poubelle de ta voiture, de toute façon.

Elle rit.

— C'est vrai, mais elle nous rend bien service.

— Je devrais peut-être t'en acheter une autre, moins voyante…

Tom se détend et les observe discrètement pendant qu'ils discutent du modèle qu'il pourrait lui payer. S'il a pu imaginer que cette fille interviendrait en sa faveur, il a vite saisi qu'elle ne comptait pas s'en mêler.

— Bien. Retourne dans le tiroir.

Il lui faut quelques secondes avant de comprendre que Max s'adresse à lui. Tom n'en a absolument pas envie, mais un regard menaçant de Max le convainc de ne pas trop résister. Il se lève et rejoint la chambre avec un grand lit. Il pourrait se coucher dessus, ne pas faire ce qu'on lui a dit. La main sur la poignée du tiroir roulant, Tom hésite.

— Tu n'es pas en train d'essayer de désobéir, j'espère…

Les épaules de Tom s'affaissent. Il tire le compartiment vers lui et s'y glisse, prêt à passer une nouvelle nuit loin de chez lui.

14

Tom se réveille en sursaut quand il sent du mouvement autour de lui. Il veut s'étirer, mais se cogne les poings contre une matière dure. Il se souvient alors qu'il a passé la nuit dans un tiroir et que si tout bouge ainsi, c'est que Max est en train de le tirer de sous le lit.

Comme chaque matin depuis son enlèvement, quand il prend conscience de sa misérable situation, il a envie de se mettre à pleurer et comme tous les matins depuis que Max a menacé de tuer sa famille, il retient ses larmes. De la lumière entre à flots par les fenêtres de la chambre. Tom cligne des yeux et lève sa main pour se protéger.

— Debout, Cameron !

Le gamin obéit à contrecœur. Max lui montre une porte sur la gauche, après la cuisine.

— Va te laver.

Tom entre dans la salle d'eau. Il y a un petit W-C chimique, un lavabo encastré dans un meuble en bois, et un bac de douche. À côté du lavabo, Suzy a déposé un carré de coton, une brosse à dents ainsi que des vêtements propres pour lui. Il s'assoit sur les toilettes et se soulage. Puis il enjambe le rebord de la douche sous laquelle, pour la première fois depuis son arrivée, il se détend. Il n'a pas fini de se sécher quand Max frappe à la porte.

— Sors de là, tout de suite !

— J'ai presque terminé !

Il s'habille aussi vite qu'il le peut et émerge de la salle d'eau dix minutes après l'ultimatum de Max.

— Assieds-toi à table.

Il pose un livre devant lui.

— As-tu appris à lire ?

Tom sait colorier sans déborder, déchiffrer quelques lettres et écrire son prénom, mais pas plus. Il secoue la tête.

— Non, mais maman me lisait…

— Les livres sont un produit de la société à fuir par tous les moyens, le coupe Max. À travers eux, les gens qui vivent dans le système répandent leurs idées nocives. Endoctrinement, propagande, instauration d'un climat de peur, pose d'un cadre émotionnel défini qui te conditionne pour la vie entière…

Il marque une pause pour observer la moue de Cameron qui se sentait bien loin de ces mots incompréhensibles quand sa mère lui lisait des histoires avant qu'il s'endorme.

— Tu n'es pas d'accord, Cameron ?

Tom repense à son histoire préférée, un petit garçon qui parcourait le monde pour capturer des bruits afin de les ramener aux gens de son pays dépourvu de sons. Il revoit les mimiques de sa mère lorsqu'elle imitait le chuchotement du vent, le clapotis de la pluie, le roulement du tonnerre…

La gifle le prend totalement au dépourvu. Ce bruit-là, il ne l'a pas entendu venir.

— Je t'ai posé une question, Cameron.

— Je n'ai pas compris, pleurniche le gosse, une main posée sur sa joue.

Avant son incarcération, Max n'était pas du tout cultivé, mais depuis il a rattrapé son retard. Les livres lui ont fourni les réponses aux questions qu'il pouvait se poser sur l'endoctrinement, l'apprentissage et toutes les autres facettes du dressage du gosse.

Il a longuement pesé le pour et le contre avant de se décider à apprendre à lire à Cameron. Finalement, il a estimé qu'il faut connaître son ennemi pour pouvoir le combattre. Et il ne veut pas que sa création soit illettrée et incapable d'être autonome en cas de nécessité.

— Je vais t'enseigner la lecture, car tu en auras besoin pour accomplir ta mission, soupire Max avant de reprendre d'un ton plus menaçant, mais tu devras toujours garder à l'esprit que les mots que tu auras sous les yeux ont été écrits pour te tromper et te manipuler. Tu m'entends ?

Tom approuve en reniflant pour retenir ses larmes de douleur. Pendant plusieurs heures, Max l'entraîne donc à reconnaître les lettres et à les tracer sur une feuille. Quand il s'estime satisfait, il se redresse.

— Lève-toi, Cameron, et ôte ton T-shirt.

Son ton ne lui dit rien qui vaille, mais le petit obéit craintivement pendant que Max abaisse les stores des fenêtres. Tom a encore la joue brûlante, alors il espère qu'il ne va pas s'en ramasser une autre. Max pose ses mains sur la boucle de sa ceinture et, avec des gestes précis, il la retire.

— Tourne-toi, Cameron…

En tremblant, le gosse s'exécute. Max sait qu'ils sont seuls ou presque dans ce camping. Leur emplacement est éloigné des oreilles indiscrètes. Le premier coup fait hurler de douleur Cameron pendant que le cuir mord la peau de son dos. Max le frappe encore trois fois.

— Est-ce que tu sais pourquoi je fais ça, Cameron ?

Tom sanglote tellement fort qu'il ne parvient même pas à répondre. Il secoue donc la tête.

— Premièrement, je t'ai ordonné de sortir de la salle d'eau et tu m'as fait attendre. Deuxièmement, tu n'as pas répondu immédiatement à ma question concernant les livres. Troisièmement, tu m'as parlé de ta mère et si tu recommences une seule fois, je la tue. Quatrièmement, tu pleures comme une fillette alors que tout cela fait partie de ton entraînement de base destiné à t'endurcir. Tu comprends ?

Tom approuve plus par peur que par adhésion. Il renifle et essuie ses joues.

— Comment t'appelles-tu ?

— Tom…

Le ceinturon s'abat une fois de plus. Il crie.

— Ton nom ?

— Cameron ! Je m'appelle Cameron ! sanglote-t-il.

— Bien.

Tom entend le tintement de la boucle de ceinture pendant que Max la repasse dans son jean.

— Il va falloir faire mieux que ça si tu veux manger, Cameron.

Il l'oblige à s'asseoir sur le canapé à côté de la table tandis que Suzy et lui déjeunent. Le ventre de Tom gronde bruyamment. Il crève la dalle et les odeurs et la vue de la nourriture constituent la pire des tortures. Pourtant, Max ne lui donne pas une seule miette de pain, ni une goutte d'eau. Rien. Pendant que Suzy se lève pour laver la vaisselle et ranger les affaires, Max se met à déambuler devant Tom. Il se lance dans une longue démonstration pour lui prouver que la société est mauvaise, pour dénoncer ses mensonges et l'avertir de ses dangers. Tom essaie de se concentrer, mais comme il ne comprend pas la moitié des mots qu'utilise Max, il finit par perdre le fil de son discours.

— Pourquoi dois-tu fuir tout ce qui vient de la société ?

La voix de Max claque comme un coup de ceinture au moment où Tom s'y attend le moins. Il est trop jeune pour avoir capté autre chose qu'une idée réductrice issue des paroles bien trop compliquées de Max.

— Parce qu'elle est mauvaise.

Max ne semble qu'à moitié satisfait de la réponse.

— Dis-moi la vérité. Tu n'écoutais pas, Cameron ?

— Si !

— Je déteste les menteurs. Lève-toi et retire ton T-shirt.

Avant même de recevoir son premier coup, Tom pleure déjà. Il crève de trouille et de douleur. Rapidement, il s'effondre et se roule en boule sur le sol jusqu'à ce que Max arrête de le frapper.

— Retourne dans le tiroir.

Craignant un piège, Tom hésite avant de se relever en gémissant. Il rejoint la chambre et se recroqueville dans l'espace minuscule avec un réel soulagement. Qu'importe l'étroitesse des parois, les épreuves sont finies pour aujourd'hui, il se trouve enfin dans un refuge sûr.

Le lendemain matin, Max le réveille et l'envoie dans la salle d'eau. Tom a tellement mal qu'il peut à peine bouger et encore moins se laver. Il sort quand Max le lui demande. Ensemble, ils révisent les lettres apprises la veille. Fatigué par une nuit durant laquelle son dos l'a fait souffrir le martyre, Tom se trompe plusieurs fois.

Comme la veille, Max dresse le bilan de ses erreurs qui lui valent deux coups de ceinturon. Tom n'a pas non plus le droit de manger.

Avec sa voix au ton hypnotique, Max démarre sa mise en garde contre les ruses de la société parmi lesquelles l'attachement sentimental et l'amour filial constituent les pires hérésies. Tom plonge dans un état apathique. Résultat, il se trompe en répondant aux questions qui suivent et s'il ne pleure pas quand la sanction tombe, c'est juste parce qu'il perd connaissance sous l'effet de la douleur.

Le but de Max étant de le dresser et non de le tuer, il consent à donner à manger à Cameron ce soir-là avant de le renvoyer dans le tiroir. Et le rituel reprend le lendemain.

Avec ce qu'il subit jour après jour, Tom se rend bien compte qu'il n'a pas les aptitudes nécessaires pour survivre à la douleur, à la faim, aux séances d'interrogatoire, d'apprentissage et de reformatage, aux brutales sautes d'humeur de Max, aux privations qui se succèdent en une ronde sans fin. Ce que Max attend de lui, c'est qu'il ne commette plus d'erreurs, qu'il écoute et retienne les leçons, qu'il ne pleurniche plus sous les coups et qu'il devienne plus fort qu'il ne pourra jamais l'être.

Malheureusement, Tom a connu le bonheur et les souvenirs sont durs à chasser : papa, maman, la maison, ses grands-parents, ses amis, tonton Sean et sa copine Hilary…

Chaque fois qu'il pense à eux, il a mal. Peut-être qu'il faut effectivement laisser une chance à ce Cameron, lui qui n'a pas de passé, ni d'avenir.

15

Cameron regarde ce qui l'entoure avec une surprise non feinte. Le monde est si bruyant, si coloré… Il l'avait complètement oublié.

Tandis que des souvenirs de son ancienne vie font mine de revenir, il les bloque sans peine. Ils sont devenus si pâles au fil des mois.

Il n'a aucune idée du temps écoulé depuis qu'il a rejoint Max et Suzy. Ses journées s'écoulent quasiment toutes de la même façon entre les séances de dressage, crever la dalle, les coups, et les leçons. Les seuls moments où le rituel change, c'est lorsque Max déplace sa caravane d'un camping à un autre, sans doute pour éviter les questions embarrassantes. Cameron reste alors enfermé dans le tiroir et n'a le droit de sortir qu'à la nuit tombée. Et ça jusqu'à ce que Max soit rassuré sur leurs voisins éventuels.

Cameron est toujours surveillé, jamais laissé seul alors que l'idée de fuir ne l'a jamais effleuré. Il n'est d'ailleurs jamais sorti de la caravane avant aujourd'hui. Ainsi, même s'il sait lire à présent, même si sa vie en dépendait, Cameron ignore tout des lieux de sa détention.

Et brusquement, il se retrouve en liberté, dans un parc, au milieu d'autres enfants qui courent et hurlent. Cette effervescence lui donne le tournis après tous ces jours et ces nuits passés dans un isolement total avec la faim pour seule compagne. Il lève les yeux vers Suzy qui lui donne la main. Ce contact le rassure, lui fournit un repère.

Y a-t-il eu des signes avant-coureurs de cette soudaine confiance ? Dorénavant, il comprend presque chaque sermon de Max, même s'il est encore régulièrement puni. Parfois parce qu'il le mérite, d'autres fois par principe, ou parce que cela fait partie de son entraînement. Cameron sait qu'il est devenu plus résistant à tous les niveaux. Il obtient assez souvent des récompenses, il obéit sans faire d'histoires, il ne pleure quasiment plus… Et l'étape d'aujourd'hui prouve à elle seule que Max est très satisfait. Un nouvel enfant doit les rejoindre et c'est lui qu'il a chargé de la mission, c'est dire !

Cameron suit Suzy avec docilité pendant qu'elle louvoie pour atteindre leur proie. Elle se penche vers lui.

— Il est là.

La vue de ce gosse perturbe Cameron, car l'équilibre précaire auquel il a dû s'habituer va être chamboulé. Qui va lui apprendre à être fort si Max s'occupe de quelqu'un d'autre ?

Rien que pour ça, ce gamin, le petit-fils d'un gars après qui Max est très remonté, mérite ce qui va lui arriver. Cameron va jouer son rôle d'appât pour capturer ce James Harrington, sans aucun état d'âme.

Suzy lâche la main de Cameron. Elle s'assoit sur un banc et le pousse en avant pour qu'il aille se mêler aux autres enfants. Il s'exécute. À petits pas, il rejoint James. Cameron vit hors de la société depuis très longtemps. Il ne sait plus rien des rapports entre enfants, heureusement que Max lui a dicté ce qu'il devrait dire.

À vue de nez, James doit avoir cinq ans. Physiquement, il est plus costaud que Cameron. Ses cheveux blonds sont coupés en brosse. Ceux de Cameron sont noirs et assez longs dans la nuque. Les différences ne s'arrêtent pas là. Ce gamin a une moue butée qui montre clairement que c'est un petit dur.

Cameron a envie de rire en songeant à tout ce qu'il va découvrir sur lui-même entre les pattes de Max. Il lui lance un pari muet pour savoir combien de temps il va garder cette expression arrogante.

Il s'approche et se laisse tomber à côté de sa cible.

— Salut.

— Salut, lui répond distraitement James en tassant du sable dans son seau.

Cameron ne se laisse pas démonter.

— Je peux jouer avec toi ?

— Si tu veux…

Pendant quelques instants, Cameron se laisse glisser dans son ancienne peau. Les gestes de l'enfance lui reviennent : enfoncer la pelle dans le sable, remplir le seau, le retourner et voir naître une tour imprenable, puis créer des remparts infranchissables et creuser des douves remplies de piranhas. Son imaginaire d'enfant de six ans s'emballe alors qu'un château fort avec une princesse à sauver prend forme sous ses yeux. James et lui s'en donnent à cœur joie, jusqu'au moment où Cameron relève la tête et croise le regard mécontent de Suzy. Il pose la pelle et le seau et revient à sa mission.

— Tu aimes les animaux ?

James se tourne vers lui avec un sourire plein d'envie.

— Ouais, pourquoi ?

— Ma chienne a eu des petits. Tu voudrais les voir ?

Ces mots ont un effet magique sur James. Max a empoisonné le chien du gosse. Tu parles qu'il aimerait le remplacer ! Il se lève.

— J'adorerais. Ils sont où ?

— Sur le parking. Mon père veut les donner. Si t'en veux un, il faut te dépêcher.

James se relève, époussette son pantalon.

De façon coordonnée, Suzy a changé de banc. Elle ouvre une canette de Coca, préalablement secouée, et asperge la mère de James. Avec des excuses plein la bouche, elle propose de l'accompagner aux toilettes pour l'aider à se nettoyer. Du coin de l'œil, elle voit les gosses qui s'éloignent. Dès qu'ils sont hors de vue, elle se consacre entièrement à la robe tachée. La mère de James s'énerve, l'insulte presque. Suzy encaisse sans broncher. Après un temps raisonnable à se faire traiter d'empotée, elle se redresse.

— C'est un accident et je vous ai dit que je suis désolée !

Elle fait volte-face et disparaît. Elle est déjà loin quand elle entend les appels désespérés de la mère de James qui cherche son enfant.

Suzy monte dans sa nouvelle voiture à côté de Max. Elle regarde sur la banquette arrière. Cameron lèche une énorme glace, sa récompense pour avoir ramené sa prise.

16

Randall pleure toutes les larmes de son corps. Il ne trouve même plus la force de crier quand le cuir entre en contact avec sa peau. Seuls des gémissements pitoyables franchissent encore ses lèvres craquelées par la soif.

Cameron savait bien que ses airs de dur, c'était du flan. À la droite de Max, il est debout, les mains dans le dos, et observe la scène avec curiosité. Max ne retient pas sa force et les coups de ceinture claquent. Est-ce qu'il le frappait aussi fort ? Est-ce que Cameron chialait autant que Randall ? S'il recevait les mêmes coups aujourd'hui, plierait-il aussi vite ? Autant de questions qui reçoivent des réponses calmes et pas du tout apeurées de son cerveau : oui, non et non. Et la conclusion apaisante de sa réflexion : ces coups de ceinture ne sont pas pour lui. N'est-ce pas là l'essentiel ?

Il ne parvient pas à penser autrement qu'en avantage personnel, ni à ressentir de pitié pour celui qu'il a contribué à capturer. James s'appelle désormais Randall, même s'il a du mal à se rentrer l'information dans la tête. C'est le deuxième fils de Max et Suzy.

À son tour d'occuper le tiroir, pendant que Cameron dort enchaîné à son lit dans la chambre à l'arrière de la caravane.

Question famille recomposée, on peut faire mieux, quand même…

Un vague souvenir de ses vrais parents remonte à sa mémoire. Son père qui le borde dans son lit et sa mère qui l'embrasse en remontant la couverture sous son menton. Cameron se crispe. Sans prévenir, les larmes lui montent aux yeux. Il en est le premier surpris.

Max se tourne soudain vers lui et son regard perçant se focalise sur son visage.

— Tu pleures ? s'étonne Max. Tu as de la peine pour Randall ?

— Non, se défend Cameron.

— Tu n'as quand même pas pitié de lui ?

Cameron lance un regard vers la silhouette prostrée sur le sol. L'image lui permet de reprendre le contrôle de ses émotions.

— Pas du tout.

Max ne cède pas un pouce de terrain. Cameron prend un air dégagé, celui qu'on attend de lui malgré son âge. Max montre Randall d'un mouvement de tête dédaigneux.

— Ramène-le dans le tiroir. Vous n'aurez rien à manger, car je suis très déçu par vos réactions. Vous passez votre temps à pleurnicher. Que voulez-vous que je fasse de deux bébés !

Cameron se redresse, prêt à protester. Lui a encaissé les coups de ce soir sans broncher, ou presque. Ce n'est pas juste ! Max incline la tête vers lui, amusé.

— Tu veux ajouter quelque chose ?

Cameron serre les dents.

— Non. Non.

— Alors, obéis. Je te rejoins dans quelques minutes.

Cameron s'approche de Randall. Il lui attrape le bras et l'aide à se relever. Randall crie sous l'effet de la douleur. Un sourire revanchard traverse les traits de Cameron. Bien fait pour ce petit con, à cause de qui il ne va pas manger !

Au début, c'est comme ça que Max l'a eu. Chaque fois qu'il crevait la dalle au point de se dire qu'il allait se bouffer la langue pour ne plus ressentir les douleurs atroces de son estomac, Max avançait ses pions. Cameron a été contraint de reculer jusqu'à s'oublier totalement. Il y avait longtemps qu'il n'avait pas pensé à sa famille d'une façon aussi nette, et il l'admet, c'était une erreur grossière. Max ne cesse de répéter que l'attachement sentimental est une tare issue de la société et Cameron est prêt à le croire.

Avec des coups, la faim et des récompenses données quand il faut, Max fera plier Randall aussi. Cameron le soutient jusqu'à la chambre. Il tire le tiroir de sous le lit avec répulsion. Même aujourd'hui, alors qu'il ne l'occupe plus, son contact le répugne. De tout ce qu'il a vécu ici, l'enfermement et la claustrophobie sont presque les pires. Randall aura au moins eu une utilité, puisque depuis son arrivée Cameron a le droit de dormir sur un vrai matelas.

Randall sanglote encore et relève la tête vers lui.

— Qu'est-ce qu'il nous veut ? Pourquoi tu lui obéis ?

Cameron secoue la tête.

— Qu'est-ce qui te fait croire que je vais répondre à tes questions alors qu'à cause de toi je ne vais pas manger ?

— Mais…, renifle Randall, j'ai mal !

Cameron le toise.

— T'as intérêt à te contrôler mieux que ça, parce que Max n'est pas le seul à savoir donner des coups ici ! T'as compris ?

Randall se le tient pour dit. Il se recroqueville dans le minuscule espace. Cameron le repousse sous le lit. Il entend encore ses sanglots quand il ressort de la chambre pour rejoindre la sienne, aménagée avec deux lits superposés à droite, une table avec deux banquettes à gauche et une troisième couchette au-dessus. Il grimpe à l'échelle pour rejoindre ce lit-là. Cette pièce comporte quatre fenêtres, mais Max les a obstruées et couvertes d'un film qui empêche quiconque de voir ce qui se passe à l'intérieur. L'espace est très réduit. Et ça ne va pas s'arranger avec l'arrivée de Randall.

Cameron referme la chaîne métallique attachée à son sommier autour de son poignet. Un bras posé sous la tête, il réfléchit à la question de Randall. Max veut les dresser, soi-disant pour les rendre forts face à la société. Cameron n'est pas bien sûr de ce que ce mot englobe, mais Max a l'air bien remonté. Dès qu'il en parle, sa haine est incontrôlable.

Pour son propre bien, Cameron adhère à l'idée. D'ailleurs, qu'est-ce que cette fameuse société lui a offert, à part laisser un fou s'emparer de lui et le transformer en… punching-ball ?

Sur ces sombres pensées, Cameron s'endort.

Quelques minutes plus tard, Max vient vérifier qu'il est bien attaché. À la faible clarté de la lumière du salon, il frémit un instant en croyant reconnaître Karl Porter. Son cœur s'emballe un instant, puis il réalise que lui et David Harrington ne pourront plus jamais lui faire de mal.

Ils sont anéantis. Max l'a lu dans les journaux et vu sur les photos de leurs visages ravagés.

Avec un sourire froid, il referme la porte.

17

— La société et tous les gens qui la composent vont chercher à te détruire à un moment de ta vie. Moi, je t'apprends à être de la race de ceux qui ont une chance de survivre. Tu l'as compris, n'est-ce pas ?

Randall approuve avec une moue mauvaise.

— Et toi, Cameron ?

Le garçon sourit froidement.

— Mordre avant d'être mordu.

Max n'imaginait pas que les choses se passeraient aussi facilement. Mais, à cet âge-là, l'esprit est si manipulable. Les deux gosses ont été reformatés comme des disques durs. La programmation initiale, constituée d'amour filial et d'innocence, a été remplacée par de l'endurance et de la haine, de la débrouillardise et de la ruse. Bientôt, il pourra s'attaquer à leur peur pour les transformer en véritables machines de guerre.

Il regarde les deux enfants. Randall, la force brute, sans imagination, qui frapperait tout ce qui bouge si Max ne le canalisait pas. Cameron, impénétrable, énigmatique et tellement adaptable que Max se demande si cela n'est pas devenu pathologique chez lui, le plus dangereux des deux à n'en pas douter. Il y a un peu plus de deux ans qu'il est avec eux, à présent. Et Max se méfie de lui. Même si Cameron ne lui a jamais donné de raisons de douter, Max en a fait un prédateur prêt à tout pour survivre et, par moments, il se demande s'il n'a pas trop bien réussi.

— Est-ce que vous avez compris pourquoi nous sommes là ?

— Pour capturer un autre enfant, répond Cameron.

— Exact.

Max a longuement hésité avant de prendre cette décision, parce que le dressage et les leçons contre la société prennent du temps et de l'énergie. Suzy le trouve moins disponible pendant ces périodes, mais ce dernier petit ange innocent est nécessaire pour son projet. Pour qu'elle arrête de se plaindre, il lui a acheté un téléviseur portable qu'elle n'allume que quand elle est seule. Depuis, elle passe ses journées à regarder ses feuilletons débiles dans leur chambre ou sur un transat lorsque le temps le permet. Elle n'est pas difficile, Suzy. Un rien la satisfait. Et même si elle souhaiterait parfois qu'ils aient une vie normale, elle l'aime trop pour avoir l'idée de le quitter.

Elle est là, à ses côtés, prête à tout pour qu'il puisse accomplir sa vengeance : leur préparer à manger, laver les fringues, faire les courses, surveiller les gosses, leur donner des leçons de français ou de maths, les frapper si besoin, planquer pour repérer les habitudes de leurs proies… Suzy ne rechigne devant rien pour le satisfaire.

Un troisième gosse, enfermé avec eux, ça signifie aussi repartir pour un an de dressage, louer des emplacements dans les campings les plus pourris et les moins fréquentés possible et bouger très souvent pour éviter de laisser aux autres le temps de s'intéresser à eux et à leurs mystérieux enfants.

Mais le jeu en vaut la chandelle.

Sa prochaine cible, c'est la cerise sur le gâteau : le fils de Taylor, l'abruti de flic qui l'a arrêté et fait inculper, celui à cause de qui tout a commencé.

En prenant ces trois gosses, Max a le sentiment que la boucle sera bouclée : flic, juge, maton. Il aura frappé au plus juste. Une fois que le troisième gamin sera dressé et prêt à servir comme les autres, il pourra les envoyer en mission : vols, agressions, meurtres… Tous les coups seront permis pour élargir le champ punitif : taulards, avocats, gardiens de prison, témoins, jurés… Personne n'en sortira indemne. Il a une vie entière devant lui pour se venger. Son armée de chérubins sera bientôt en marche et elle va tout balayer sur son passage.

— On va répéter encore une fois le plan. Je vous écoute.

Max ne peut pas intervenir, pas ici. Même s'il est parti depuis plusieurs années d'Eldorado, les gens pourraient le reconnaître. Il doit donc s'assurer que son plan se déroulera sans problème.

Cameron prend la parole de sa voix modulée. Intelligent et calculateur, c'est lui le meneur. Randall ne sera jamais autre chose qu'un suiveur. Mais, à eux deux, ils forment une équipe redoutable : tête et muscles.

— C'est bon. On se rejoint ici dès que possible.

Suzy et les deux gosses sortent de la voiture et, moins de vingt minutes plus tard, ils sont de retour avec Jimmy Taylor, âgé de six ans, le futur Dylon.

18

— Cameron ? Tu dors ?

Si certaines personnes parviennent à chuchoter, Dylon n'en fait pas partie. Sa voix aiguë et perçante retentit dans le silence ambiant comme s'il venait de crier. Cameron se tourne dans son lit en grimaçant. Ses côtes lui font un mal de chien depuis que Max l'a roué de coups de pied pour parfaire son entraînement physique. La chaîne qui relie son poignet au cadre en fer du lit produit un tintement caractéristique quand il bouge et cela donne à Dylon le signal qu'il attendait.

— Cameron, tu es là depuis longtemps, non ?

Le soupir de Randall montre sans équivoque qu'il est excédé.

— Ferme-la, Dylon !

Après un silence chargé de soumission, il craque.

— Pourquoi nous ?

La leçon de l'après-midi dissuade Cameron de prendre le risque de répondre. Randall grogne, ce qui chez lui équivaut à une menace.

— Est-ce que je suis le seul à me le demander ? supplie Dylon avec des larmes plein la voix.

Cameron se souvient de la tête du bout de chou qu'ils ont enlevé à son cocon familial. Dylon était si crédule et si chétif pour son âge, un vrai bébé. Malgré son dressage identique au leur, Dylon est resté pleurnichard, rien n'y fait, ni les coups, ni les punitions, ni les menaces de Max qui, curieusement, le laisse en vie, comme si sa valeur se situait ailleurs. Cameron se demande bien où.

Dylon est aussi plus faible physiquement que Randall et lui. Il n'est pas spécialement courageux, bien au contraire. Le gosse n'est jamais parvenu à s'endurcir. Il reste un avorton et, quoi que fasse Max, il le restera. On ne peut pas changer une hyène en loup. Dylon sera toujours un charognard qui laissera les autres agir à sa place et viendra picorer les miettes. C'est un profiteur, un lâche, un traître, une balance, un fourbe.

Cocktail ultra-dangereux pour ses deux frères. Résultat, Cameron l'ignore la plupart du temps parce que sa faiblesse ne peut rien lui apporter de bon. Dylon, c'est le genre de gars qui t'entraîne au fond si tu lui tends la main pour le sortir de l'eau.

Randall est le premier à craquer, ce qui surprend Cameron.

— Qu'est-ce que t'as pas compris quand Max dit qu'il nous a choisis pour affronter la société ?

— Mais c'est quoi, la société ? ose le gosse.

Cameron reste silencieux, parce que même pour lui, le concept demeure assez flou et fourre-tout. Malgré les années passées ici, les leçons, le bourrage de crâne, il ne parvient toujours pas à s'expliquer ce contre quoi Max les met en garde, même s'il ne l'admettra pas à haute voix.

Depuis son lit superposé, Randall se penche vers celui de Dylon.

— C'est nos ennemis ! Maintenant, tu la fermes et tu t'endors sinon je te fais la peau !

À la place de Dylon, Cameron se tiendrait tranquille après avoir reçu un tel avertissement. Le mioche est trop inconscient pour s'en rendre compte. Il prend une inspiration pour poser une autre question. Randall tend son bras et lui colle son poing dans la figure. Dylon se met à hurler de douleur. Un cri strident et interminable, capable de réveiller les morts.

Cameron soupire. Quel crétin, ce Dylon !

Les pas de Max retentissent dans le couloir et la porte coulissante s'ouvre en rebondissant sur sa butée avec un claquement sec.

— Qu'est-ce que vous foutez ? hurle Max en découvrant que Cameron et Randall sont réveillés.

Cameron est bluffé par la roublardise de Dylon qui s'est rallongé et fait semblant de dormir.

— Vous pouvez m'expliquer ce que c'est que ce raffut ?

Pas question que ce petit cafard s'en sorte indemne.

— Dylon voulait comprendre ce qu'est la société, expose calmement Cameron. Randall lui expliquait juste que ce n'était pas le moment.

Furieux et terrifié, le mioche se redresse.

— Non ! C'est faux…

Il se ramasse une mandale avant d'avoir pu finir sa phrase.

— Assume, Dylon. J'ai horreur des mensonges ! s'emporte Max.

Dylon se met à pleurnicher. Max soupire de façon imperceptible. S'il a réussi avec les deux autres, ce gamin lui pose un sérieux problème. Il ne l'a pas sorti de la boîte sous le lit parce qu'il est prêt, loin de là. Le gosse les empêchait juste de dormir en chialant nuit après nuit et cela commençait à nuire à son couple.

Est-ce parce qu'il était plus âgé que les autres au moment de son enlèvement que les techniques habituelles restent sans effet ? Il avait six ans, soit un an de plus que les autres. Ça ne représentait pas une si grande différence. Et même après deux ans de formation, il n'est toujours pas à sa place parmi eux et encore moins dans cette chambre. Cette altercation le prouve.

Max réfléchit avant de décider de les détacher.

— Suivez-moi.

Cameron sait que ça sent mauvais. Les punitions imprévues sont les plus dangereuses, les plus douloureuses et les plus injustes aussi.

— Ici.

Max pose sa main sur l'épaule de Dylon qui se retrouve le cul par terre. Il s'adosse au frigo pendant que Cameron et Randall s'assoient à côté de lui, contre les meubles de cuisine.

— La société, ce sont les autres, ceux qui sont bouffis de certitudes sur eux-mêmes et sur ceux qui ne sont pas comme eux. Ils décident de qui doit vivre, qui doit être puni, sans même s'assurer d'avoir raison. Ils agissent comme ça, juste parce qu'ils en ont le pouvoir. Pour eux, vous serez l'ennemi car vous serez au-dessus de ces règles. Ils vont mettre tout en œuvre pour vous combattre parce que vous sortirez du rang et que vous leur ferez peur. La société, ce sont tous ceux qui alimentent le système et la conviction que la normalité est la seule voie possible.

Ses doigts s'agitent en l'air pour former des guillemets quand il prononce le mot « normalité ».

— Quand on vit dans la société, on est endoctriné dès qu'on naît pour suivre un mode de pensée unique, pour consommer la même chose que tout le monde, pour obéir sans faire de vagues, pour fuir ceux qui pensent différemment, pour les dénoncer, les éliminer. Le dogme fixe les actes et le champ des possibles. Ces gens-là ont un seul chemin, une seule destinée, ce sont des fantômes qui n'existent pas. Grâce à mon enseignement, vous ne les verrez bientôt plus, vous non plus.

Il les regarde chacun leur tour.

— Je vous ai extraits de la société pour vous ouvrir les yeux sur la réalité du monde qui vous entoure. Vous serez les seuls êtres assez forts et lucides pour survivre, pour lutter et pour détruire ce système corrompu, injuste et imparfait. Vous êtes des élus, des bras armés destinés à changer le monde.

Max n'a jamais été aussi clair dans son discours et la tête de Dylon prouve que les arguments ont porté cette fois. Il a l'air extatique de découvrir qu'il est destiné à un si glorieux destin.

— Un jour, quand je vous en estimerai capables, je vous assignerai des missions. Et alors, vous ferez trembler la société sur ses bases. Ses membres comprendront qu'ils étaient dans l'erreur.

Les trois gamins se lancent des coups d'œil inquiets, non pas à cause du projet de Max, mais parce que ses envolées lyriques se finissent généralement très mal. Quand il redescend sur terre, il a généralement besoin d'expulser la rage que lui inspire la société. Pour le moment, il a toujours son regard halluciné, il est encore en transe, mais c'est une question de secondes.

Cameron a mal, trop mal pour supporter dignement une correction supplémentaire. Il ne peut pas prendre le risque de craquer devant les autres, surtout pas. Jamais aucun d'eux n'a essayé de détourner la colère de Max à ce moment. Cameron tente donc le tout pour le tout.

— Merci, Max. Merci de nous avoir choisis pour cette tâche.

Max pose les yeux sur lui. Pour une fois, il a l'impression d'avoir touché l'un d'entre eux, autrement qu'en lui lavant le cerveau. Une lueur de fierté brille dans son regard.

— Est-ce que tu pourrais tuer pour moi, Cameron ?

Cameron a neuf ans. Après quatre ans de captivité, il a appris à écouter attentivement, à crocheter des serrures, à réparer des objets mécaniques simples, à survivre, à encaisser le plus intelligemment possible, à masquer la douleur, à devenir fort en apparence, comme le super-héros qu'il rêvait de devenir.

Tout ce qu'il a appris de la société, c'est qu'il doit la détester pour ce qu'elle est. À titre personnel, elle n'a d'ailleurs rien fait pour lui. Ses parents ne se sont pas beaucoup démenés pour le sortir de là. Alors, bien sûr qu'il hait le système, bien sûr qu'il a envie de le voir imploser.

Et à cet âge, le mot « tuer » n'a pas beaucoup de signification. Il hoche la tête.

— Si tu me dis où frapper, je t'obéirai.

Max se tourne vers Randall qui observe Cameron avec respect.

— Et toi, Randall ?

— Je ferai tout ce que tu me diras, Max. Tout, tu le sais.

Max reconnaît bien là le côté suiveur de Randall. Il s'adresse à Dylon.

— Et toi, Dylon ?

— J'apprendrai à être fort. Je te le promets, Max.

Max ferme brièvement les yeux. Enfin !

Il savait bien qu'une idée implantée et martelée indéfiniment finirait forcément par pénétrer leurs jeunes esprits, isolés et fragilisés.

S'il n'y avait que lui, Max se lancerait dans un autre discours pour avancer d'autres pions, mais Suzy sort de la chambre en nuisette transparente.

— Tu viens te coucher, Max ?

— J'arrive.

Il leur fait signe de se relever et les raccompagne jusqu'à leur chambre. Il rattache leurs chaînes aux cadres de lit et referme la porte.

19

Le lendemain, Cameron se lève en même temps que les autres. Il attend son tour pour passer dans la salle d'eau.

En ménageant ses gestes, il se lave rapidement. Il observe les marques colorées qui marbrent son torse avant que Max le rappelle à l'ordre parce que c'est au tour de Randall.

Il s'étonne quand il voit des vêtements propres sur son lit. D'habitude, il les porte sept jours d'affilée vu que Suzy ne se rend dans un Lavomatic de la ville la plus proche qu'une fois par semaine. Quand ils sont irrécupérables, elle leur achète de nouvelles fringues, mais ce n'était pas le cas pour les siennes.

Des habits propres en pleine semaine ? Ce changement dans le rituel immuable des journées le surprend. Est-ce lié à leur promesse de la veille ?

Quand ils se tiennent devant Max, il adresse un signe de tête à Suzy pour qu'elle s'occupe de Dylon, avant de demander aux deux autres de le suivre hors de la caravane.

Pour Cameron, c'est seulement la troisième fois depuis son enlèvement. Tout cet espace autour de leur emplacement et les arbres qui tendent leurs branches vers le ciel lui donnent le vertige. Gêné à l'idée de montrer son malaise, Cameron se tourne vers Randall qui a l'air aussi apeuré que lui dans ce nouvel environnement. Max leur laisse un peu de temps pour s'acclimater.

— Est-ce que vous êtes prêts à défier la société pour me prouver votre engagement ?

Ils répondent en chœur que oui.

— Parfait. Je vous ai rendus endurants, forts et sans peur. À vous de me prouver que je ne me suis pas trompé. La ville est par là.

Il leur montre une direction.

— Il y a un magasin de fringues à environ une heure de marche. Je veux que vous rapportiez une tenue complète pour vous et un cadeau pour Suzy. Le tout sans être repéré ni pris.

Alors que Randall et Cameron commencent à s'éloigner, Max les rappelle.

— Le premier qui revient mangera à sa faim, ce soir. L'autre…

Cameron se retourne en entendant une branche craquer. Randall s'est mis à courir et il est déjà loin. Max lui lance un regard de défi et Cameron s'élance à son tour, juste le temps de marquer le coup. Dès que Max ne peut plus le voir, il s'arrête et gémit. Il a trop mal pour continuer à ce rythme. Il ne pense pas avoir de côtes cassées, mais ces putains d'hématomes vont lui coûter cher.

Il marche aussi vite que possible en direction de la ville. Randall a pris beaucoup d'avance, mais cela ne veut pas dire que dans le magasin, il saura s'y prendre.

Cameron sort du camping en constatant qu'il est presque désert et suit les panneaux en direction de Hillsboro, la ville la plus proche. Il est surpris de découvrir qu'ils sont toujours dans l'Illinois, si proches et pourtant si éloignés de là où il est né. Après avoir marché pendant deux kilomètres, il s'enfonce dans les faubourgs de la bourgade. Livré à lui-même, il se sent écrasé par ce qu'il voit, la vitesse des voitures, le bruit, les gens qui passent en discutant à côté de lui.

Car après tout, il n'est qu'un enfant qui vit cloîtré dans un espace exigu depuis quatre années.

Il débouche dans E Seward Street, mais il n'y a toujours aucun magasin de fringues en vue. Cameron sait que s'il attend de tomber dessus par hasard, il ne rattrapera jamais Randall. Pour combler une partie de son retard, il demande à un passant de lui indiquer le chemin. Puis il suit ses indications en allant tout droit jusqu'à un rond-point et en prenant la première à droite. Main Street. Le type lui a expliqué que le magasin était quasiment en face de Tillson Street. Grâce à cette précision, Cameron repère sans mal la boutique à la devanture rose. Il grimace en constatant qu'elle est minuscule. Dans un espace aussi exigu, le propriétaire n'a qu'à avoir de bons yeux pour surveiller ses clients. Difficile de piquer autant d'affaires que ce que Max a réclamé dans ces conditions.

Alors qu'il sent le doute l'envahir, il voit Randall s'approcher et entrer. Ça craint vraiment pour Cameron qui hésite toujours, planté sur le trottoir. Deux gamins qui rôdent dans la même boutique en même temps, ça fait deux de trop.

Il hésite, regarde autour de lui avant de remarquer un joli petit lotissement au bout de Tillson Street.

A-t-il le choix ? Il se dirige vers les maisons immenses avec des jardins ombragés. Il longe les pelouses, observe les baraques de rêve avec des tourelles, des terrasses avec balustrades et colonnes, les voitures de riches garées dans les allées. Le rêve américain, concentré dans un bout de rue improbable.

Sans hésiter, Cameron se dirige vers l'arrière d'une maison, puis passe à la suivante sans perdre un instant. Bingo. Sur un fil à linge, il trouve une jolie chemise blanche avec des motifs roses, le cadeau pour Suzy. Il continue ainsi de maison en maison jusqu'à avoir trouvé un pantalon, un caleçon et un T-shirt. Ils ne sont pas à sa taille et ça se voit qu'ils ne sont pas neufs, mais Cameron n'a plus le temps et pas vraiment le choix.

Il prend le chemin du retour.

Quand il arrive au camping, Randall, assis sur les escaliers de la caravane, l'attend avec un sourire mauvais plaqué sur les lèvres.

— Tu t'es promené, Cameron ?

S'il a pu y avoir une entente tacite entre eux, elle vient d'imploser à cause de ce nouveau jeu basé sur la rivalité.

Cameron passe à côté de lui pour entrer. Il tend les vêtements humides à Max qui n'a qu'à poser les yeux dessus pour comprendre que Cameron a voulu le rouler. Il lève la main pour le frapper, mais Suzy déboule entre eux et pousse un cri ravi en découvrant la chemise qu'il a volée pour elle.

— Cameron ! Elle est super ! T'es vraiment un chou.

Elle se tourne vers Max pour la lui montrer et remarque son visage crispé.

— Oh, Max ! Ne le frappe pas. Je l'adore, cette chemise.

Il ne bouge pas.

— S'il te plaît, insiste-t-elle.

Max secoue la tête.

— Dehors ! aboie-t-il. Et toi aussi, Dylon !

Les deux enfants se précipitent à l'extérieur. Max met quelques secondes avant de les rejoindre. Il lance un coup d'œil à la ronde avant de se mettre à parler.

— Agenouille-toi, Cameron.

Sous le regard inquiet des deux autres, Cameron obéit avec un soupçon d'hésitation. Dès qu'il est en position, Max avance vers lui en sortant un revolver de son dos. Il le plaque sur la tempe du gosse.

— Tu as essayé de te foutre de moi, Cameron ?

Il déglutit, incapable de savoir si Max bluffe ou pas. Après tout, ils sont dans un camping et même si leur emplacement est le seul occupé dans le périmètre, il y a quand même du monde pour entendre son coup de feu.

— Non.

— Randall, comment as-tu fait pour voler ces fringues ? questionne Max.

— J'ai vu qu'il n'y avait qu'une petite vieille à la caisse. Je suis entré et je l'ai frappée, plusieurs fois. Quand elle a été K-O, je me suis servi, se vante-t-il.

— C'était dur à réaliser, d'après toi Cameron ? reprend Max.

— Je… je me suis dit qu'on attirerait beaucoup plus l'attention si on était deux à traîner dans la boutique.

Max lui lance un regard indéchiffrable.

— Donc tu as cherché une solution alternative, en sachant pertinemment que tu me désobéissais.

Cameron baisse la tête en entendant Max armer le chien du revolver.

— Oui…

— Regarde-moi, Cameron.

Cameron se retrouve face à la gueule du canon, si près que ça l'oblige à loucher. C'est bien trop inconfortable, alors le gosse, repoussant les conseils de son instinct, se focalise sur Max. Ils s'affrontent du regard pendant plusieurs minutes : adulte furieux contre gamin résigné.

— Je vais te tuer, menace Max.

Son doigt se crispe sur la détente. Cameron ne bouge pas d'un cil, acceptant la décision de Max, quelle qu'elle soit. Derrière eux, incapable de supporter la pression, Dylon se remet à chialer.

Excédé, Max est le premier à rompre le contact. Il abaisse l'arme.

— J'ai choisi ton châtiment, Cameron. Punis Dylon pour sa faiblesse.

Cameron jette un regard sur le côté, vers la carcasse frêle de son frère. Il soupire, mais se relève. C'est la loi du plus apte à survivre qui s'applique. Il a perdu face à Randall, mais c'est Dylon qui a craqué le premier et qui va payer l'addition.

Ça lui va.

Max détache sa ceinture et d'un signe enjoint au petit de se mettre en position.

— Tiens, Cameron.

Les doigts de Cameron frémissent à peine quand il referme la main sur le lourd ceinturon. Il avance à pas lents vers Dylon qui tremble comme une feuille. Cameron se répète qu'à eux trois, ils forment une chaîne alimentaire. Le plus faible se fait dévorer. Point.

Il lève le bras, vise. Il ferme les yeux alors que le cuir s'abat sur le dos de Dylon. Il essaie aussi de ne pas entendre ses cris désespérés qui ne reflètent pas que de la douleur, mais aussi son sentiment d'injustice et de trahison.

Quand Max s'estime satisfait, il stoppe le geste de Cameron.

— Emmène-le dans votre chambre.

Cameron soulève Dylon et l'aide à marcher jusqu'à son lit où il se roule en boule sans émettre une seule plainte. Pourtant sa présence meurtrie à ses côtés pousse Cameron à se promettre que plus jamais il ne sera second. Plus jamais.

20

— Tu crois vraiment que Dylon est prêt à partir en mission ?

Max lève sa bière pour boire quelques gorgées au goulot. Il la repose sur la table et reste pensif quelques instants.

— Cameron est le meilleur des trois parce qu'il est intelligent et rusé. Randall a l'esprit de compétition, il est brutal et dur. Dylon, lui… il est resté fourbe et lâche. La seule qualité que je lui reconnais, c'est son instinct de survie. Alors est-ce qu'il est prêt ? Ma seule certitude, c'est que je n'obtiendrai jamais rien de plus de sa part.

Suzy tend la main pour caresser la sienne.

— Tu n'as pas peur qu'il profite de cette première occasion à l'extérieur pour filer ?

— Si, mais tant que c'est avec ses frères que Dylon aura le plus de chances de survivre, il restera avec eux. Dans le cas contraire, il n'hésitera pas à les trahir si nécessaire. C'est bien pour ça que j'ai prévenu les deux autres. S'ils rentrent sans lui, ils passeront un sale quart d'heure.

Elle glousse.

— Tu prévois toujours tout, Max.

— Hum… je l'espère.

Un serveur arrive pour prendre leur commande. Suzy se donne des airs de reine pendant qu'elle choisit un plat tout ce qu'il y a de plus classique et un coca pour l'accompagner. Lorsque le serveur repart, elle rayonne.

— C'est tellement chou de ta part de m'emmener au restaurant.

Chou ? Pas vraiment…

— Je voulais te remercier pour ces merveilleuses années passées avec toi, improvise-t-il.

Elle fond littéralement sur place. Si elle savait…

Pour la première fois, Max ose aller au bout de son projet. Depuis qu'il a envoyé Cameron et Randall en expédition à Hillsboro un an plus tôt, il n'a cessé de tester leur obéissance et leur motivation, la puissance de leur rivalité ou leur complémentarité en équipe en leur confiant des tâches à accomplir. Il leur a demandé de voler des vêtements, de la bouffe et du fric. En pleine nuit, il les a envoyés cagoulés pour molester un membre du jury qui l'a condamné. Ils ont cambriolé des maisons. Pour le moment, ils ne l'ont jamais déçu. Ils sont devenus de vrais petits durs, sans pitié et obéissant à un seul maître, lui. Mais aujourd'hui, c'est du lourd.

Le serveur dépose leurs assiettes devant eux. Steak frites pour lui et cheeseburger salade pour elle. L'avantage avec Suzy, c'est qu'elle est facile à combler. Elle pense que cette sortie au restaurant, c'est un cadeau pour elle, quand il agit surtout pour lui. Il se bâtit un alibi, au cas où les flics remonteraient jusqu'à lui si les choses se passent mal ce soir. Il ne retournera pas en taule. Jamais !

— Ne fais pas cette tête, Max. On dirait que tu n'es pas heureux.

Il soupire.

— Je suis un peu inquiet, je dois l'avouer.

— Tu n'as pas confiance en eux ? veut-elle savoir.

Il se penche et baisse la voix.

— C'est la première fois qu'ils vont devoir tuer quelqu'un et que Dylon sera en conditions réelles. Et Farmer, cet enfoiré qui partageait ma cellule à la prison fédérale Thomson, est loin d'être un enfant de chœur.

Max s'est abonné à de nombreux journaux qu'il dévore avec frénésie dès que les gosses sont couchés dans le seul but de ne pas louper ce moment. Ainsi dès qu'il a appris la libération de son ancien codétenu, il a déplacé la caravane à Fort Madison, pour s'établir à une vingtaine de minutes du point de chute de son ennemi, une maison perdue en pleine campagne à côté de Nauvoo. Ensuite, il a envoyé Suzy en repérage pour connaître ses habitudes, ce qui lui a permis d'établir un plan pour ce soir.

Il y a environ une heure de ça, il a déposé les garçons à proximité de la ville et leur a donné rendez-vous pour les récupérer une fois que tout sera fini.

— Ils vont réussir. Détends-toi, mon chou…

Il regarde le contenu de son assiette. Elle a raison. Tout est entre les mains des gosses, à présent.

21

— Vous êtes sûrs de vous ?

Randall le rabroue avec humeur.

— Tu vas fermer ta grande gueule, Dylon ?

— Silence, vous deux ! prévient Cameron.

Sans attendre de voir s'ils lui obéissent, il leur tourne le dos pour observer l'intérieur de la maison. La lumière du salon est toujours allumée et ça, c'était pas prévu au programme. Suzy a dit que Farmer se pieutait toujours de bonne heure. Et il faut qu'il change de plan justement aujourd'hui !

Cameron jure entre ses dents, mais prend sa décision.

— On y va.

— Tu déconnes ? s'inquiète Dylon.

Boosté par l'adrénaline, Cameron esquisse un mouvement et Dylon se retrouve plaqué contre le mur derrière lequel ils se planquaient. L'avant-bras de Cameron lui écrase la trachée juste ce qu'il faut pour qu'il le prenne au sérieux.

— Si tu fais rater cette mission, je te tue en te découpant morceau par morceau.

Il promène la lame de son couteau le long des bras, puis du ventre et enfin de l'entrejambe de son petit frère.

— Clair ?

Dylon lance un regard vers Randall qui se marre de le voir en difficulté.

— Clair ! cède-t-il de mauvaise grâce.

Cameron ne le lâche pas immédiatement. Il le fixe encore quelques instants pour lui faire comprendre la gravité de la situation. Dylon lève les mains en signe de reddition.

— OK ! Je t'ai dit que j'ai compris.

Cameron retire son bras.

— Marche devant.

Randall lui colle une baffe sur l'arrière du crâne quand il passe près de lui. Dylon ne peut retenir un petit cri.

Les deux autres lèvent les yeux au ciel. Quelle gonzesse ce Dylon ! Pourquoi a-t-il fallu que Max leur colle cette mauviette entre les pattes justement aujourd'hui ?

Dylon se penche en avant et longe la maison pour rejoindre la porte arrière, suivi par ses deux frères. En silence, il monte les marches qui mènent à la cuisine. Il pose sa main gantée sur la poignée et tourne. La porte s'ouvre avec un léger grincement. Il se fige et jette un regard apeuré vers les deux autres.

Cameron tend l'oreille. À l'intérieur, aucune réaction. Seul le bruit de la télé montre qu'il y a quelqu'un.

— On y va !

Cameron reprend la tête de l'expédition. Il entre et s'accroupit le long du placard de l'évier. Il attend que Dylon et Randall le rejoignent avant de progresser à nouveau. Son cœur bat si fort qu'il craint un instant qu'il ne lui brise les côtes pour tenter de trouver une issue à la bouffée d'angoisse qui enfle en lui de seconde en seconde.

Ce soir, ils vont tuer un homme.

Il ne s'agit plus de coller une baffe à des gens terrorisés pour leur piquer du fric, de voler à l'étalage sans se faire voir, de cambrioler des maisons vides ou de pousser une femme à peine sortie du sommeil dans son escalier pour qu'elle se brise les os.

Cameron se demande si Randall a autant la trouille que lui. Il s'arrête et se tourne vers son frère pour observer son visage blême et tendu. Randall surprend son regard posé sur lui. Il hoche la tête d'un air entendu avant de lui faire signe de continuer à avancer.

Cameron progresse à tâtons jusqu'à la porte de la cuisine. Suzy a dit que le type vit seul ici depuis sa sortie de prison. Ils n'ont donc à s'inquiéter que de lui.

Cameron jette un œil dans la pièce suivante : une salle à manger. Les chaises sont tirées, le plateau de la table est couvert de vaisselle sale et d'emballages déchirés. Des restes de nourriture ont attiré des mouches qui volent en escadron au-dessus de cette manne.

Cameron se déplace aussi silencieusement que possible au milieu des déchets qui encombrent aussi le sol. Enfin, il arrive en vue du salon.

Le type est affalé sur le canapé. Il roupille, la bouche ouverte.

Cameron sent sa peur refluer. Le gars est balèze, mais il s'est endormi en laissant sa gorge sans protection. Cameron sort son couteau de sa poche. D'un geste, il fait comprendre à Randall qu'il doit contourner le sofa pour retenir leur cible si nécessaire.

Bientôt, ils sont en position. Cameron lève son arme pour viser la carotide. Randall est prêt à lui prêter main-forte.

Ils sont si habitués à travailler à deux qu'ils ont oublié Dylon. Erreur vite réparée quand il se redresse pour les rejoindre et shoote dans une boîte de conserve qui se met à rouler en produisant un boucan d'enfer.

Réveillé en sursaut, l'ancien taulard cligne des yeux. Cameron tente de le frapper avec son couteau même s'il ne bénéficie plus de l'effet de surprise, mais le gars se redresse et le repousse d'un violent revers de bras. Cameron valdingue un peu plus loin.

Randall tente de maintenir Farmer dans cette position en le ceinturant par-derrière pendant que Cameron se relève pour repasser à l'attaque. L'adulte jure en grondant et tend ses bras en arrière. Il saisit les vêtements de Randall. Sans peine, il le soulève, le fait passer au-dessus de lui et le projette à travers la pièce. Randall va s'écraser, tête la première, contre le mur d'en face et ne se relève pas.

L'avantage vient de changer de camp. Farmer pousse un cri de fureur et rejoint Randall pour lui coller un coup de pied dans le ventre.

Cameron se précipite et lui plante son couteau dans le dos. Le type hurle à la mort. Cameron ressort la lame et frappe encore deux fois avant de se faire éjecter comme un fétu de paille quand Farmer se retourne.

Randall est HS, Cameron a perdu son arme en tombant et Dylon est aux abonnés absents. Les voilà bien mal partis face à un homme habitué à tuer.

— Qu'est-ce que vous foutez là ? Je vais vous écraser, bande de moucherons !

Il se lance comme un taureau furieux face à Cameron.

— Hé ! Ducon !

Le cri de Dylon stoppe Farmer qui se tourne vers lui avec stupeur.

— Qu'est-ce…

Dylon braque son propre pistolet sur lui. Il tire, mais rien ne se passe. Il a oublié le cran de sûreté.

— Vous êtes vraiment des bras cassés…, ricane Farmer.

Il avance vers Dylon qui cherche à débloquer l'arme, mais sa panique rend ses efforts inutiles.

— Rends-moi ça, morveux !

Sans attendre, Cameron se jette au sol pour ramasser son couteau et, revenant à la charge par-derrière, plante la lame dans le cou de Farmer. Elle s'enfonce jusqu'au manche.

Farmer se fige. Il chancelle, ses jambes ne le portent plus et il tombe genoux à terre. Cameron récupère son arme en la tirant d'un geste sec. Farmer hoquette en se tournant vers lui alors qu'un ruisseau de sang s'écoule de sa plaie.

— Qui… êtes-vous ?

— C'est Max qui nous envoie, annonce Cameron.

— Qui ?

Face à lui, Dylon triture toujours le pistolet. Enfin, il trouve le cran de sûreté. Il s'approche et braque l'arme sur Farmer qui n'a pourtant plus du tout l'air menaçant. Surprenant Cameron, Dylon tire à bout portant.

Farmer s'effondre dans une gerbe de sang qui asperge Cameron des pieds à la tête.

— Putain, Dylon ! À quoi tu joues ? s'exclame-t-il en regardant ses vêtements.

— On l'a eu, Cameron. J'ai tué cet enfoiré !

Cameron met une seconde avant de réaliser qu'ils ont réussi, c'est fini. Dylon semble se rendre compte de ce qu'il vient de faire au même moment. Il blêmit et s'écarte pour vomir dans un coin.

Entre lui et Randall qui pisse le sang après son vol plané… Bravo pour les indices laissés sur place ! Cameron évalue ses options comme le lui a appris Max et prend les décisions qu'il estime nécessaires.

— Débrouille-toi pour que Randall arrête de saigner et aide-le à sortir de la maison, ordonne-t-il à Dylon. Je vous rejoins dans quelques minutes.

Pendant que son petit frère s'exécute, Cameron fonce vers le pick-up de l'ancien taulard. Il découvre un jerrycan ainsi qu'une hache sur le plateau arrière du véhicule. Il réfléchit une seconde. Il prend la hache et l'abat à plusieurs reprises sur le tuyau de sortie de la réserve de propane touchant le mur externe de la maison jusqu'à entendre le sifflement produit par le gaz qui s'échappe. Cameron s'empare ensuite du jerrycan d'essence pour asperger la citerne avant de faire la même chose avec toutes les pièces du rez-de-chaussée. Ensuite, il renverse de l'huile de cuisson sur la gazinière et couche la bouteille ouverte à côté de torchons et d'emballages inflammables avant d'allumer un brûleur.

Il imagine la suite, l'huile qui prend feu, feu qui se propage aux chiffons qui eux-mêmes enflamment l'essence qui finit par provoquer l'explosion de la réserve de gaz.

Si tout se passe comme prévu, il ne devrait rien rester de la maison une fois que l'incendie aura pris.

Du moins, il l'espère.

22

— Alors ?

Les trois garçons, emmitouflés dans des couvertures, restent silencieux à l'arrière de la voiture.

Cameron est encore sous le choc à cause de ce premier meurtre de sang-froid. Randall est également sonné et surpris que la force dont il est si fier se soit montrée si inutile aujourd'hui face à cet adulte.

Dylon se décide à parler en premier. Sa victoire le rend volubile alors qu'il raconte la scène.

— Il s'est réveillé et il les a envoyés valdinguer tous les deux. Quand j'ai vu que les gars étaient en difficulté, je me suis souvenu que j'avais vu une arme à feu quand nous avons traversé la cuisine. J'y suis retourné et je lui ai tiré dessus.

Cameron ne cherche pas à rétablir la vérité, ni à expliquer que c'est la gaffe de Dylon qui les a mis dans la merde, que lui, Cameron, avait fait le plus gros du travail avant le coup de feu. Non. Au lieu de ça, il a les yeux rivés sur ses mains et ses vêtements couverts de sang et de matière cervicale même s'il refuse de s'appesantir sur cette idée.

Dylon continue à se vanter. Il exhibe l'arme qu'il a volée dans la maison. Max se dit que Dylon a enfin gagné ses galons, même s'il est le premier surpris par la tournure des événements et plus encore par le fait qu'ils aient réussi à tuer un adulte. Il ne sait pas vraiment à quoi il s'attendait, mais le résultat est bien au-delà de ses espoirs.

— Tu peux la garder, mais il ne faudra plus jamais t'en servir. Farmer avait peut-être commis un crime avec et nous ne voudrions pas que la société puisse nous repérer à cause d'un détail aussi futile, n'est-ce pas ?

Déçu, Dylon ne peut cacher sa moue.

Max ne l'a pas vu faire, car il regarde dans le rétroviseur pour voir le visage des deux autres. Cameron est blême et mutique. Randall semble souffrir d'une commotion en plus de sa blessure qui saigne encore.

Alors qu'il s'apprête à leur poser des questions, ils entendent un bruit d'explosion dans le lointain.

— Qu'est-ce…

Il s'arrête sur le bord de la route et observe la lueur orangée qui illumine la nuit.

— Cameron ?

Le garçon hausse les épaules.

— Dylon a dégueulé sur place et Randall a laissé du sang partout. Mes gants se sont déchirés pendant la bagarre et je devais faire disparaître mes empreintes. Pour effacer toutes nos traces, je n'ai pas vu de méthode plus efficace que le feu.

Max est encore une fois soufflé par sa capacité d'adaptation, d'improvisation et par sa réactivité. Quel gosse de dix ans évalue aussi vite les conséquences de ses actes et prend la décision la plus pérenne pour le groupe ?

Cameron est l'aboutissement quasi parfait de tous ses efforts et de ces cinq années de dressage. Max éprouve des sentiments très forts pour lui, même s'il ne l'admettra jamais à haute voix. Il hoche la tête.

— Tu as eu raison, même si ça va compliquer les choses…

Il espérait que, seul comme il l'était depuis sa sortie de prison, Farmer ne serait pas retrouvé avant des semaines, mais l'incendie et l'intervention des pompiers vont modifier ses prévisions.

La route la plus courte pour retourner à Fort Madison comporte un pont à péage. À l'aller, il avait une excuse pour le franchir et le serveur pourra témoigner de leur présence sur place à l'heure du décès de Farmer. Tout tombe à l'eau s'il est surpris sur le pont à cette heure-là et avec des gosses couverts de sang à l'arrière.

Il sort une carte routière pour trouver un autre trajet.

— Qu'est-ce que tu fais ? demande Suzy.

— J'essaie de nous ramener en sécurité jusqu'au camping. Ensuite, il ne nous restera plus qu'à disparaître pendant quelque temps.

Dès qu'ils arrivent à la caravane, il ordonne aux gosses de se déshabiller, de jeter leurs fringues dans un sac-poubelle et de se laver pour effacer toutes les traces de leur forfait. Hagards sous l'effet de la fatigue et du contrecoup, ils obéissent.

Pendant qu'il envoie Suzy s'occuper de faire disparaître les vêtements et les couvertures incriminants, Max soigne Randall avant de leur préparer un repas gargantuesque. Il y a bien longtemps que les trois garçons n'ont pas eu l'occasion de manger à leur faim et ils s'en donnent à cœur joie, oubliant momentanément qu'ils ont tué un homme.

Après le repas, Max demande à Suzy, qui vient de rentrer, où elle veut aller. Le choix est vite arrêté. Ils décident d'aller sur la côte Ouest des États-Unis. Les plages, le soleil, la multiplicité des paysages, les maisons que les gens friqués n'occupent qu'une petite partie de l'année et qui n'attendent qu'une visite de leur part…

Il y a tout ce qu'il faut pour eux, là-bas. Et surtout pour elle qui rêve de visiter les studios hollywoodiens et de rencontrer ses idoles.

Max envoie les garçons dans leur chambre avec la consigne de dormir pendant le trajet.

Il prend le volant. En quittant l'Illinois, il se jure que ce n'est que partie remise. Il reviendra. Et quand il le fera, il sera encore plus fort.

Par petites touches subtiles et indécelables, il accomplira le reste de sa vengeance.

23

Ils commencent par s'établir à Bellingham, ville située en face de l'île de Vancouver, entre la mer des Salish et le lac Whatcom. En découvrant les terrains de camping locaux, Max décide immédiatement de ne pas s'éterniser. Et pour cause ! Là où ceux de l'Illinois sont espacés et assez intimistes, ceux d'ici ressemblent à de simples parkings. Les véhicules sont alignés à quelques mètres les uns des autres, sans séparations ni verdure.

L'expérience de Suzy est donc cruciale pour limiter la casse concernant le choix de leurs emplacements. D'un coup d'œil expert, elle catalogue les clients, leur degré de convivialité et de curiosité avant qu'ils s'installent. Elle leur évite aussi la proximité des familles avec enfants susceptibles de s'intéresser de trop près aux garçons.

Malgré toutes ces précautions, Max ne peut raisonnablement pas poursuivre le dressage physique des gosses avec une telle promiscuité. Trop d'oreilles, de regards et de monde autour d'eux.

Du coup, il change son fusil d'épaule. Il leur confie des tâches quotidiennes à réaliser ou des missions de plus longue haleine avec un délai d'atteinte durant lequel ils doivent planifier leur action. Le but, c'est de continuer à les aguerrir, de leur apprendre à faire face à toutes les situations et surtout d'échapper aux conséquences de leurs actes, même les plus graves. Profitant des opportunités locales, Max leur apprend à nager, à conduire, à piloter un bateau, il leur enseigne les règles de la survie, de la chasse…

Cette période lui permet aussi d'affiner sa compréhension de leurs capacités.

Cameron reste le plus fiable, le chef d'équipe qui réussit à dompter la force brute de Randall et la lâcheté de Dylon. Il canalise l'énergie de l'un qui veut toujours tout résoudre avec ses poings et optimise la couardise de l'autre en le plaçant en embuscade avec son arme à feu. Il organise et assure le succès des missions.

Ils sont capables de se faufiler partout parce que personne ne se méfie de trois enfants aussi angéliques qu'eux : Cameron avec sa silhouette effilée, ses cheveux noirs mi-longs et ondulés, son air grave et son visage racé séduisant ; Randall avec sa bouille de poupon encore ronde et enfantine, ses cheveux blonds coupés en brosse, son corps massif masquant des muscles redoutables ; Dylon petit et maigre, avec ses cheveux filasse châtain foncé qui cachent son visage ingrat.

Au moment où Max commence à éprouver une réelle satisfaction, il se fait rattraper par le destin. Pendant les dix premiers mois de voyage, Suzy laisse planer plusieurs allusions concernant son envie d'être épousée. Pour Max, leur lien actuel est bien assez fort comme cela. Pourtant, l'insistance de la jeune femme finit par lui mettre la puce à l'oreille. Régulièrement, elle revient à la caravane avec des magazines spécialisés sur le mariage et des catalogues de robes de mariée.

Quand ils s'arrêtent à Lakeport dont la plupart des rues se terminent face au lac Clear et aux montagnes, Suzy ne cesse de parler de la beauté du belvédère du Library Park et de sa vue somptueuse.

Max se demande si ignorer le souhait de Suzy pourrait aboutir à une rupture entre eux. Tout ce qu'il sait, c'est qu'il ne peut renoncer à la collaboration de sa compagne et puisqu'elle semble passer par ce point de détail, il se décide à l'inviter au restaurant. Il lui propose ensuite une promenade sur le front de mer. Main dans la main, ils se dirigent vers le belvédère. Même s'il trouve ça nunuche, il doit trop à cette fille pour ne pas respecter un minimum ses rêves. Alors, Max s'agenouille devant elle et lui tend un petit écrin en velours.

— Suzy, veux-tu devenir ma femme ?

Elle saute de joie en découvrant un anneau en or serti de diamants.

— Oh mon Dieu ! Max ! Bien sûr, je le veux !

Elle pleure à chaudes larmes pendant qu'il lui passe sa bague de fiançailles au doigt. Elle est si facile à satisfaire.

Dès le lendemain, Suzy se lance à corps perdu dans ce projet. Elle veut une belle robe, une cérémonie émouvante et un repas somptueux. Évidemment, arrive le moment où leur mode de vie lui pose quelques difficultés. Pour se marier, il faut une licence officielle, un maître de cérémonie, un témoin et des gens autour d'eux pour que l'événement ressemble à l'idée qu'elle s'en fait. Qu'à cela ne tienne, pour la première fois depuis leur rencontre, Suzy brise leur isolement pour aller à la rencontre de leurs voisins.

De son côté, Max n'éprouve pas grand-chose à l'idée de cette officialisation si ce n'est qu'il met en joie sa compagne, que cela va entraîner quelques complications dans leur vie, une prise de risques bien inutiles selon lui et l'obligation de demeurer sur place pendant une période plus longue que d'habitude. Il le prend avec philosophie.

Pourtant, il est hors de question que les garçons soient informés de ce mariage, parce que, avec ça, Max bafoue ouvertement tout ce qu'il a pu prétendre à propos de la société et de ses attaches perfides. Afin de les occuper et de les tenir loin de Suzy, il décide de les convoquer un matin alors qu'elle est déjà partie à la conquête de nouveaux amis.

— Nous n'allons pas repartir de Lakeport dans l'immédiat. Je ne vais pas forcément être très disponible et Suzy encore moins. Afin que vous ne perdiez pas la main, je vais vous donner quatre semaines pour dénicher une famille de quatre personnes, père, mère et deux enfants, et les tuer à l'issue du délai imparti. Vous avez la main sur tout : choix de vos cibles, repérages, planification et exécution. Ne me décevez pas !

Ainsi, pendant que Suzy et Max écument les boutiques spécialisées et enchaînent les barbecues entre voisins, Cameron, Randall et Dylon ratissent les centres commerciaux, les sorties d'école et les rues de la ville pour mener leurs repérages. Et la tâche n'est pas simple. Quand ils trouvent une famille de quatre personnes, elle habite dans une grande rue bordée de maisons espacées de quelques mètres, à peine.

Ils décident de modifier leur angle d'attaque et de choisir le lieu en premier. Ils surveillent les impasses se terminant sur les bords du lac. Malheureusement, ils se rendent vite compte que si les résidences y sont bien plus éloignées les unes des autres, elles sont également bien plus sécurisées. Au moment où ils estiment avoir perdu leur temps et devoir tout reprendre à zéro, ils découvrent Rose Avenue avec ses maisons plus anciennes camouflées par une verdure luxuriante. Mieux, ils se rendent compte que les résidents de l'une d'entre elles correspondent précisément à leur cahier des charges.

Pendant que Suzy et Max testent plusieurs restaurants pour sélectionner celui qui accueillera la réception dont elle a toujours rêvé, les garçons, eux, se relayent pour surveiller leurs futures victimes, les McNee : Donald, Mary-Jane et leurs enfants Marty et Cindy.

Le jour où Suzy prononce les paroles rituelles pour épouser Max, qu'elle mange son repas choisi avec soin au milieu de ses amis de pacotille, danse une grande partie de la nuit et obtient sa nuit de noces dans un hôtel trois étoiles de la ville voisine, Cameron et les deux autres forcent l'ouverture d'une fenêtre sur l'arrière de la maison des McNee. Ils pénètrent dans une petite buanderie. Ils se sont réparti les tâches et savent donc ce qu'ils doivent faire. Dylon se charge de la mère, Cameron du père et Randall des enfants.

Quand Max et Suzy réintègrent la caravane, les garçons dorment encore après leur retour très tardif.

Le lendemain, pendant que Suzy parade comme une reine avec sa bague au doigt devant ses nouvelles amies, Max jubile en découvrant les gros titres sur le meurtre odieux, probablement rituélique, vu l'atrocité des crimes commis, d'une famille de quatre personnes.

Ils quittent la ville trois jours après la cérémonie.

Fort de ce succès, Max décide de les rendre moins dépendants les uns des autres dans l'action. Dans chaque ville où ils s'arrêtent ensuite, il cherche à optimiser leur autonomie afin de décupler sa capacité de frappe. Ils ont beau être jeunes, il veut obtenir le meilleur de leur potentiel individuel.

Depuis qu'il peut jouer sur ce ressort psychologique, Max utilise la jalousie et les rivalités entre eux pour obtenir de meilleurs résultats. En les divisant ainsi, en les affamant pour les rendre hargneux, en les faisant souffrir pour les rendre endurants et insensibles, en les effrayant pour les dominer, en leur inspirant une haine féroce contre la société pour qu'ils ne puissent jamais avoir confiance en elle au point de le trahir ou d'avoir des velléités de fuite, il s'assure de leur totale obéissance. Mais cela ne lui suffit pas encore…

Quand ils posent leurs valises à Brawley, à quelques kilomètres de la frontière du Mexique presque dix-huit mois après leur départ de l'Illinois, Max a sérieusement entamé ses économies. Soucieux de reconstituer une partie de son pécule, il charge les garçons de cambrioler des maisons sélectionnées préalablement par Suzy et lui.

Le quatrième soir, elle les dépose vers minuit dans une ruelle sombre. Trois heures plus tard, ils arrivent à proximité de leur dernière cible de la nuit. Ils n'ont pas rencontré d'embûches particulières en visitant les deux premières, puisque l'une était vide et les occupants de la seconde dormaient et ne se sont pas réveillés.

Malheureusement, ils n'ont pas trouvé beaucoup d'argent liquide. Cette ville n'a pas l'air prospère vue de l'extérieur, elle ne l'est pas non plus de l'intérieur. Leur récolte s'élève à quelques centaines de dollars, à peine…

Cameron n'a pas l'impression que cet ultime cambriolage va changer quoi que ce soit à la donne. Malgré les lumières éteintes, l'air misérable de la maison ne laisse rien à l'imagination. La peinture de la façade s'écaille. Le jardin est envahi de mauvaises herbes et de déchets en tout genre. Une carcasse de voiture posée sur des parpaings occupe une allée dont le béton est fissuré.

Cameron précède les autres à l'intérieur après avoir forcé le verrou d'une fenêtre à guillotine. Randall et Dylon le rejoignent dans une chambre vide. Ils se répartissent la tâche de façon habituelle. Fouiller les tiroirs, palper le dessous du matelas, vérifier les lames du plancher, puis passer à la pièce suivante et ainsi de suite.

Dépités parce qu'ils n'ont rien trouvé, ils longent le couloir en silence. Dylon entre dans la cuisine. Sans conviction, les autres le suivent et se mettent à fouiller les placards. Boîtes de conserve, café lyophilisé, sachets de pâtes, pack de bière…

Cameron est sûr et certain qu'ils ont perdu leur temps jusqu'à ce que Randall s'intéresse au contenu du meuble sous l'évier. Il sort alors un sac de sport assez volumineux. Cameron déchiffre la question muette dans son regard. Il lui fait signe d'ouvrir la fermeture Éclair.

— C'est pas vrai ! s'exclame Randall, les yeux ronds comme des soucoupes.

Cameron reste bouche bée également avant de lui dire de se taire. Il croit avoir perçu un bruit.

— Vous avez entendu ? chuchote-t-il.

Au moment où les deux autres font mine de secouer la tête, la porte d'entrée de l'autre côté de la maison s'ouvre. Les trois enfants s'aplatissent au sol dans un même réflexe.

— Alors Carlos, tu as voulu la jouer solo ? Pourtant j'avais dit : tu prends la marchandise, tu vends la marchandise et tu me donnes ce que tu me dois.

Cameron fait signe aux deux autres de ne pas bouger tandis que les pas de plusieurs personnes résonnent sur le plancher juste devant la pièce. Si ces types entrent, ils les verront forcément. Se cacher, alors ? Le moindre bruit pourrait attirer l'attention sur eux. Cameron décide que le mieux à faire est de rester immobile.

Les pas finissent par s'éloigner vers la pièce voisine. La lumière s'allume dans le salon. Là où il se trouve, Cameron ne voit que des ombres portées sur le mur. Il y a un type assis et au moins trois silhouettes mouvantes.

— J'avais confiance en toi et tu m'as trahi.

L'ombre d'un bras gigantesque s'abat vers celle de l'homme qui est assis. Un cri étouffé s'élève. Cameron fronce les sourcils. Plus besoin de se poser la question, ils sont tombés au mauvais endroit, au mauvais moment. Il est temps de filer. Il recule lentement en silence vers la porte arrière. Les deux autres l'imitent.

— Je déteste les voleurs, mais si tu me rends ce que tu me dois, je pourrais peut-être te laisser en vie…

Un nouveau bruit de coup s'élève. Des sanglots étranglés résonnent dans la pièce. Cameron bat toujours en retraite à pas prudents.

— Je vais retirer ton bâillon, Carlos. Et tu vas répondre à ma question sans me faire perdre une seule seconde de plus. Où est mon putain de fric ?

— Promets-moi que si je réponds, tu me frapperas plus, Miguel ! gémit Carlos.

Son audace est récompensée par un autre coup.

— N'exagère pas, Carlos. T'es pas en position de négocier…

Le type craque sous la menace et la douleur. Il se met à geindre.

— Il est dans… dans la cuisine. Dans un sac de sport… sous l'évier. Je te le jure !

— Vous deux, allez vérifier ! exige Miguel.

Randall tire la manche de Cameron en lui montrant le sac. Il a raison. Quitte à risquer leur vie, autant repartir avec le fric. Les pas se rapprochent dangereusement. Dylon ouvre la porte et passe devant, les deux autres sur ses talons. Ils courent comme s'ils avaient le diable aux trousses. Ce qui est probablement le cas, vu le coup de feu qui vient de clore le chapitre Carlos.

Ils auraient pu disparaître sans problème et le laisser porter le chapeau. Oui. Ils auraient pu si Dylon ne s'était pas pris les pieds dans un obstacle et ne s'était pas étalé au milieu d'une dizaine de bouteilles en verre. À l'intérieur, les hommes de main qui viennent de découvrir un placard vide entendent le bruit. Ils sortent dans le jardin et ne peuvent manquer les trois silhouettes qui fuient dans la nuit.

— Il y avait des gens dans la maison ! Vite ! Rattrapez-les !

Cameron entend Randall pester contre Dylon.

— C'est pas vrai d'être aussi crétin !

— Silence ! Garde ton souffle.

— Pourquoi on pique pas une voiture ? demande Dylon.

— Parce qu'ils nous suivraient trop facilement.

Cameron est tendu, pour ne pas dire plus. Ils n'ont pas encore eu le temps de prendre leurs marques dans cette ville. Ils sont tombés au milieu d'une scène de règlement de comptes dans laquelle ils se sont immiscés de la pire des façons : non seulement, ils ont volé de l'argent qui appartient à quelqu'un de dangereux, mais en plus, ils en ont trop vu pour leur propre sécurité.

Si les types les retrouvent, ils sont morts. Alors, Cameron met toutes leurs connaissances au service de leur survie. Leurs poursuivants sont partis à pied, mais leur âge constitue un sérieux handicap. Les garçons ont été entraînés par Max qui ne se contente pas de résultats moyens. Leur avance devient confortable quand soudain, la donne change sous la forme d'un bruit de moteur à proximité.

Essoufflés, leurs poursuivants prennent l'option de mettre tous leurs œufs dans le même panier. Dès que le véhicule parvient à la hauteur des deux hommes qui les ont pris en chasse, elle s'arrête et ils montent dedans.

Il est donc temps de quitter la route. Cameron entraîne les autres dans un jardin. Il saute une haie sans ralentir, puis une autre. Ils ont pris un peu d'avance, car le conducteur a dû faire un détour.

Cameron s'arrête derrière une maison. Les deux autres l'imitent.

— Qu'est-ce qu'on fait, Cameron ? s'inquiète Dylon.

— On attend un peu.

Dès que la voiture passe à allure réduite dans la rue où ils se trouvent, Cameron prend une décision qu'il espère ne pas regretter. Ils repartent en sens inverse. Il a repéré un cabanon derrière lequel ils pourront se cacher le temps de reprendre leur souffle.

Juste au moment où ils se jettent dans l'ombre de l'abri de jardin, les phares de la voiture balayent l'espace devant eux. Ces gens sont dangereux et rien n'indique qu'ils n'ont pas appelé des renforts.

Cameron observe les alentours, évalue leurs options.

— Il faut se séparer, estime-t-il. Nous serons moins visibles qu'en nous déplaçant en groupe. On se rejoint au camping.

— OK.

Randall vérifie que la voie est libre et file dans une direction. Cameron place la courroie du sac sur son épaule et s'apprête à repartir quand il voit le regard terrifié de Dylon.

— Si ces types t'attrapent, ils te tueront, argumente-t-il. Utilise tout ce que tu as appris pour leur échapper.

— Je ne peux pas rester avec toi ?

Cameron pose sa main sur l'épaule de son frère.

— Non. Sois fort et prudent, Dylon. On se revoit à la caravane.

Il le lâche et disparaît dans la nuit. Cameron court en se déplaçant d'une ombre à l'autre. Il espère que Dylon ne va pas gaffer comme d'habitude et conduire leurs poursuivants directement à eux. Il se jette derrière une palissade en bois quand il entend la voiture passer à vitesse réduite dans une rue parallèle. Leurs poursuivants sont tenaces, mais ils ont manifestement perdu leur trace.

Cameron se redresse. Une silhouette surgit devant lui, une arme à la main.

— Sale petit merdeux ! Rends-moi ce sac !

L'homme tourne la tête en arrière et fait mine d'appeler les autres. Cameron ne réfléchit pas, il profite de cet instant de distraction pour sortir son couteau. Il plante sa lame à plusieurs reprises dans la gorge du type qui chancelle un instant avant de s'effondrer, mort.

Cameron tend l'oreille. Le bruit du moteur de la voiture est très éloigné à présent. Il repart donc en courant, s'arrête, fait des détours pour être certain que personne ne le suit.

Soudain, il reconnaît les lieux : le camping est tout proche. Cameron regarde derrière lui sans ralentir l'allure et heurte quelqu'un de plein fouet. Le choc est violent. Il tombe en arrière. Il se redresse, prêt à vendre chèrement sa peau.

— Cameron ?

— Randall ? C'est toi ?

— Oui. Tu pourrais pas regarder où tu marches !

— Pareil pour toi, crétin !

Soulagé, Cameron souffle. Ensemble, ils rejoignent la caravane. Blême et légèrement tremblant, Dylon est déjà à l'intérieur. Il a eu le temps de faire son rapport à Max.

Dès qu'il les voit, celui-ci soupire de soulagement. Quand Suzy lui a raconté qu'il se passait des choses bizarres dans cette maison, Max a pris la décision de les y envoyer exprès. La maîtrise des gosses est telle qu'ils ont toujours réussi leurs missions sans prendre de risque, sans être mis en danger. Ils ont toujours tué sur commande et pas par nécessité. Il fallait bien mettre un peu de piment dans leurs vies !

— Faites voir, dit-il en tendant la main.

Cameron pose le sac sur la table devant lui. Max remarque le sang sur lui.

— Tu es blessé ?

— Ce n'est pas le mien.

Max hoche la tête avant d'ouvrir la fermeture Éclair. Il lâche un sifflement admiratif en découvrant son contenu.

— Bon boulot, les gars ! s'exclame-t-il en sortant plusieurs grosses liasses de billets. Allez vous coucher. On décolle demain à la première heure.

En fait, tout cela tombe très bien.

Max estime que les garçons ont fait le tour de la question et qu'il n'a plus grand-chose à leur apprendre. Il est las du coin, de devoir se déplacer aussi souvent et il est surtout très impatient de reprendre les choses là où il les a laissées dans le nord.

Cameron a, à présent, onze ans et demi, les deux autres dix ans et demi. Ils ont tué, volé et blessé de parfaits inconnus, quand il le leur a ordonné. Ils ont surtout opéré de nuit, mais agir en pleine journée ne les effraie pas. Ils sont désormais habitués à toutes sortes de terrains, de climats et de conditions. Ils sont autonomes, complémentaires, agressifs, dangereux et obéissants. Il a fait d'eux des armes mortelles.

Aucune de leurs victimes n'a jamais envisagé que derrière les cagoules se cachaient de simples gosses. Et dans le cas contraire, ils ont été assez réactifs pour qu'il n'y ait pas de témoin vivant après leur passage.

Ils sont devenus bien plus redoutables et impitoyables que n'aurait pu l'espérer Max quand il a entrepris son projet fou.

Après cette période d'affûtage de ses outils de mort, il décide donc qu'il est grand temps de reprendre la route de l'Illinois. Il a déjà sa prochaine cible en tête. Il pense à une personne en particulier qui a contribué à précipiter sa chute à cause de ses préjugés, une personne à qui il compte bien rendre la monnaie de sa pièce.

Max et Suzy se relaient par étape pour le voyage de retour d'environ trois mille deux cents kilomètres jusqu'à Freeport, à proximité de la prison où Max a purgé sa peine.

Dès leur arrivée, il lance immédiatement son opération de représailles. Comme les précédentes fois, Suzy est chargée des repérages. Max se fie à ses observations et à ses rapports quotidiens pour finaliser son plan.

Son idée est complexe à mettre en œuvre, et nécessite de la discrétion, du sang-froid et de la subtilité. Avec toutes ces qualités requises, le choix est vite fait : il enverra Cameron, en solo.

24

Suzy a précisé que le créneau d'action serait très mince et elle n'a pas menti.

Cameron est planqué derrière le garage des voisins des Fines, les gens chez qui il doit pénétrer. De là, il observe la rue, les allées et venues des riverains qui rentrent du boulot, arrosent leurs jardins, sortent les poubelles ou mettent leur nez dehors pour demander à leurs gosses de passer à table.

De temps en temps, il jette aussi un œil chez les Fines qu'il aperçoit en ombres chinoises chaque fois qu'ils passent devant les fenêtres.

Enfin, la pénombre s'installe et tout semble s'apaiser. Les gens sont rentrés chez eux et s'apprêtent à passer une soirée en famille. C'est le moment qu'attendait Cameron.

Il se glisse hors de sa cachette pour rejoindre un arbre planté entre les deux maisons. Au fur et à mesure de sa croissance, son propriétaire a grossièrement taillé les branches basses, ce qui assure des prises pour les mains et les pieds. Exactement comme l'a indiqué

Suzy. Cameron grimpe sans difficulté et à l'abri des regards grâce au feuillage épais.

Une des branches hautes s'étend jusqu'au toit plat de la véranda à colonnes qui entoure la maison des Fines. Cameron se laisse glisser de l'arbre en douceur et s'accroupit sur les tuiles en résine sur lesquelles il se déplace en silence jusqu'à la fenêtre la plus proche. Il sort son couteau et passe la lame sous le loquet qui cède sans résister. Il soulève le cadre et pénètre dans la chambre de la sœur aînée de la famille, Tina. À partir de maintenant, Cameron ne dépend plus que de lui-même. Il observe cet environnement inconnu. Une commode dont le plateau est couvert d'objets typiquement féminins et située juste à côté de la fenêtre. Le mur de droite est occupé par un placard aux panneaux en bois ajourés par des persiennes et la porte de la chambre. Le lit deux places couvert d'une housse vert et rose est à gauche. Face à la fenêtre, il y a un bureau blanc et une étagère avec des livres. Les murs peints en fuchsia sont couverts de posters. Il s'approche pour les voir de plus près : Creed, Britney Spears, Savage Garden, Eagle-Eye Cherry, Smash Mouth… Sans surprise, Cameron n'en connaît aucun, puisque Tina est un pur produit de la société, alors que lui vit en marge de tout.

Il entrouvre la porte de la chambre pour écouter les voix et les rires qui proviennent d'en bas, entrecoupés de bruits de vaisselle. Il la referme et se dirige vers le placard. Il lui offre un poste d'observation et une cachette idéale pour son projet.

Il s'installe dans un coin et ouvre son sac à dos pour se préparer. Il sort un tampon de gaze et une bouteille de chloroforme ainsi que son couteau.

L'action de ce soir est risquée. Cameron a les mains légèrement moites. Il se repasse le plan en boucle dans la tête jusqu'à entendre des pas dans l'escalier.

— Je vais faire mes devoirs. Bonne soirée. Bonne nuit.

— Bonne nuit, Tina.

La jeune fille entre dans sa chambre. Cameron se penche pour l'observer par les fentes des panneaux de bois. Elle lui tourne le dos, mais il remarque sa silhouette voluptueuse. On est loin de la carcasse squelettique de Suzy, dont les os pointent sous ses vêtements.

Tina se tourne vers lui un bref instant avant de rejoindre la commode pour mettre en marche un appareil. Un son s'élève dans la pièce. Cameron écoute réellement de la musique pour la première fois depuis son enlèvement. Il ne peut pas dire qu'il n'en a jamais entendu, mais c'étaient des échos lointains provenant des autres caravanes ou de la fenêtre ouverte d'une voiture roulant à vive allure. Rien de comparable avec ce qu'il ressent à cet instant.

La jeune fille ferme les yeux pour mieux écouter la mélodie, laissant tout le temps à Cameron de l'observer. Elle a un visage magnifique, fin et délicat, des cheveux auburn soyeux et bouclés. Sa main se pose sur le premier bouton de sa chemise et l'ouvre. Cameron déglutit. Elle attrape une brosse à cheveux qu'elle place devant sa bouche pour chanter en rythme avec la musique.

My loneliness is killin' me (And I)
I must confess, I still believe (Still believe)
When I'm not with you I lose my mind

Give me a sign
Hit me, baby, one more time[1]

Elle bouge en se déhanchant. Cameron suit chacun de ses gestes, comme hypnotisé. Il retient son souffle alors qu'elle laisse glisser sa chemise sur ses épaules, puis elle passe ses bras dans son dos pour dégrafer son soutien-gorge qu'elle laisse tomber au sol à son tour.

Cameron se sent mal à l'aise. Les autres fois, il entre et sort de chez ses cibles sans prendre le temps de voir l'environnement dans lequel elles vivent. Avec Randall et Dylon, ils agissent par automatisme et prennent le moins de risques possible. Et si nécessaire, assassiner des inconnus ne lui fait ni chaud ni froid. Mais être obligé de se planquer et de voir sa victime d'aussi près, c'est une autre paire de manches. Tina est à peine plus vieille que lui, elle est divine et diablement enivrante.

Il parvient à reprendre son souffle quand elle enfile un T-shirt large. Le calvaire recommence quand elle déboutonne son jean et le retire. Avec des gestes lascifs, elle fait la même chose avec sa culotte. Il n'ose plus respirer jusqu'à ce qu'elle cache ses jambes galbées dans un bas de pyjama.

Alors, la longue attente commence. Elle se met à son bureau et travaille pendant une bonne heure. Vidé par un trop-plein d'émotions inconnues, Cameron se laisse bercer par la musique et commence à piquer du nez quand il entend un bruit provenant de la fenêtre.

1. *Baby One More Time* ; interprètes : Britney Spears, Gilles Pelligrini ; auteur : Martin Max ; album : *Baby One More Time* ; Kobalt Music Publishing Limited, 1998.

Avec un petit cri ravi, Tina se précipite pour l'ouvrir. Un garçon qui a suivi le même chemin que Cameron entre dans la chambre.

Jonathan Moore. C'est lui la cible finale de Cameron. Il doit tuer la fille, puis se débrouiller pour que le fils de l'avocat, tel que le désigne souvent Max quand il s'énerve, porte le chapeau. Cameron l'a aussi entendu dire que Moore saurait enfin ce qu'on éprouve lorsqu'on est accusé à tort et broyé par le système.

Maintenant que tous les protagonistes sont présents, Cameron passe aux détails pratiques. Ça ne va pas être une mince affaire d'attendre que Jonathan laisse des traces de sa présence sur le corps de Tina, de sortir de ce placard sans être vu, d'endormir le garçon tout en maîtrisant la fille avant de la mettre à mort sans qu'elle alerte qui que ce soit, puis de mettre en scène la culpabilité de son petit ami… C'est vraiment la mission solo la plus délicate que Max lui ait jamais confiée.

Inconscient de ce qui l'attend, Jonathan se précipite vers Tina et la prend dans ses bras. Il est beau, grand, athlétique et bronzé. Ils forment un joli couple, a estimé Suzy. Les deux jeunes gens s'embrassent avec fougue. Ils se déshabillent mutuellement. Cameron n'ose pas détourner les yeux, même s'il se sent gêné de perturber leur intimité. Confusément, il sait qu'il assiste à un moment privilégié que les deux jeunes attendaient avec impatience. Une fois nus, ils s'allongent sur le lit.

Cameron éprouve un choc terrible quand il entend les bruits qu'ils font, leurs soupirs et leurs gémissements tandis que leurs deux corps s'unissent et s'agitent en rythme. Ces sons, Cameron les a déjà entendus lorsqu'il était enfermé dans le tiroir, sous le lit de Max et Suzy. Et aujourd'hui encore, il les perçoit souvent en provenance de leur chambre.

Il observe le visage des deux jeunes gens et il constate qu'ils ont l'air bien et heureux. Et là, la confusion s'installe. Max leur apprend à détester ce qui vient de la société, les sentiments qu'elle draine, l'attachement, et pourtant force est de constater qu'il ne se tient pas à l'écart de tous ses bienfaits…

Cameron observe en silence les ébats des deux jeunes gens, leurs regards, leurs gestes. Et le doute s'implante. Ce qui se passe sous ses yeux, c'est indéniablement beau. Cela signifie que tout n'est pas à rejeter dans la société. Max leur a-t-il menti ?

Il aurait pu avoir des dizaines d'occasions de passer à l'acte sans se faire remarquer, pourtant Cameron ne bouge pas jusqu'à la fin. Quand ils se rhabillent en s'embrassant, il n'agit toujours pas. Jonathan disparaît par la fenêtre. Tina sort à son tour pour aller prendre une douche. Cameron a échoué.

Sans réfléchir, il se faufile hors de la chambre, puis le long du couloir. Il descend quelques marches de l'escalier.

Les parents de Tina sont en train de regarder la télévision dans leur salon. Il les entend rire. Cameron s'assoit de manière à rester invisible quand Tina sortira de la salle de bains. Puis il regarde les images qui défilent devant ses yeux et forment un canevas inconnu. Elles racontent l'histoire d'un homme et d'une femme qui s'aiment, mais que des quiproquos vont séparer avant de les rapprocher. C'est à la fois drôle et touchant. Les personnages principaux ont des amis, des parents, des frères et sœurs qui les conseillent et les aident à surmonter les épreuves et les trahisons. À plusieurs reprises, ils passent à table et mangent à profusion. Ils rient, pleurent, désobéissent et s'énervent. Bref, ils vivent.

De vieux souvenirs enfouis depuis très longtemps flottent à la périphérie de la mémoire de Cameron, ils sont associés à de la joie, de l'innocence et les gestes d'une femme douce.

Irrésistiblement, il se sent attiré par ces sensations passées et par les promesses du petit écran, malgré ce qu'on a pu lui dire sur le côté illusoire de la société. Ces gens-là n'ont pas besoin de voler ou de tuer pour avoir le droit de se nourrir. Ils n'ont pas besoin de se méfier de leur entourage, ni de vivre cachés ou enchaînés à leur lit. Ils n'ont pas besoin d'encaisser des coups sans se plaindre pour mériter le respect.

Le film se termine. Les Fines rallument la lumière. Cameron se rend compte que, là où il est, il est visible comme une mouche au milieu d'une assiette de potage. Il bat en retraite et ouvre une porte. D'après les posters plus enfantins collés sur les murs, il doit s'agir de la chambre de la petite sœur de Tina. La bouche ouverte, elle dort avec un bras passé hors des couvertures et ses boucles blondes reposent sur son oreiller. Cameron observe son sommeil paisible avec envie, lorsqu'il entend des pas. Il se précipite jusqu'au placard pour se cacher. Les parents entrent. Il les voit embrasser le front de la petite et la regarder avec affection. Ils ressortent en se tenant la main. Cameron reste songeur quelques instants avant de se glisser en silence par la fenêtre.

Il a juste le temps de rejoindre le lieu du rendez-vous pour retrouver Max. Il grimpe dans la voiture.

— C'est fait ?

Cameron secoue la tête et croise les doigts pour que son excuse passe.

— Non. L'occasion ne s'est pas présentée. Ils ne m'ont jamais tourné le dos. Ça aurait été trop risqué de passer à l'acte dans ces conditions.

Max le croit parce que Cameron ne lui a jamais menti.

— Je savais que la mission ne serait pas facile. Tu y retourneras jusqu'à ce que l'occasion se présente.

Cameron approuve. C'est ce qu'il espérait.

25

Cameron ouvre les yeux. Il entend les bruits qu'il identifie maintenant sans peine. Il se tourne dans son lit. En face de lui, Randall ronfle. Et en dessous, Dylon dort profondément.

Cameron récupère sous son oreiller un petit outil pour crocheter les serrures qu'il a subtilisé justement en prévision de cet instant. Il s'attaque à l'attache de la chaîne qui le relie au lit. Elle cède en quelques secondes.

Soudain terrifié par sa hardiesse, Cameron tente de calmer les battements de son cœur. Ce qu'il tente ce soir est totalement interdit et inédit. Aucun d'eux n'a jamais osé agir comme lui, ni même l'envisager. Ils préféreraient tous pisser dans leur lit plutôt que de se lever en pleine nuit sans autorisation. S'il se fait prendre, sa vie s'achèvera là. Max ne plaisante pas avec l'obéissance.

Cameron hésite. Écrasé par le poids des années de dressage, il est à deux doigts de renoncer. Pourtant, l'envie de savoir est la plus forte. Il est rongé par le besoin de comprendre les mécanismes et les règles qui régissent sa vie, de tester leur bien-fondé, de s'assurer qu'il ne se fourvoie pas.

Aussi silencieusement que possible, il pose un pied sur l'échelle de son lit qui produit un grincement de mauvais augure. Dylon gémit dans son sommeil et se retourne. Cameron attend quelques secondes avant de reprendre sa descente. Il vérifie qu'aucun des deux n'est réveillé avant de tirer la porte coulissante et de se glisser hors de la pièce.

Seul dans ce couloir qui lui semble particulièrement menaçant, il n'ose plus bouger. Est-il vraiment préparé au choc de la révélation qu'il pressent ? Sans compter les risques immenses et terrifiants à prendre pour aller au bout de son projet insensé.

Il se répète que la vie de Tina en dépend. À pas feutrés, il traverse donc la caravane jusqu'à la porte de la chambre de Max. Agenouillé, il pose sa main sur la poignée. Il prend une longue inspiration et la fait glisser sans bruit de quelques centimètres. Il se penche légèrement pour jeter un œil à l'intérieur. Max est couché sur Suzy qui gémit à chacun de ses mouvements. Son visage à cet instant porte la même expression que celui de Tina.

Cameron a sa confirmation, pourtant il reste immobile jusqu'à ce que Max joigne ses cris à ceux de Suzy. Puis il roule sur le côté avec une expression béate plaquée sur le visage.

— Putain, c'était bon !

— Je t'aime, bébé, ronronne Suzy en se pelotonnant contre lui.

Le monde de Cameron s'effondre. Si Max leur a menti pour ça, à propos de combien d'autres choses l'a-t-il fait ? Tout ce en quoi Cameron a accepté de croire depuis son enlèvement sept ans plus tôt est sans doute faux. Le pire, c'est qu'au nom de cette putain d'idéologie, il a fait souffrir et tué des gens. Il revoit encore leurs visages. Six morts, quinze blessés graves, vingt-sept personnes dépouillées. Cameron a envie de se taper la tête contre le mur pour oublier ce qu'il vient de découvrir. Des larmes de détresse envahissent ses yeux.

— Je vais pisser.

La voix de Max le ramène brutalement dans le présent et à la précarité de sa situation. Cameron n'aura jamais le temps de regagner son lit. Il n'a nulle part où se cacher.

— Embrasse-moi avant, bébé.

Sauvé par Suzy, Cameron recule précipitamment vers sa chambre dont il referme le panneau coulissant au moment où Max s'étonne.

— Tu n'avais pas fermé la porte ?

— Si, pourquoi ?

— Elle est entrouverte.

Cameron se glisse dans son lit aussi vite que possible, sans faire grincer l'échelle ou la literie.

— J'ai peut-être oublié, répond la voix endormie de Suzy.

Cameron attrape la chaîne et la glisse autour de son poignet. Quand Max entre dans la pièce, le bruit de la porte couvre celui du petit clac de la serrure qui se referme. Cameron cale sa respiration sur celle de ses deux frères jusqu'à ce que Max ressorte.

C'était moins une.

26

Les jours suivants, Cameron observe ce qui l'entoure avec un regard neuf.

Sorti de son état habituel de soumission et d'obéissance, il remarque que Max et Suzy commettent une foule d'entorses au règlement qu'il ne percevait pas avant d'être confronté à la chambre et à la vie de Tina et de ses parents.

Suzy qui obéit inconditionnellement à Max devrait être la première à respecter ses enseignements. Libéré de ses œillères et distrait de ce qui l'anime d'habitude, Cameron se rend soudain compte qu'elle passe ses journées à feuilleter des magazines ou devant la télé. Il a à peine besoin de jeter un coup d'œil sur l'écran pour comprendre qu'elle regarde le même type d'émission que les Fines.

Il n'y a qu'une seule façon de l'interpréter : elle aussi s'est bien foutue d'eux.

Est-ce qu'elle agit ainsi dans le dos de Max ? Connaissant le bonhomme et son degré d'exigence, il ne peut en être autrement. Pourtant, Cameron doit se rendre à l'évidence. Max le sait. Pire, il l'encourage.

Deuxième mensonge.

Le lendemain soir, Cameron prétend avoir mal au ventre et traîne aux toilettes. Quand il se décide à sortir à une heure où il est d'ordinaire déjà au lit, il surprend Suzy qui revient de la laverie les bras chargés et avec un sac rempli de magazines. Elle sursaute.

— Tu n'es pas au lit, Cameron ?

— Non. J'étais barbouillé. Tu as besoin d'aide ?

Sans attendre sa réponse, il attrape le sac de linge et en profite pour déchiffrer les titres des revues avant qu'elle les cache derrière son dos. Il fait semblant de ne pas avoir vu, cependant, les couvertures ne prêtent pas à confusion : actualité, politique, survie… Elle les a achetées pour Max sans aucun doute possible.

Pour quelqu'un qui leur apprend à détester la société, Max se tient très au courant de ce qui s'y passe.

Troisième mensonge.

Après ces révélations successives, Cameron en vient à se demander la cause de tous ces compromis. Manifestement, Max et Suzy ne vivent pas totalement coupés de la société. Pourquoi exiger cela de lui et des deux autres dans ce cas ?

Cameron se perd en conjectures, jusqu'au jour où sa mission revient sur le tapis. En entendant Max vitupérer, Cameron se souvient alors que Jonathan Moore et Tina constituent de simples moyens pour atteindre quelqu'un d'autre, un avocat, le père de Jonathan.

Cameron se décide à poser une question directe pour crever l'abcès.

— Est-ce qu'il faudra que je tue l'avocat, ensuite ?

— Non ! Lui, je le veux bien vivant. Je veux qu'il assiste à la lente déchéance de son fils quand il sera derrière les barreaux pour un meurtre qu'il n'a pas commis, lui non plus.

Ce « lui non plus » alerte Cameron. Quand Max leur assigne des cibles, il le fait généralement sans émotion, sauf avec certaines personnes : Farmer, la femme qu'ils ont poussée dans l'escalier, Jonathan et son père… Comme s'il avait un compte personnel avec ces personnes-là.

Est-ce que ça pourrait n'être que ça ? Une simple histoire de vengeance individuelle et non une action pour déstabiliser la société comme Cameron a toujours accepté de le croire ?

— OK, répond Cameron avec un faible sourire.

— Prépare-toi à y retourner très prochainement.

Cameron continue d'y penser le lendemain matin, pendant que Dylon et Randall s'entraînent.

Il a honte d'y songer en termes aussi enfantins, mais il a cru aux salades de Max quand il estimait pouvoir faire de lui un super-héros vivant au-dessus du carcan de la société et de ses règles corrompues. Et d'un seul coup, c'est la douche froide, parce qu'un super-héros ne s'en prend pas à des innocents pour accomplir la vengeance d'un autre. Sinon, il n'est qu'un simple pantin manipulé par les forces du mal, comme Superman sous influence de la kryptonite. Sinon, il n'est qu'un vulgaire assassin.

Pris dans ses pensées, il n'entend pas les ordres de Max.

— Cameron !

Randall lui envoie son poing dans la figure. Il n'a pas le temps d'esquiver et se retrouve au sol, le nez en sang.

— Tu rêvais, Cameron ? minaude Max d'un ton chargé de menaces.

— Cameron a la tête en l'air en ce moment, rapporte Randall.

Cameron se relève sans émettre une seule plainte.

— C'est vrai, ça ? interroge Max en braquant son regard sur lui.

— Je m'en veux d'avoir manqué la première occasion de piéger Jonathan. Je n'aime pas te décevoir, improvise Cameron.

Rassuré, Max pose la main sur son épaule.

— Ce n'est que partie remise. J'ai confiance en toi. Je sais que tu vas réussir.

— En tout cas, ce que tu as vu là-bas t'a perturbé, ricane Randall. Tu as la tête en l'air depuis que tu es revenu.

Cameron lui saute à la gorge.

— Ferme-la !

Ils roulent au sol et se battent à coups de poing quand Max les interrompt.

— Assez !

L'ordre a claqué et ils se séparent immédiatement. Randall essuie sa lèvre en sang.

— Tu veux me parler de ce que tu as vu là-bas, Cameron ? interroge Max, soucieux de voir Cameron si à cran depuis son expédition.

— En fait… c'était bizarre de se retrouver dans la chambre de cette fille. Tous les objets qui lui appartiennent portent la marque de la société.

Randall fait semblant de vomir.

— Beurk…

— Et…, l'invite à poursuivre Max.

— Et je me suis senti un peu perdu, admet Cameron. Je veux dire que nous nous tenons absolument à l'écart de ce qui provient de la société, n'est-ce pas ?

Max approuve d'un signe de tête.

— Et là, je me suis retrouvé immergé au milieu de tous ces symboles de ce que nous rejetons avec force : la musique, les images sur les murs, l'amour…

— Je comprends, Cameron. La société tentera de te séduire grâce à la ruse et à la tentation. Tu devras rester fort pour ne rien accepter d'elle.

Cameron lève les yeux vers Max.

— Rien du tout ?

— Rien du tout, confirme Max. Ni objet, ni comportement, ni émotions parasites…

Mensonge, mensonge et mensonge.

Cameron n'a plus qu'à tirer les conclusions qui s'imposent.

27

— Max repassera te chercher dans quatre heures au même endroit.

Cameron approuve.

— OK. Merci, Suzy.

Il claque la portière de la voiture et se dirige à pas vifs vers sa destination. Dès que la voiture de Suzy a disparu, il retire son sac à dos.

Il se précipite vers le premier bosquet venu et creuse rapidement dans la terre meuble un trou peu profond dans lequel il jette son couteau qu'il enterre. Il reprend son chemin.

Il s'arrête un peu plus loin pour vider la bouteille de chloroforme dans une flaque d'eau, avant de la jeter dans une poubelle à un pâté de maisons.

Dans son sac, il n'y a plus qu'un tampon de gaze dont il se débarrasse aussi. Le sac à dos prend rapidement le même chemin.

Cameron poursuit son chemin jusqu'à la maison des voisins de Fines. Comme la fois précédente, il se glisse sans encombre à l'abri du garage pour attendre que le quartier se calme. Dès qu'il n'y a plus de danger, il grimpe à l'arbre, se laisse glisser sur la terrasse et entre dans la chambre de Tina. Il se planque dans son placard. Ses gestes sont vifs, rapides. Il ne perd pas de temps à observer ces objets qui l'ont tant perturbé lors de sa première visite.

Tina remonte dans sa chambre après le repas. Cameron la regarde avec une sorte d'émerveillement bouger, se déshabiller, travailler et faire l'amour. C'est grâce à elle qu'il a ouvert les yeux sur les mensonges de Max.

Dès qu'elle file vers la salle de bains, Cameron sort de sa cachette. Il a les mains moites et le cœur qui bat alors qu'il se dirige vers l'escalier. À pas de loup, il le descend jusqu'en bas, passe derrière le canapé sur lequel les Fines suivent un reportage et entre dans leur cuisine.

Là, il déverrouille la porte de derrière.

La main sur la poignée, il hésite. C'est maintenant que tout se décide : sortir, filer vers le lieu du rendez-vous et poursuivre son existence ainsi ou rester à l'intérieur et se jeter vers l'inconnu. Cameron prend une grande inspiration avant de s'asseoir sur le carrelage.

Recroquevillé, il ne bouge pas. Il attend.

Quand son émission se termine, Edwin Fines se lève en s'étirant et y va de son petit commentaire.

— Tu vas voir que c'est cet abruti de Bush qui va être élu… Je n'y crois pas. Je pensais qu'on allait continuer sur une lancée démocrate.

— Pauvre pays, approuve sa femme.

Elle se dirige vers la cuisine pour aller se chercher à boire. Dans le noir, elle ouvre le placard et prend un verre. Elle se retourne pour rejoindre l'évier quand elle bute sur quelque chose. Elle pousse un cri terrifié et lâche le verre qui s'écrase au sol.

Edwin accourt. Il allume en entrant.

— Tout va bien, ché… qu'est-ce que…

Les yeux rivés sur la bouille triste d'un gamin, assis dans leur cuisine, Edwin est le premier à reprendre ses esprits.

— Comment es-tu entré chez nous ?

Cameron montre la porte d'un signe de tête. Edwin se précipite et constate qu'elle n'est pas verrouillée, alors qu'il est presque sûr de l'avoir fait. Putain d'automatismes !

— Qui es-tu ? interroge Betty Fines, encore un peu tremblante.

Ce gosse a l'air en bonne santé, bien qu'un peu maigre. Ses grands yeux noirs reflètent un tel désarroi qu'elle en a mal au ventre.

— Où sont tes parents ?

— Je n'en ai pas.

— Où vis-tu, alors ?

— Dans la rue. Je me débrouille comme je peux.

Choquée, Betty sent son cœur fondre.

— Comment es-tu arrivé ici ?

— J'avais faim. Je suis entré pour trouver à manger.

Les Fines se regardent, sans savoir quoi faire. Betty se décide à réagir. Elle se dirige vers un buffet pour sortir un Tupperware rempli de cookies qu'elle a préparés dans l'après-midi.

— Tiens, prends ça.

Hésitant, Cameron ne bouge pas. Betty lui ouvre la boîte et la pose sur ses genoux.

— Éclats de noisettes et chocolat, tu peux y aller. Ils sont délicieux, précise-t-elle.

Cameron en goûte un et il manque de défaillir sous l'avalanche de saveurs. Et dire qu'il est passé à côté de ça aussi !

— C'est bon, constate-t-il, la bouche pleine.

— On ne peut pas se contenter de lui donner à manger et de le laisser partir, estime Edwin.

Il observe le gosse qui s'empiffre comme s'il n'avait rien mangé depuis des jours.

— S'il repart dans la rue, il est condamné à plus ou moins long terme.

Cameron entame le dernier cookie en faisant mine de se désintéresser de leur conversation.

— Comment t'appelles-tu ?

Son ancien nom lui remonte tout naturellement à la bouche. Il a envie de le dire, envie de retrouver sa maison, ses parents. Lorsqu'il s'apprête à le prononcer à voix haute pour la première fois depuis sept ans, il réalise avec horreur que cela lui est impossible. Ça ne peut pas être aussi simple. S'il rentre chez lui, Max le saura à cause de ses foutus magazines. Il n'aura aucun mal à le retrouver, à envoyer les autres le tuer, lui et toute sa famille. Cameron baisse la tête.

— Cameron.

— Cameron comment ?

— Je ne sais pas…

Edwin lance un regard entendu à sa femme. Il sort de la pièce pour appeler la police.

— Oui. Un enfant s'est introduit chez nous pour voler de la nourriture. Je pense qu'il faut envoyer quelqu'un des services sociaux. Il dit ne pas avoir de famille et vivre dans la rue… Non. Il n'a pas l'air dangereux, juste à bout de forces.

Cameron ressent une bouffée d'angoisse. Ses mensonges vont-ils tenir face à leurs questions ? Saura-t-il donner le change dans ce monde dont il ignore tous les codes ? Il est encore temps de bousculer la femme et de fuir.

Il le pourrait, mais il n'en fait rien. À vrai dire, il ne bouge même pas quand les policiers entrent dans la cuisine.

— Où est l'enfant ?

Mme Fines qui est restée avec lui pendant toute l'attente, qui lui a murmuré des paroles douces et réconfortantes, le montre du doigt.

— Il s'appelle Cameron.

— Bonsoir, Cameron. Je suis le sergent Leister.

Cameron lève la tête vers un policier moustachu au ventre légèrement proéminent.

— Bonsoir.

— Es-tu conscient d'avoir commis une infraction en t'introduisant chez des gens ?

Betty Fines le dispense de répondre.

— Mon mari et moi, nous ne porterons pas plainte. Cet enfant n'a connu que la rue et la faim. Quels chrétiens serions-nous si nous lui tenions rigueur de cette vie qu'il n'a pas demandée ?

Le collègue du sergent hausse les épaules.

— C'est à vous de voir…

— C'est tout vu !

— Nous allons t'emmener dans un foyer, reprend Leister. C'est un endroit dans lequel tu seras en sécurité. Des gens vont s'occuper de toi, te nourrir et te trouver une famille.

Cameron ne réagit pas, bien que ces mots provoquent un écho en lui.

— Est-ce que tu comprends ce que je te dis ?

Cameron approuve.

— Vas-tu me poser des difficultés si je t'aide à te relever ? s'inquiète le policier.

Cameron le regarde à nouveau. Cela lui semble si simple de se laisser glisser après toutes ces années de lutte. Ses yeux se remplissent de larmes qui roulent sans retenue sur ses joues.

— Non, m'sieur, répond-il d'une voix misérable.

— Bien.

Le policier passe ses bras sous ses aisselles et le soulève.

— Allez, viens, mon gars.

Il l'escorte hors de la maison et lui ouvre la porte de la voiture de patrouille. Cameron s'assoit sans faire d'histoires.

Enfin, il peut souffler.

Jamais Max ne pourra venir le réclamer à présent. Sinon cela reviendrait à admettre qu'il l'a enlevé quand il était enfant.

Et donnant-donnant, jamais Cameron ne révélera quoi que ce soit sur son passé, car cela reviendrait à avouer les crimes qu'il a commis pour Max et à finir sa vie en prison.

28

— Parle-moi de tes parents, Cameron.

— Je les ai pas connus, répond-il mécaniquement.

Après tout, ce n'est que la quinzième fois qu'on lui pose les mêmes questions depuis qu'il a mis les pieds dans ce centre d'accueil pour jeunes en détresse. Et c'est aussi la quinzième fois qu'il leur sert les mêmes salades.

Aujourd'hui, Cameron n'a pas plus le droit à l'erreur que les autres jours. Ce qu'il veut, c'est se noyer dans l'anonymat de la société pour échapper à Max. Malheureusement, les psys souhaitent savoir s'il représente un danger pour les autres avant de l'envoyer dans un orphelinat où il pourra prétendre à une adoption. Pour le moment, ils sont dans une impasse : tant qu'ils ne parviennent pas à clarifier son passé, la situation de Cameron est bloquée et s'il lui prenait l'envie de trop en raconter, il serait tout aussi coincé, car ils ne le laisseraient plus jamais ressortir. Ses options sont minces, très minces. En fait, il n'en a qu'une : mentir.

La psychiatre qui l'interroge aujourd'hui est assez jeune, donc avec un peu d'espoir, un petit peu moins aguerrie. Elle est belle aussi, dans son chemisier blanc et sa jupe droite bleu marine. Ses cheveux noirs sont attachés de façon assez lâche par un lacet rouge.

— Qui t'a élevé ?

Dès le premier entretien, il a fixé des limites nettes : s'il s'invente une fausse famille, des lieux de résidence précis ou fixes, des moyens de locomotion, des contacts réguliers avec d'autres personnes, ils pourront vérifier son histoire et découvrir qu'il leur raconte n'importe quoi.

— Je sais pas vraiment..., répond-il.

Il a vite compris que sa façon de formuler ses phrases ne correspondait pas au niveau d'éducation qu'il prétend avoir. Il n'a pas mis longtemps avant de capter comment s'exprimer comme n'importe quel autre gamin enfermé ici.

Elle soupire et retire ses lunettes à monture plastique noire pour lui lancer un regard courroucé.

— Tu as douze ans, Cameron, ce qui fait de toi un individu parfaitement apte à appréhender ce qui l'entoure. Tu es très intelligent, ce qui renforce encore notre certitude que tu ne nous dis pas la vérité concernant ton passé.

— J'vous cache rien. Je sais pas du tout qui étaient mes parents, ni qui s'est occupé de moi au début. Je me souviens juste que je vivais dans un genre de camp et qu'un gars m'a appris à me débrouiller. Il était gentil, mais un soir, il est parti faire la manche et il n'est jamais revenu. Après ça, je me suis enfui et je suis resté seul presque tout le temps.

— Pourquoi t'es-tu enfui ?

— Je me sentais pas en sécurité.

— Est-ce que quelqu'un t'a fait du mal physiquement ?

À ce moment de son récit, il les a tous vus dresser l'oreille comme s'ils sentaient l'odeur du sang. Comme pour les autres psys, il lâche du lest.

— Je me prenais une baffe de temps en temps quand je traînais trop dans les pattes des adultes.

— Rien de plus ? répond-elle, un peu déçue.

Pour lui faire plaisir, il en rajoute un peu.

— Je me prenais des coups de pied au cul aussi.

— Fais-tu des cauchemars ?

— Des fois. Je rêve que j'arrive pas à trouver à manger.

— Tu avais quel âge quand ton protecteur est mort ?

— Je suis pas sûr. Six ou huit ans, peut-être…

— Où était ce camp de SDF ?

— Je l'ignore.

Elle fronce les sourcils devant son manque de précisions.

— Comment cet homme s'appelait-il ?

— Il se faisait appeler Dweeb.

La psy note distraitement le surnom sur une feuille. Elle sait qu'il ne lui permettra pas de reconstituer une histoire aussi incomplète et imprécise que celle que leur raconte Cameron depuis son arrivée : pas de lieu, pas de nom, pas de date précise… Alors, elle essaie de le faire sortir de sa zone de confort.

— Est-ce lui qui t'a appris à parler aussi bien ?

Cameron réalise qu'il a rehaussé son niveau de langage sans le faire exprès, mais il ne se laisse pas démonter par sa question.

— C'est vrai ? Vous trouvez ? Dweeb serait content de l'entendre. Ça, oui. Il m'a appris à lire aussi, même si j'ai pas eu souvent l'occasion de m'exercer.

Elle lui sourit de façon engageante.

— Puisque tu sais lire, tu peux sans doute me donner le nom de quelques villes par lesquelles tu es passé.

Elle commence à l'emmerder avec ses questions ! Il aurait dû réfléchir un peu plus avant d'ouvrir la bouche. Il baisse la tête, l'air abattu.

— J'en sais rien. Je prenais pas le temps de regarder les pancartes.

— Tu ne peux vraiment pas te rappeler ?

Il lui lance un regard désespéré.

— Je vivais caché la plupart du temps.

— Où ça ?

Ça ne finira donc jamais ? Elle utilise toutes ses réponses contre lui.

— Dans des caves, dans des bâtiments vides, dans la forêt, dans des cabanes de jardin. Je me déplaçais souvent et surtout la nuit pour éviter que des gens finissent par me repérer.

Elle feuillette son dossier et entrevoit soudain une ouverture.

— Pour un gamin vivant dans la rue, tu étais pourtant très propre quand on t'a amené ici.

Cameron a envie de lui sauter à la gorge. Il l'a sous-estimée, c'est certain, et elle commence vraiment à l'énerver avec ses questions pièges. Sans rien montrer de ce qu'il ressent, il hausse les épaules.

— Trouver un point d'eau et piquer des fringues en train de sécher, c'était vraiment pas le plus dur dans ma situation.

Là, il serre les lèvres et affiche une expression coupable, comme s'il ne venait pas de faire exprès de lui livrer cette information pour détourner son attention. Elle hoche la tête pour lui signifier que ce larcin qu'il vient de lui avouer n'a pas d'importance.

— Il y a encore une chose que je ne comprends pas. Peux-tu m'éclairer ?

— Si je peux, oui.

— Tu as passé des années à fuir tout contact et d'un seul coup, tu entres chez des gens et tu attends sagement qu'ils te surprennent.

— C'est ce que vous croyez ? s'étonne-t-il. En fait, je suis entré pour essayer de trouver à manger parce que j'avais presque rien avalé depuis plusieurs jours. Je me suis assis le temps de reprendre un peu de force et je crois que je me suis endormi. Quand j'ai rouvert les yeux, ils étaient dans la pièce.

Elle hoche la tête tout en notant ses réponses.

— Comment ça se passe avec les autres enfants depuis ton arrivée au foyer ?

Cameron grimace légèrement. Elle doit faire allusion à ce qui s'est passé hier. Il est tombé sur un petit dur qui impose sa loi dans le dortoir. Cameron l'a remis à sa place, en le frappant un peu trop fort. Heu… beaucoup trop fort.

— J'ai pas l'habitude de vivre en groupe et surtout avec quelqu'un qui veut me donner des ordres. Comment va-t-il ?

Elle semble surprise qu'il ne nie pas l'incident de la veille durant lequel il s'est battu et a mis un autre enfant K-O.

— Il sortira demain de l'infirmerie. Est-ce que vous allez vous battre, à nouveau ?

Cameron hausse les épaules.

— S'il vient pas me chercher des histoires, non.

Elle le regarde encore avec attention.

— Quels sont tes projets, Cameron ?

Il cligne des yeux, étonné par cette question à laquelle il ne sait pas quoi répondre. Et pour de vrai, cette fois. Elle lui propose donc quelques idées.

— Veux-tu reprendre ta vie d'avant ? Rester dans un foyer comme celui-ci ? Trouver une famille ?

Cameron ouvre la bouche avant de la refermer.

— Je t'écoute, insiste-t-elle doucement.

— Vous pensez vraiment qu'un enfant comme moi pourrait trouver une famille ? demande-t-il avec sincérité.

— Bien sûr. À douze ans, nous ne pouvons pas te relâcher dans la rue. Le foyer me semble être une solution temporaire pour remettre ta vie sur les rails. Ma question est donc : te sens-tu capable de vivre dans une maison ? D'obéir aux règles de ta nouvelle famille ? De te fixer ?

Il soupire.

— En toute honnêteté, je ne sais pas, mais j'en ai assez de vivre caché, de crever de faim et d'avoir peur. Alors, oui. Je veux bien tenter l'aventure.

29

Eva Mavis, responsable du Mercy Home, un orphelinat catholique basé à Chicago, pose des photos de Cameron sur la table devant elle.

— D'après les explications qu'il a fournies aux services sociaux, nous pensons que la mère de Cameron vivait dans la rue. Il ne l'a pas connue et ne sait strictement rien sur son père. Il a d'abord été pris en charge par d'autres SDF avant de vivre seul pendant plusieurs années.

Magnus et Lynda Diver osent à peine jeter un coup d'œil à ces portraits alors qu'Eva poursuit son argumentaire de vente.

— Il est en bonne santé, très débrouillard et autonome. Il sait lire et écrire, mais il lui faudra un temps de remise à niveau avant de pouvoir rejoindre le système éducatif normal. Il a presque treize ans, ce qui le situe dans la catégorie d'âge que vous recherchez.

Lynda soupire. Elle et son mari ont l'air abattus. Et Eva les comprend.

D'après leur dossier, ils n'ont eu qu'un seul enfant, Philip. Un petit garçon merveilleux, doux et intelligent qui a fait leur fierté tout au long de ses premières années. Après sa naissance, Lynda a arrêté de travailler pour s'occuper de lui. Magnus assurait les revenus du ménage grâce à son poste de juge de la Cour suprême en Floride.

Leur bonheur était complet.

Quand Philip a eu cinq ans, Lynda a commencé à percevoir que le comportement de son fils changeait. Après lui avoir fait subir une batterie d'examens, il s'est avéré qu'il souffrait d'une maladie génétique, neurodégénérative rare et incurable, le syndrome de Sanfilippo.

Les années suivantes n'ont été qu'un long combat pour accompagner l'apparition de ses déficiences intellectuelles, puis sa perte d'autonomie physique et son agonie ensuite. Magnus et Lynda n'avaient plus l'énergie suffisante pour se projeter ou pour tenter d'avoir un autre enfant.

Leur devoir de parents les a happés, dévorés vivants. Ils se sont retrouvés comme deux âmes isolées habitant pourtant la même maison, tenant la main du même enfant. Leurs seules conversations tournaient autour de leur fils, de ses médicaments, de ses traitements.

Et un matin, tout s'est arrêté. Philip a cessé de respirer, bien avant la deadline fixée par les médecins. Magnus et Lynda se sont retrouvés comme deux engins téléguidés dont on aurait perdu la télécommande. Leurs existences entièrement tournées vers leur fils n'avaient soudain plus de sens.

Le métier de Magnus l'a obligé à reprendre sa vie en main plus rapidement que son épouse qui s'est retrouvée en dépression.

Quand elle a commencé à sortir la tête de l'eau, sa grande maison vide a failli la replonger dans la déprime. Alors elle a décidé de poursuivre une vie à trois, en biaisant. Sûre d'avoir encore le potentiel d'être une bonne mère, elle a proposé à son mari d'adopter un enfant. Pas un bébé qui leur aurait demandé une énergie qu'ils n'ont plus, mais un garçon de l'âge de Philip au moment de sa mort.

Et là, le parcours du combattant a débuté. Ils se sont entendu dire qu'ils n'avaient plus l'âge, que leur motivation était insuffisante, que d'autres parents méritaient bien plus qu'eux l'aide des organismes d'adoption, et tant d'autres phrases toutes faites qui n'ont pas découragé Lynda.

Magnus a donc usé de ses relations pour court-circuiter le chemin administratif habituel. Depuis presque un an, ils se rendent donc régulièrement dans des orphelinats aux quatre coins du pays pour rencontrer des enfants, sans succès jusqu'à présent.

Magnus est le premier à se décider à franchir le pas. Il attrape une photo de Cameron et la regarde. Il voit un gamin aux traits fins et réguliers, au regard désabusé de celui qui a vu beaucoup trop de choses pour son âge, grand et bien bâti.

— A-t-il subi des choses difficiles… Je veux dire qu'on ne nous a, pour le moment, présenté que des enfants bourrés de problèmes qui ont erré d'un foyer à un autre, qui sont traumatisés par ce qu'ils ont vécu, qui sont inapprochables ou déjà des délinquants en herbe.

Eva les rassure.

— Cameron n'est pas du tout dans cette situation. Il a eu peu de rapports sociaux durant sa courte existence, mais il sait vivre avec les autres. Il est discret, obéissant et plutôt solitaire.

Elle hésite avant d'avancer une opinion personnelle.

— Si je peux me permettre… Je ne sais pas ce que vous recherchez exactement chez l'enfant que vous voulez adopter, mais Cameron ne remplacera pas votre fils. Il est très mature et indépendant pour son âge.

Lynda se décide enfin à se mêler de la conversation.

— Je veux juste avoir, à nouveau, un but dans la vie. Je veux pouvoir serrer mon enfant dans mes bras, sans craindre de lui faire mal à cause d'une saloperie de maladie. J'ai encore beaucoup d'amour maternel à donner. Est-ce que Cameron supportera ce genre de comportement de ma part ?

Eva hésite.

— Cameron est un adolescent et, comme tous les adolescents, il risque de traverser une crise envers les adultes. Dans son cas, il faut ajouter qu'il n'a pas été habitué à des rapports humains normaux. Je ne peux donc pas vous apporter une réponse ferme à cette question, mais il s'adapte remarquablement vite.

Bizarrement, cette réponse rassure Lynda. Dans tous les autres foyers qu'ils ont visités et dans lesquels elle a posé cette question, la réponse était beaucoup plus tranchée.

— Vu ce que vous décrivez de lui, pourquoi est-il toujours à l'adoption ? veut savoir Magnus.

Eva hausse les épaules.

— Le passé de Cameron demeure flou. Nous n'avons pas pu reconstituer son parcours de façon certaine, ni découvrir son identité. Nous ne savons pas s'il a encore des parents vivants. Cela fait presque un an que les services sociaux enquêtent sans succès, ce qui a retardé son dossier d'adoption.

— Est-ce que des gens pourraient venir le réclamer ? s'inquiète Lynda, ce qui semble de très bon augure à Eva.

— En toute honnêteté, je ne le pense pas.

Elle tend une photo à Lynda qui pose enfin les yeux dessus. Elle prend une grande inspiration tremblante et ses yeux se mouillent de larmes. Ce qu'elle voit, c'est un gosse fragile qui fait tout pour le masquer. Et c'est cette faille qu'elle perçoit qui la décide.

— Peut-on le rencontrer ?

— Certainement.

Eva soulève le combiné de son téléphone, non sans avoir lancé un coup d'œil vers Magnus pour qu'il donne aussi son consentement.

— Pouvez-vous conduire Cameron dans mon bureau, s'il vous plaît ?

Quelques minutes plus tard, il entre d'un pas vif dans la pièce.

— Vous voulez me voir ?

— Ah ! Cameron ! M. et Mme Diver sont là pour toi.

Il tourne la tête vers eux, l'air surpris. Depuis un an, il avoue qu'il n'y croyait plus vraiment.

— Bonjour, Cameron.

— Bonjour, répond-il, un peu intimidé.

— Est-ce que tu sais pourquoi nous sommes là ? demande Magnus.

— Pour me rencontrer en vue de m'adopter, je suppose.

— Est-ce que tu serais d'accord avec cette idée ? veut savoir Lynda.

Cameron ne pensait pas qu'avec tous les bobards qu'il a racontés les choses iraient aussi loin pour lui. Le comble, c'est que ces gens ont l'air gentils. Lui doit avoir un peu moins de cinquante ans, comme semblent l'indiquer ses cheveux poivre et sel. Il est grand et svelte. Son visage paraît plus vieux que le reste de sa personne comme s'il avait beaucoup de soucis. Il l'observe calmement en attendant sa réponse. Sa femme doit avoir quarante-cinq ans maximum. Elle est vêtue de vêtements beige classe et de bijoux qui doivent valoir un paquet de fric. Ses cheveux blond doré, teintés probablement, lui arrivent aux épaules. Elle semble très impatiente d'entendre ce qu'il a à dire.

Vêtu comme il l'est d'un jean de seconde main et d'un T-shirt blanc tout simple, il s'étonne qu'ils s'intéressent à lui et à ce qu'il pense. Il baisse la tête pour regarder ses mains.

— Je ne suis pas contre une seconde chance.

Les larmes aux yeux, Lynda se lève en chancelant. Elle a besoin de savoir si cet enfant qu'elle désire de tout son être acceptera ce qu'elle a à lui donner. Sans lui laisser le temps de réagir ou de se préparer, elle fond sur lui. Cameron se retrouve plaqué entre ses bras. Il croit d'abord qu'elle a trébuché avant de se rendre compte qu'elle le serre contre elle.

Il se retrouve projeté dans son passé, alors que sa mère l'étreignait ainsi et lui murmurait des paroles chargées d'amour. Pris dans son souvenir, Cameron referme ses bras sur elle, comme s'il n'avait pas treize ans, comme s'il était encore cet enfant de cinq ans qui ne demandait qu'à vivre une existence remplie de douceur et de bonheur.

Magnus lance un regard vers Eva qui comprend le message. D'accord, cette rencontre a lieu sous les radars officiels et hors du circuit traditionnel. Oui, ce couple lui a promis une très généreuse donation en cas de succès. Certes, un observateur extérieur pourrait avoir l'impression qu'elle vend Cameron à cette famille fortunée. Pourtant, ce qui vient de se produire devant elle apaise sa conscience. Cameron sera heureux avec les Diver. De plus, cet argent sera le bienvenu pour réparer la toiture.

Elle s'essuie discrètement les yeux et s'assoit pour lancer la procédure d'adoption.

30

— Je m'appelle Cameron Diver. Cameron Diver. Cameron…

— Cameron ? Tu es prêt ? Nous devons partir ! crie Magnus depuis le rez-de-chaussée.

Cameron lance un dernier coup d'œil vers le miroir. Il porte un jean neuf qui lui va à la perfection, un T-shirt noir avec des motifs géométriques, une veste en jean et des Converse. Ses cheveux ont été raccourcis par un coiffeur.

Avec cette allure, il ressemble à n'importe quel adolescent de son âge. Oui. À n'importe quel adolescent à la vie facile et n'ayant jamais tué personne. Il soupire.

— Oui ! J'arrive.

Il attrape son sac à dos et sort de sa chambre spacieuse comme deux caravanes. D'ailleurs, toute la maison des Diver est immense. Elle est perdue au milieu d'un parc arboré, sur les bords de la State Highway 157, en face de Valley Farm Road, à Tallahassee, en Floride. Génial pour lui qui rêvait de quitter l'Illinois !

Cameron a appris que les Diver ont perdu un enfant du même âge que lui. Ils ont tellement de place ici, que la chambre qu'il occupait dans la maison est demeurée inchangée depuis son décès. Cameron n'y a jamais mis les pieds, cela ne l'intéresse pas de savoir à qui il doit sa bonne fortune. De temps en temps, Lynda s'enferme dedans et quand elle ressort, Cameron voit qu'elle a pleuré. Comme il ne peut rien faire pour elle, il se contente d'être là lorsqu'elle va mieux. Elle est douce. Elle éveille des choses en lui qu'il pensait mortes à jamais. Il a envie de profiter de ce qu'elle a à lui offrir et de la rendre heureuse en retour. C'est très curieux de se l'avouer, mais Cameron l'apprécie beaucoup. Et les Diver le lui rendent bien.

Ils ne rigolent pas avec son intégration dans leur famille. Ils veulent vraiment qu'il se sente chez lui.

Cameron a un grand lit, un bureau avec un ordinateur tout neuf, une armoire remplie de vêtements et de chaussures dernier cri, une chaîne hifi pour écouter de la musique et une étagère remplie de livres et de CD qu'il a choisis lui-même. Les Diver lui ont aussi payé des cours à domicile pour rattraper son retard et Cameron a le droit de regarder la télévision quand il a bien travaillé. Ils font bien de poser des conditions, sinon il se retrouverait vite dans le même état de dépendance que Suzy. Il faut dire qu'il découvre des tas de choses en bloc : les séries, les clips, les informations, le monde… Il ne s'en lasse pas.

Aujourd'hui, c'est un grand jour, celui de la rentrée des classes. Cameron va aller dans une école comme tous les autres enfants de son âge.

Malgré ce qu'il a traversé entre les griffes de Max, Cameron se sent nerveux. Se retrouver au milieu d'enfants normaux – il exclut ceux qu'il a croisés dans les différents foyers où il a séjourné – l'effraie presque davantage que les missions les plus dangereuses qu'il a accomplies par le passé.

Il prend une inspiration et descend l'escalier en bois peint en blanc.

— Ah enfin ! Il faut y aller.

Magnus rejoint le garage sans laisser à Cameron le temps de dire quoi que ce soit. La main de Lynda se pose sur son épaule.

— Tu dois être nerveux, mais n'aie pas peur. Je suis certaine que ta première journée va bien se passer.

Ils ont inscrit Cameron à la Middle School Elizabeth Cobb. Malgré ses treize ans révolus, il est admis en septième. Avec le retard qu'il avait, ça peut paraître ambitieux, mais il est intelligent et vif. Il apprend très vite, bien qu'il ait encore des lacunes.

— En plus, tu commences l'année en même temps que les autres. Ça sera plus facile pour t'intégrer, tente-t-elle pour le rassurer.

— Et toi, ça ira ? s'inquiète-t-il en la dévisageant.

Lynda sourit.

— Si tu veux tout savoir, je pense que je vais reprendre un travail à mi-temps dans une bibliothèque, puisque tu n'auras besoin de moi que l'après-midi.

Elle lui pose un baiser sur la joue.

— Allez, file avant que Magnus ne revienne te chercher.

Cameron la salue une dernière fois avant de rejoindre Magnus qui s'impatiente derrière le volant de la voiture. Il démarre tout de suite. Une fois qu'ils sont sur la State Highway 157, Magnus se détend légèrement.

— Tu te sens prêt, Cameron ?

Avec les Diver, Cameron doit réapprendre tous les codes d'une vie normale et tous les secrets des rapports entre les humains. Lynda colle parfaitement aux souvenirs qu'il a de sa mère : douce, gentille, tendre, attentive à ses états d'âme, c'est-à-dire l'inverse de Suzy. Magnus est très cultivé, intéressant et avide de transmettre. Ce qu'il attend de Cameron, c'est de l'écoute, de l'obéissance et du respect, et il ne cherche pas à les obtenir grâce à ses poings comme Max.

Cameron est bien tombé. Il sourit.

— Autant que possible, oui.

— Je suis content d'avoir l'occasion de t'emmener chaque matin à l'école, puisque c'est sur le chemin de mon travail. Ça va nous offrir l'opportunité de discuter entre hommes.

— Discuter, mais de quoi ? s'inquiète Cameron.

— Par exemple, je n'ai jamais eu l'occasion de te remercier.

— Me remercier ? s'étonne Cameron.

— Tu as transformé nos existences en ramenant la vie dans cette maison.

Cameron ne sait pas quoi répondre. Ils lui ont bien plus apporté que l'inverse en réalité. Ils lui ont montré ce que la société, honnie par Max, peut apporter de plus beau et de plus généreux. Ils lui ont offert l'opportunité de revenir dans la norme et, qui sait, de se racheter ?

— J'ai encore du mal à exprimer ce genre de choses, mais moi aussi, je vous remercie pour ce que vous faites pour moi.

— Tu nous le rends au centuple.

Magnus lui lance un sourire en coin.

— Nous sommes arrivés.

— Bon, à tout à l'heure, alors, répond Cameron un peu gêné par ces épanchements auxquels il n'est vraiment pas habitué.

Il prend son sac à dos et s'élance hors de la voiture. Dès que Magnus est hors de vue, Cameron ralentit le pas face à la grille et aux bâtiments en brique rouge. Une personne le heurte en passant.

— Excuse-moi, mec.

Cameron se décide à suivre le flot des élèves à l'intérieur du complexe. En traversant les couloirs, il observe les autres garçons pour caler son attitude sur la leur. Une fois dans sa classe, il trouve une place sur un côté de la salle lui assurant une vue d'ensemble. Les autres se saluent avec enthousiasme. Ils sont visiblement ravis de se retrouver après les vacances d'été. Certains lui lancent des regards en coin.

— Bonjour à tous !

Les élèves s'assoient en entendant la voix du professeur qui vient d'entrer. Il n'est pas très grand, porte un complet en tweed jaune orangé, une chemise blanche. Son visage est sans attrait particulier, mais son regard vif et curieux est prometteur.

— Je suis le professeur Tyrrell, je vous enseignerai les mathématiques, cette année. Mais avant de démarrer ce premier cours, je voudrais vous dire que nous accueillons un nouvel élève dans l'école. Cameron, peux-tu te lever et te présenter, s'il te plaît ?

Alors que tout le monde se tourne vers lui, Cameron se redresse lentement. Ce premier test sera déterminant. C'est un peu comme d'entrer chez quelqu'un pour le dévaliser, il n'a pas de droit à l'erreur. Cette comparaison lui tire un petit sourire amusé.

— Bonjour. Je m'appelle Cameron Diver. Je viens d'arriver en Floride. Avant, je vivais dans l'Illinois, dans un foyer. Lynda et Magnus sont venus me rendre visite là-bas et m'ont adopté.

Un murmure parcourt la classe. Il hausse les épaules pour dédramatiser ses paroles.

— Ils m'ont donné une seconde chance. Aujourd'hui, je veux aller de l'avant, rencontrer de nouvelles personnes et vivre de nouvelles expériences.

Un peu étonné d'en avoir dit autant, il se rassoit.

— Merci, Cameron. Bienvenue parmi nous ! conclut son professeur. Bon… Bon… Commençons… Ouvrez vos livres page 3.

À la pause du midi, Cameron n'a pas à attendre longtemps avant que les premiers curieux ne viennent vers lui. Un garçon à la peau café au lait, élancé et séduisant, plus hardi que les autres, entame la conversation.

— Salut, Cameron. Je ne sais pas si tu te souviens de moi, je t'ai bousculé devant l'école.

Sans lui laisser le temps de répondre, il enchaîne :

— Je m'appelle Zayn Pharell. Et voici notre petite bande de potes : Everett Arnold, Amy Sky, Luke Trek, Carol Lewis et Jordan Alistair.

En un instant, ils sont tous assis autour de lui. Ce groupe de six élèves plus rapides et sympathiques que les autres s'approprie Cameron et se charge de son intégration et de son apprentissage. Avec eux, il n'a pas besoin de surveiller ses arrières. Ils ne sont pas menaçants. Bien au contraire. Ils lui offrent la couverture parfaite, celle de la normalité. Il n'a qu'à se caler sur leur comportement pour savoir comment agir dans toutes les situations.

Sur le plan des études, Cameron s'en sort suffisamment pour suivre les cours. Se maintenir à niveau lui demande plus d'énergie qu'aux autres, mais il fait preuve de volonté et de rigueur. Deux qualités qui ravissent ses parents adoptifs.

Ses capacités sportives lui permettent de relever sa moyenne générale. Son allure ténébreuse, ses sourires rares, son air grave et son passé mystérieux ont tôt fait de lui assurer un quota impressionnant d'admiratrices. Avec ce qu'il a vu chez Tina, puis dans la chambre de Max, Cameron est très curieux et avide de découvrir cet aspect de la société.

Dans tous les domaines, il apprend vite les usages et les codes. Ainsi, il se glisse dans sa nouvelle vie, sans heurts.

Et même s'il reste sur ses gardes parce qu'un jour Max pourrait refaire irruption dans sa vie, il reprend confiance en la société et en les autres.

Cameron Ender se glisse sans mal dans la peau de Cameron Diver.

II
FRÈRES D'ARMES

31

Cameron se gare dans l'allée du 3972 Bothwell Terrace. Il sort des photos d'une enveloppe en papier kraft et les observe calmement. Elles ont été prises à l'arrivée de Maggie Carpenter à l'hôpital, il y a de cela un an. Cameron s'attarde sur les entailles profondes qui barrent la peau mate de la jeune femme, sur cette ligne sanglante et purulente mettant ses chairs à nu et courant de sa cheville jusqu'à son visage et sur son regard débordant de folie. C'est en tenant compte de tout ça qu'il va devoir l'approcher.

Cameron lance un coup d'œil dans le rétroviseur pour vérifier que son visage affiche les bonnes expressions : il veut avoir l'air protecteur, inspirer confiance à la jeune femme. Ouais, bon ! Il faudra faire avec, car malgré ces nombreuses années passées au sein de la société et son insertion plutôt réussie dans le système, son regard a toujours conservé une lueur froide et calculatrice qui peut effrayer les gens les plus sensibles, comme cette Maggie Carpenter à qui il s'apprête à rendre visite. Heureusement, il a la solution. Il enfile une paire de lunettes de soleil.

Il sort de sa voiture et déplie son mètre quatre-vingt-cinq. Après la température quasi polaire provenant de l'air conditionné de la voiture, il a l'impression qu'il vient d'entrer dans un sauna. Le fait de vivre à Tallahassee depuis quinze ans ne l'a absolument pas habitué à gérer ces forts écarts de température. Sa peau se couvre immédiatement d'une fine pellicule de sueur. En serrant les dents, il inspecte les alentours et les maisons d'inspiration victorienne pour se donner le temps de s'accoutumer, histoire de ne pas suer comme un bœuf au moment où il doit faire bonne impression.

Il perçoit un mouvement dans son champ de vision : le rideau de la fenêtre du salon bouge comme si quelqu'un venait de le laisser retomber. Il est repéré. Plus le temps de tergiverser et de la laisser se préparer à sa venue.

La maison de Maggie, beige et de style beaucoup plus simpliste que ses voisines, est en retrait par rapport aux autres. Elle est bordée par des arbres. Cameron avance d'un pas rapide le long de l'allée en béton jusqu'à la porte sur le côté droit de la maison. Il tend le poing pour frapper.

— Inutile de vous donner cette peine !

Il laisse retomber sa main.

— Maggie Carpenter ?

— Non ! Elle a déménagé !

Il fronce les sourcils. Si elle veut jouer à ça, pas de problème…

— C'est dommage ! J'étais là pour la prévenir que le tueur en série qui a failli la tuer il y a un an n'est sûrement pas mort ! Désolé pour le dérangement !

Là-dessus, il feint de rejoindre sa voiture. Il n'a pas fait deux pas lorsqu'il entend les verrous s'ouvrir un à un.

— Que venez-vous de dire ?

— Maggie Carpenter ? s'enquiert-il en se retournant vers elle.

Machinalement, elle approuve. Il lui montre sa plaque.

— Je suis le lieutenant de police Diver.

Chaque fois qu'il prononce ces mots, Cameron ne peut s'empêcher de ressentir un petit frisson constitué d'une multitude de sentiments allant de l'impression d'être un traître aux préceptes de Max, pour finir par de la fierté pure d'avoir réussi à retomber sur ses pieds, en passant par une bonne dose de dérision et d'ironie. Alors pourquoi ce choix ? Est-ce que c'est un peu trop cliché de dire qu'il a suivi les traces de son père adoptif, juge à la Cour suprême ? Vaut-il mieux prétendre qu'il a toujours rêvé de devenir flic ? Ces paroles sonnent bien, même si elles sont très éloignées de la réalité. Cameron a une dette envers la société : il la rembourse juste comme il peut.

Après le lycée, il est entré à l'université pour mener des études de criminologie. Entre sa connaissance pratique du mal et l'apprentissage de la théorie, Cameron a une bonne longueur d'avance sur les flics lambda. Il préfère travailler seul, et la plupart du temps, c'est ce qui se passe parce qu'il laisse ses coéquipiers sur la touche. Ils ne sont pas aussi rapides que lui pour comprendre les mécanismes psychologiques ou logiques que lui perçoit, comme si chaque tueur lui indiquait son mode de fonctionnement sur un petit papier avant de quitter la scène de crime.

De plus, si pour aller d'un point A à un point B, Cameron doit transgresser quelques règles ou bafouer quelques points de droit, il n'hésite pas. Ça lui laisse les coudées bien plus franches, comme lorsqu'il vient démarcher Maggie, une victime traumatisée, après avoir obtenu son adresse par des moyens, disons, pas très légaux.

Elle relève les yeux de son insigne. Elle serait jolie sans la balafre boursouflée qui court le long de sa joue gauche, descend dans son cou et disparaît sous son T-shirt.

— Comment m'avez-vous retrouvée ?

Cameron regarde derrière lui.

— Je ne pense pas que vous souhaitiez avoir ce genre de discussion sur le pas de votre porte et à portée d'oreilles de vos voisins, n'est-ce pas ?

Elle se rend compte qu'il a raison. Mais au moment de l'inviter à entrer, elle se crispe imperceptiblement. Il doit être le premier homme à s'approcher d'elle depuis qu'elle est sortie de l'hôpital et qu'elle s'est installée ici pour fuir sa vie d'avant, la presse et les souvenirs. Elle ferme les yeux, et inspire par petites bouffées comme si elle tentait de se calmer. Technique transmise par son psy probablement.

Elle recule ensuite d'un pas et lâche la porte. Il ne la brusque pas, car il sent la peur ramper autour d'elle. Malgré ses efforts, son souffle s'emballe.

— Je voudrais vous rendre ce moment moins pénible, mais je dois vraiment vous parler, plaide Cameron.

Elle déglutit et hoche la tête en reculant encore de quelques pas. Dès que la voie est libre, Cameron entre. Il referme derrière lui par automatisme. Le regard de

Maggie se voile et la voilà repartie pour une série d'exercices respiratoires. Il lui montre ses mains, paumes vers le plafond.

— Je ne vous ferai rien.

Histoire de gagner encore un peu de temps avant que la jeune femme craque, ce qui semble inéluctable, il observe son intérieur dépouillé, mais où chaque objet semble avoir une place bien précise pour rassurer l'occupante des lieux.

— Arrêtez de faire ça ! s'emporte-t-elle.

— De faire quoi ?

— De regarder chez moi comme si vous tentiez de m'évaluer psychologiquement !

Et pendant qu'elle prononce ces mots, elle frotte ses mains contre sa cicatrice comme si elle voulait se l'arracher.

— OK, Maggie. Calmez-vous, je ne vous veux aucun mal. J'ai seulement besoin de vous parler. Est-ce que vous pensez que c'est envisageable ?

Ses yeux hallucinés sont remplis de larmes. Il va la perdre avant même d'avoir pu obtenir une parole utile. Mince, c'est moche de survivre dans cet état-là ! Enfin…

Cameron songe à ses propres victimes, celles qu'il a laissées estropiées. Sont-elles aussi déglinguées que Maggie ? À sa décharge, quand il devait blesser ou tuer quelqu'un, il allait à l'essentiel, pas comme le type qui a séquestré et torturé la jeune femme pendant des jours et des jours. La pauvre a eu le temps de voir la mort rôder tout près d'elle et picorer son âme.

Il soupire et retire ses lunettes.

— Est-ce que je peux vous apporter un verre d'eau ? Voulez-vous vous asseoir ?

Ses épaules tremblent, elle semble à deux doigts de tomber dans les pommes. Hors de question de la laisser pourrir cet entretien.

— Je pourrais repartir en sens inverse, tente-t-il. Vous laisser seule. Vous feriez semblant de reprendre le cours de votre vie. Sauf que vous avez entendu ce que j'ai dit de l'autre côté de la porte. Et vous ne pouvez pas prétendre le contraire.

Elle hoche la tête à contrecœur.

— Alors, vous allez reprendre le contrôle de vos nerfs et de vos cordes vocales et nous allons discuter ailleurs que dans votre entrée. C'est d'accord ?

Surprise par son ton sec et directif, elle recule de quelques pas.

— Oui…

Elle fait un effort visible pour se dominer. Dès qu'il est assis dans son canapé en rotin blanc couvert de coussins pastel, elle va dans la cuisine pour rapporter des verres et une carafe vide. C'était presque ça…

— Vous avez dit que…

Les mots s'étranglent dans sa bouche et elle la referme sans avoir fini sa phrase.

— Comme vous le savez, quand vous avez réussi à vous enfuir de l'endroit où vous étiez retenue captive, vous avez précipité les événements, rappelle Cameron.

Elle approuve avec réticence.

— Il vous cherchait ou voulait peut-être fuir, nous n'en serons jamais certains, quand il est tombé sur un barrage de police. Il a perdu son sang-froid. Il y a eu une course poursuite. Il a alors perdu le contrôle de sa voiture sur un pont. Elle a dérapé, brisé le parapet et plongé directement dans la rivière en contrebas, continue Cameron.

— L'épave a été sortie de l'eau, mais il n'y avait pas de trace de lui, finit-elle.

— Exact, reconnaît-il. Malgré tous les efforts des plongeurs, son corps n'a pas été retrouvé, mais les indices dans l'habitacle ont poussé les autorités à conclure à sa mort probable.

— Je sais tout cela !

Il approuve.

— Comme vous le savez aussi, vous êtes sa seule victime encore en vie.

Elle ferme les yeux et le supplie presque.

— Ne m'obligez pas à repenser à toute cette horreur.

Sans tenir compte de sa supplique, Cameron poursuit.

— Comme il n'a plus enlevé d'autres femmes après vous, sa mort présumée a mis fin à l'enquête. Personne n'a cru bon de creuser votre témoignage pour trouver sa planque et pour mieux appréhender son mode opératoire.

Il marque une légère pause.

— Malheureusement, nous venons de découvrir un corps portant des stigmates qui ressemblent beaucoup aux vôtres…

— Et ça ne pourrait pas être un hasard ? Ou un copycat ?

Un sanglot la coupe dans son élan.

— Maggie…

Elle relève les yeux vers lui.

— Je pense qu'il a survécu et attendu que les choses se tassent. Cependant, ses pulsions viennent de refaire surface. J'ai donc besoin de vous. Je dois comprendre ce que vous avez vécu avec lui et ce qu'il recherchait chez ses victimes. Aidez-moi, s'il vous plaît.

Elle secoue la tête par saccades.

— Non ! Je ne peux pas ! Je ne veux pas y repenser. C'est impossible !

Elle se redresse et d'un geste furieux lui montre la sortie.

— Sortez de chez moi ! Sortez !

— Prenez au moins ma carte, au cas où vous changeriez d'avis.

Il la dépose sur une tablette à côté du pied en verre coloré d'une lampe. Elle hurle.

— Foutez-moi le camp immédiatement ! Dehors !

Elle rejoint l'entrée et lui montre le chemin.

— Laissez-moi tranquille ! Ne revenez pas !

Cameron se retrouve sur le pas de la porte qu'elle claque violemment dans son dos.

Avec une petite moue amusée, il remet ses lunettes sur son nez. Il avait prévu que la manière douce échouerait. Il n'y a plus qu'à lancer la phase deux de son plan.

32

Maggie se lève de son lit, sans entrain, comme d'habitude.

Depuis qu'elle se planque dans cette maison, elle ne fait que survivre entre ces murs qu'elle déteste un peu plus chaque seconde. Elle a souvent eu l'illusion de disposer des ressources nécessaires pour reprendre le dessus et redevenir forte, mais la preuve du contraire, c'est son isolement, son incapacité à mettre le nez dehors et tous les petits rituels qui rythment son quotidien et sans lesquels elle panique.

Elle rejoint la salle de bains pour se poster devant un miroir de plain-pied, nue. C'est le seul moment de la journée durant lequel elle s'autorise à s'apitoyer sur elle-même. Pendant une vingtaine de minutes chaque matin, elle se souvient d'abord de celle qu'elle était avant : peau mate liée à ses origines mexicaines, pas très grande, mais plutôt bien foutue, jolie et souriante, cheveux châtains ondulés coupés en carré dégradé et regard bleu vif, caractère bien trempé et très sûre d'elle, surtout auprès des hommes. Puis elle fait le bilan actuel : peau blafarde, pas très grande et trop maigre, défigurée et détruite, cheveux châtains mal peignés et regard bleu terne, caractère apeuré et victime de névroses traumatiques.

Enfin, elle regarde sa cicatrice qui court de la racine de ses cheveux jusqu'à sa cheville gauche. Elle se laisse alors aspirer par la souffrance qui a fait naître cette marque hideuse. Elle revoit la lame du couteau s'enfoncer sous sa peau et fendre ses chairs centimètre par centimètre, chaque jour un peu plus profondément, chaque jour plus douloureusement. Elle entend à nouveau ses hurlements et les paroles démentes de celui qui lui a infligé ces blessures.

Elle retrace le chemin du couteau sur son reflet pour dissocier la victime qui a subi ces sévices de celle qu'elle était avant tout cela et qu'elle voudrait plus que tout voir resurgir des décombres de sa personnalité. Peine perdue.

Sa seule satisfaction, c'est de se dire qu'elle a été plus forte que cet enfoiré de malade ! Elle est toujours en vie ! Mais dans quel état…

Elle se rembrunit en songeant à la jeune femme qui vient de trouver la mort à cause de celui qui l'a détruite. Elle ne veut pas y penser. Pas encore.

À ce stade de sa réflexion, elle se lave en se frottant vigoureusement le corps pour chasser ses cauchemars de la nuit et les souvenirs éveillés par son reflet. Quand elle sort de la salle de bains vêtue d'un bas de jogging informe et d'un T-shirt trop large, elle est prête à entamer sa journée de boulot, même si aujourd'hui le cœur n'y est pas.

Ses besoins sont très limités vu qu'elle ne sort jamais de cette maison et qu'elle ne dépense presque rien en nourriture et en fringues. Maggie a donc trouvé un compromis financier acceptable pour payer ses séances avec son psy via sa webcam, son loyer et ses médicaments. Elle travaille en free-lance comme consultante en communication d'entreprises, à distance uniquement, pour des compagnies à l'autre bout du monde. La bonne blague ! Si ces firmes apprenaient que la fille qui leur dit comment appâter leurs clients n'a pas adressé la parole à un être humain réel depuis des lustres…

Oups… Faux ! Un flic a retrouvé sa trace. Tout en se promenant chez elle avec son mug de café à la main, elle rejoint le guéridon où il a déposé sa carte avant de partir. Elle s'en saisit. Lieutenant Cameron Diver.

Maggie soupire. Avant d'avoir subi ce qu'elle a subi, elle se serait jetée au cou d'un type pareil. Tu parles ! Grand, bien foutu, un visage viril et racé, un regard noir d'animal sauvage qui veut se donner l'apparence d'un être civilisé.

Même l'épave qu'elle est devenue n'est pas restée insensible face à cette espèce de magnétisme qu'il dégage, même si c'est plutôt son aura de danger qui l'a amenée à complètement péter les plombs. Elle revoit la scène et ses hurlements de folle pour l'obliger à sortir de chez elle. Maggie a honte de ses réactions et de son absence totale de contrôle face à lui.

Prise de remords, elle pose la main sur son téléphone. Elle s'imagine en train de l'appeler pour lui demander de l'excuser et de revenir, pourquoi pas. Elle le visualise assis dans un fauteuil, décontracté, apaisant. Elle entend le timbre de sa voix quand il prononce son prénom et qu'il essaie de se montrer doux pour la rassurer. Elle frissonne et retire la main du combiné.

Comment l'a-t-il retrouvée ? Maggie a pris le nom de jeune fille de sa grand-mère paternelle, elle a déménagé dans cette banlieue discrète de Tallahassee. Et pourtant…

Son ordinateur produit un bip qui la sort de ses réflexions. Elle se rapproche de son écran et consulte ses mails. Elle s'assoit et travaille pendant deux heures sur la mise à jour de la plaquette commerciale d'un de ses plus gros clients.

Vers midi, la sonnette de la porte d'entrée la fait sursauter. Maggie se rassure. Le mardi, c'est le jour de la livraison de ses produits frais, ceux qu'elle peut ensuite laisser pourrir dans son frigo parce qu'elle n'a ni l'envie, ni l'inspiration pour les cuisiner. Elle s'étire et se lève. Il y aura aussi un quotidien et quelques magazines qu'elle jettera sans même les avoir ouverts quand ceux de la semaine prochaine arriveront.

L'œil collé au judas, elle vérifie que le livreur est bien parti avant d'ouvrir la porte. Elle se penche pour récupérer ses sacs en papier quand son œil se pose sur la une d'une revue. Elle ne peut retenir un gémissement effrayé.

Ses jambes se mettent à trembler violemment et elle manque de s'effondrer. Terrorisée, elle a juste le réflexe de tirer les sacs à l'intérieur et de claquer la porte avant de se laisser glisser par terre, en larmes.

Sonnée, elle reste assise sur le sol glacé pendant une éternité avant de se décider à affronter ce qui l'a mise dans cet état. Elle attrape le journal du bout des doigts. Un portrait d'elle, pris par les photographes de presse juste après sa sortie de l'hôpital, s'étale en première page. Un encart plus petit montre l'entrée de sa rue. Une larme roule sur sa joue tandis que, hébétée, elle découvre le gros titre qui annonce sa future collaboration avec la police pour débusquer le tueur en série qui a failli la tuer et qui vient de revenir d'entre les morts. Elle parcourt l'article qui relate son calvaire, puis la visite d'un policier chez elle. Le journaliste affirme qu'elle a accepté d'aider l'enquêteur avant de fabuler sur les causes probables de sa sortie de l'anonymat : vengeance, envie de vaincre celui qui l'a mise au tapis…

Maggie se met à trembler. Elle est perdue, perdue. Il va la retrouver et la détruire pour de bon cette fois. Allongée sur le carrelage, elle sanglote comme un bébé pendant des heures.

Plusieurs coups frappés à la porte la sortent de son hébétude.

— Maggie ? Maggie ? Vous êtes là ?

Cette voix ! Folle de rage, elle se relève et ouvre le battant. Cameron se tient face à elle et note son expression dévastée.

— Je viens de découvrir ça, s'excuse-t-il.

Il lui tend un autre journal que celui qu'elle a déchiqueté pendant sa crise d'hystérie. Elle le lui arrache des mains pour découvrir la une encore plus racoleuse que la précédente. Cela ne fait que renforcer son sentiment d'horreur.

— Quel cauchemar ! Ce n'est pas possible, se lamente-t-elle.

— Je suis venu dès que j'ai vu les gros titres. Vous vous sentez comment ?

Elle recule pour le laisser entrer.

— Comment voulez-vous que j'aille ? Je suis terrifiée !

Elle respire bruyamment. Inspiration, retenir son souffle, expiration. Mais avant d'avoir fini, elle panique à nouveau.

— Comment tout cela est-il arrivé ?

— Je suis en charge de l'enquête, les journalistes ont dû me suivre quand je suis venu vous rendre visite hier.

Elle chancelle. Il la rattrape avant qu'elle tombe.

— Lâchez-moi, immédiatement ! murmure-t-elle.

— Ne dites pas de bêtises.

Il la prend dans ses bras et traverse sa maison pour la déposer sur son lit. Il s'assoit à côté d'elle. Elle pointe un doigt tremblant vers lui.

— Avant que vous veniez me rendre visite, personne ne savait où j'habitais. C'est votre faute ! Vous les avez conduits jusqu'à moi !

En réalité, il a fait mieux que ça, il leur a fourni anonymement les informations nécessaires pour écrire ces articles. Si elle avait cédé à la manière douce, il n'aurait pas eu besoin d'agir ainsi.

— Je suis désolé, Maggie.

Elle plaque ses mains sur ses yeux.

— Je vais mourir ! Il va revenir…

— Pas si vous m'aidez à le retrouver avant, contre-t-il.

Elle se redresse comme un diable.

— Vous vous foutez de moi ? C'est à cause de vous que j'en suis là et vous voudriez que je vous aide ? Je ne veux plus jamais vous voir ! Vous entendez ? Sortez de ma maison !

Cameron hésite à la laisser seule dans cet état.

— Je vais placer une équipe de policiers devant chez vous.

— Pour que le tueur sache exactement où me trouver ? Je vous l'interdis !

— Soyez raisonnable, Maggie.

— Sortez immédiatement ! hurle-t-elle.

Encore une fois, ce n'est que partie remise, de sorte qu'il n'insiste pas, d'autant que l'absence de collègues sur place l'arrange. Il laisse son regard errer sur l'intérieur de la jeune femme pendant qu'il longe le couloir et traverse sa maison en sens inverse. Il s'assure que sa carte est bien en vue avant de sortir et de claquer la porte d'entrée derrière lui.

Il enfile sa paire de lunettes sur son nez. Il a vu ce qu'il voulait voir.

C'est parti pour le troisième acte.

33

Maggie ouvre les yeux. Son cœur cogne contre ses côtes. Il s'emballe et sa respiration avec. Elle soupire et se tourne dans son lit. Le fragile équilibre qu'elle a si patiemment reconstruit a volé en éclats. Ses cauchemars sont encore plus réalistes qu'avant. Maggie pose ses poings sur ses yeux pour effacer les images qui apparaissent comme des flashs derrière ses paupières. De guerre lasse, elle se redresse dans son lit et attrape un volume de l'Encyclopédie universelle sur sa table de nuit. Elle n'a pas trouvé mieux pour s'endormir.

Au bout de quelques pages de descriptions sur la reproduction des pieuvres qui aboutit à la mort génétiquement programmée de la femelle, elle sent son cœur ralentir et ses paupières devenir lourdes. Elle repose le livre et se recouche. Elle éteint la lumière, prête à se rendormir pour quelques heures avant d'être réveillée par un nouveau cauchemar.

Au moment où ses yeux se ferment, elle entend un bruit provenant de l'arrière de la maison. Immédiatement, elle se redresse avec l'impression que quelqu'un vient de verser un seau de glaçons à l'intérieur de son crâne. La sensation de froid et d'engourdissement dégouline le long de sa colonne vertébrale et liquéfie ses organes.

Elle connaît chaque craquement de cette maison, chaque odeur, chaque petit bruit. Et celui-ci n'a rien d'habituel.

Pas plus que le son de la baie vitrée qui coulisse sur son rail alors qu'elle a minutieusement vérifié qu'elle était bien fermée avant d'aller se coucher. Des larmes de terreur envahissent ses yeux. C'est comme ça que ça s'est déroulé la dernière fois. Un homme est entré chez elle et l'a frappée. Quand elle s'est réveillée, elle était en enfer. Et elle y est toujours, d'ailleurs.

Elle voudrait écouter ce qui se passe chez elle, mais ses oreilles bourdonnent sous l'effet de la peur. Elle se souvient des consignes de son psy pour se calmer. Elle inspire et expire jusqu'à sentir la tension de son corps s'apaiser.

Un craquement plus fort et plus proche perce le silence. Elle se met à trembler. C'est une lame du parquet de l'entrée. Elle reconnaîtrait ce bruit entre mille. Il y a bien quelqu'un chez elle !

Maggie a envie de se cacher sous son lit, de mourir sur place. Elle est prête à tout sauf à ressentir la terreur immonde qui inonde ses entrailles et paralyse ses membres. Il n'y a plus aucun bruit. Maggie en vient à se demander si elle ne perd pas la tête, mais au moment où elle se fait cette réflexion, le détecteur de mouvement du couloir capte quelque chose et déclenche la lumière. Le corridor s'illumine comme en plein jour.

Maggie pousse un hurlement perçant. Elle entend des pas rapides qui s'éloignent. L'intrus prend la fuite.

Agrippée à sa couette comme une petite fille, elle panique. Sa vie est foutue ! Elle est redevenue une proie. Une larme roule sur sa joue. Tout ça à cause de ce maudit flic ! La colère lui rend un semblant de raison, elle lui donne le courage de sortir un pied de son lit, puis un autre.

Elle se plaque contre le mur et écoute les bruits autour d'elle. Rien. Elle se glisse jusqu'au téléphone en prenant mille précautions et en s'assurant qu'elle est bien seule. Elle compose le numéro du lieutenant Diver.

— Allô ?

— C'est Maggie…

Un sanglot la secoue.

— Il y a un problème ? s'inquiète-t-il.

— Il… il vient d'essayer de pénétrer chez moi.

— Oh non ! J'arrive sur-le-champ. Vous m'entendez, Maggie ? Je viens.

— Faites vite… je vous attends.

Cameron entend les bips qui indiquent qu'elle a raccroché.

Bien, bien, bien…

Il sort du bois qui borde l'arrière de la maison de la jeune femme. Il rejoint sa voiture d'un pas tranquille et se glisse derrière le volant. Il regarde sa montre. Il a le temps.

Cameron est venu à bout du verrou de la baie vitrée en quelques secondes. Ensuite, il n'a eu qu'à faire un peu de bruit pour attirer son attention et l'effrayer, bouger dans le faisceau du détecteur de mouvement pour déclencher la lumière et voilà une bonne attaque de panique que lui seul peut calmer.

Bien sûr, ce qu'il lui inflige pour parvenir à ses fins est monstrueux. Mais, dans la balance, Maggie pèse moins que les victimes de celui qui a tenté de la tuer et qui vient de reprendre du service.

Cameron a assez temporisé. Il démarre et roule tout doucement. Dix minutes après son appel, il frappe à sa porte.

Elle ouvre.

— Il m'a retrouvée ! Il était là !

Elle lui prend la main pour le tirer à l'intérieur. La seconde suivante, elle est blottie dans ses bras.

Cameron retient un petit sourire amusé tout en lui caressant les cheveux. Il y a trop longtemps qu'elle n'a pas été en contact avec des gens. Il lui a suffi de trois visites pour qu'elle le classe dans la catégorie des personnes de confiance.

— Vous êtes sûre de vous ?

— J'ai entendu des bruits vers l'arrière de la maison.

Cameron se dégage en douceur pour aller constater les dégâts qu'il a lui-même occasionnés.

— Il a forcé la serrure.

— Il est entré, mais il a eu peur quand la lumière s'est allumée à cause du détecteur de mouvement. Il a pris la fuite.

Elle se cramponne à lui.

— J'ai eu si peur…

C'était le but.

— Vous ne pouvez plus faire comme si tout allait bien se terminer, Maggie, assène-t-il. Vous devez reprendre l'avantage en m'aidant à l'arrêter avant qu'il ne repasse à l'acte.

Abattue, elle baisse la tête. Ses épaules tremblent.

— Je n'y parviendrai jamais !

Il pose son index sous son menton pour l'obliger à le regarder.

— Vous n'en avez pas assez d'être une victime, Maggie ? Vous n'avez pas envie de redevenir la femme que vous étiez avant ? Une femme capable d'affronter sa peur et de la vaincre ? Une femme capable de surmonter son traumatisme pour empêcher que d'autres ne vivent la même chose ?

Elle cligne des yeux. Sous son regard et avec son aide, elle se sent soudain capable de tout ce qu'il vient de dire. Elle hoche la tête.

— D'accord… je vais vous aider.

34

— J'ai dû mal comprendre.

— Je pense qu'au contraire, vous avez parfaitement saisi, Maggie. J'ai dit : « Il est temps de vous préparer. On y va. »

— Mais… pour aller où ? panique-t-elle.

Cameron lui lance un regard explicite.

— Je suis désolé de vous annoncer ça aussi froidement, mais j'ai un travail à accomplir. Je dois arrêter un homme qui torture et tue des femmes. Vous savez de quoi je parle, puisque vous êtes passée entre ses mains.

Elle frissonne d'effroi en entendant ses paroles, mais il poursuit.

— Je ne peux pas accomplir cette mission si je reste cloîtré avec vous, ici, pour assurer votre protection, dit-il en lui montrant le canapé sur lequel il a monté la garde cette nuit. Alors qu'à l'extérieur, votre aide me sera très précieuse.

— À… à l'extérieur ! Vous êtes fou ?

Elle marche à reculons et heurte un mur derrière elle. Immédiatement, son souffle s'accélère et la voilà repartie pour ses exercices respiratoires.

Cameron soupire. Il évalue les options à sa portée. Il pourrait la laisser ici, mais à quoi bon avoir fait tout ce cirque ? Sans elle, il n'a aucune nouvelle piste à exploiter. Il pourrait la soulever et la jeter de force dans sa voiture. Si elle survit à l'attaque de panique qui ne manquera pas de s'ensuivre, elle n'aura pas d'autre choix que de l'aider. Ouais, bon ! Ça ne serait pas très légal… Il pourrait parlementer pendant des heures avec elle pour la décider, mais ça lui file la migraine rien que d'y penser.

Il jure et se met à tourner en rond comme un lion en cage.

— Je crois que vous ne vous rendez pas compte que vous êtes la seule personne à détenir des informations cruciales sur ce type. Ça me rend malade de savoir qu'elles sont là, à portée, mais que je ne peux rien faire pour les obtenir. Rien !

Furieux, il se tourne vers elle.

— Vous m'êtes aussi utile qu'une voiture sans moteur !

Vexée au possible par son opinion, Maggie cesse de trembler.

— Vous n'avez pas le droit de me parler comme ça !

— Tant que vous ne m'aurez pas prouvé le contraire, je considérerai que vous mettez des jeunes femmes en danger par pure lâcheté.

— Oh !

Sur ce cri outré, elle lui tourne le dos et fonce dans sa chambre. Elle revient chaussée d'une paire de baskets et avec une veste sur le bras.

— Allez vous faire foutre, Diver ! Je n'ai rien à prouver à personne et surtout pas à vous !

Elle se dirige vers la porte. Avec un petit sourire en coin, Cameron la suit. Il y avait aussi cette option.

La rage de Maggie la soutient jusqu'à la voiture. Pourtant, il voit bien que chaque pas qui la rapproche du véhicule et par conséquent de l'inconnu se fait plus hésitant. Il lui ouvre la portière au moment où elle flanche. Il l'aide à s'asseoir. Sans lui laisser le temps de changer d'avis, il se met au volant et démarre.

Maggie se cramponne au siège alors que la peur se diffuse dans chaque terminaison nerveuse de son corps. Dans quoi s'est-elle fourrée ? Il lui suffisait d'encaisser ses remarques désobligeantes, mais non ! Au lieu de ça, elle a voulu lui prouver qu'elle n'est pas aussi nulle qu'il semble le penser ! Résultat : elle se retrouve hors de chez elle, en compagnie d'un flic sorti de nulle part, pas si rassurant que ça, qui veut lui extorquer des informations qu'elle n'a aucune envie d'exhumer de sa mémoire.

— Où… où m'emmenez-vous ?

— Détendez-vous. On va y arriver ensemble, Maggie.

Il appuie sur un bouton et de la musique s'élève dans l'habitacle de la voiture meublant agréablement le silence, entre chants gospel, blues, country et bluegrass. Elle doit regarder le poste d'une drôle de façon parce qu'il se sent obligé de se justifier.

— C'est la BO de *O'Brother.* Si vous n'aimez pas, je peux…

Il tend la main pour changer de CD, mais elle stoppe son geste.

— Non. Non. C'est très bien. C'est juste que… je… je ne sais pas à quoi je m'attendais de votre part.

— J'ai une tête à écouter quel genre de musique selon vous ? demande-t-il, vaguement amusé.

Maggie hésite. Est-ce que celui qui choisit la musique, c'est le flic charmant et protecteur ou alors l'autre, celui moins policé qui lui fait un petit peu peur ?

— Je n'en sais rien. Je ne réussis pas à avoir une image nette de ce que vous êtes, répond-elle en secouant la tête.

Cameron encaisse la remarque avec fatalisme. Il l'a déjà entendue et il a fini par comprendre quel genre de malaise sa personnalité fluctuante peut engendrer chez ses interlocuteurs les plus perspicaces et observateurs.

— Je suis un flic tout simple, mais qui prend son travail très à cœur. Désolé de vous avoir un peu bousculée, tout à l'heure.

Maggie comprend que ces excuses n'entraîneront pas pour autant un retour chez elle. Elle n'est pas sortie de sa maison et n'a pas vu d'autres humains dans tous les petits actes du quotidien depuis très longtemps. Elle se laisse donc absorber par la contemplation du paysage pendant que Cameron contourne Tallahassee et s'engage sur la Highway 319. Ensuite, ils empruntent une ligne droite interminable bordée d'arbres en direction du sud. Il n'y a plus rien à voir, elle se tourne donc vers lui.

— Vous allez m'expliquer ce que nous faisons là ?

— Le corps de la victime dont je vous ai parlé a été découvert par des randonneurs dans la forêt d'Apalachicola.

Maggie se crispe.

— Oui. La même forêt que celle dans laquelle vous avez été retrouvée errante, répond-il à sa question non formulée. Le légiste a qualifié ses blessures de très similaires aux vôtres ainsi qu'à celles des autres victimes de ce tueur. On en a donc déduit qu'il n'était pas mort lors de son plongeon dans la rivière Ochlockonee.

— Vous me l'avez déjà dit…

Il hausse les épaules.

— Ce que je vais vous dévoiler maintenant relève du secret de l'enquête et n'a pas été révélé au public. Promettez-moi de n'en parler à personne, d'accord ?

Quand il a obtenu son accord, il reprend :

— Lorsque sa voiture a été repêchée, on a identifié les plaques d'immatriculation d'un certain Eddy Winter.

Elle sent son cœur s'emballer à l'idée de connaître enfin le nom de son bourreau.

— Sauf que le pauvre Eddy était en fauteuil roulant depuis trois ans au moment de votre enlèvement. Sa voiture n'a pas bougé de son garage depuis l'accident de ski qui l'a laissé paralysé. Quelqu'un s'est introduit chez lui pour lui voler ses plaques. Les recherches pour découvrir l'identité de cet individu ont été bâclées. On ne sait donc pas qui était le tueur, ni où il vivait, ni à quoi il ressemble, ni ce qui le motive. Avec ce nouveau meurtre, on repart donc de zéro, mais avec un avantage sur lui : vous.

Maggie serre les dents pour lui cacher que sa dernière phrase la terrifie.

À Medart, Cameron oblique à droite. Pendant un bref instant, la civilisation se fait plus présente avant de se diluer à nouveau, puis de revenir sous forme d'îlots de maisons, de panneaux publicitaires contre l'avortement, d'un restaurant perdu au milieu de nulle part et de vastes propriétés cachées par la verdure. Cameron traverse une autre ville, appelée Sopchoppy, sans s'arrêter. Un peu plus loin, il ralentit et s'arrête sur le bas-côté de la route. Avant que Maggie ait pu protester, il sort de la voiture et la contourne. Il ouvre sa portière et s'accroupit près d'elle.

— Un peu plus loin, au croisement de Rose Street et Curtis Mill Road, la police avait installé un barrage. Il s'agissait d'un simple contrôle routier, mais avec votre fuite, le tueur a sans doute paniqué. D'après le rapport, quand il les a aperçus, il a d'abord freiné avant d'accélérer pour passer en force.

Cameron se redresse et s'éloigne. Maggie prend une inspiration avant de se rendre compte qu'elle n'a pas aussi peur qu'elle aurait pu l'imaginer en se retrouvant si près du lieu du drame qu'elle a vécu. Pour autant, elle n'aime pas qu'il la laisse seule ainsi. Elle sort à son tour du véhicule et rejoint Cameron en courant presque sur la route. Comme s'il n'avait attendu que cela, il reprend son exposé.

— Les policiers ont appelé des renforts de Sopchoppy. Pris en tenaille, le tueur a voulu faire demi-tour. Il a heurté le parapet du pont et sa voiture est tombée dans l'eau.

Gagnée par la curiosité et l'envie de comprendre, Maggie se penche. Cela représente un plongeon de six mètres dans le vide. Elle regarde autour.

— S'il est sorti de la voiture après sa chute, il a pu regagner la rive et rester caché sous les branches basses des arbres.

Il approuve d'un signe de tête.

— Comment en avez-vous conclu que c'était lui le tueur ? veut-elle savoir.

Cameron lui lance un coup d'œil en biais.

— À cause de l'attirail qu'ils ont découvert dans son coffre et des traces de sang dont l'ADN correspondait à celui de plusieurs jeunes femmes disparues dans le secteur et retrouvées mortes quelques mois plus tard. On a identifié le vôtre, aussi.

Ses paroles éveillent un écho de sa souffrance passée. Elle grimace alors qu'elle a l'impression de sentir la lame frotter sur l'os de son tibia pour se frayer un chemin jusqu'à son genou. Elle ferme les yeux et pousse un gémissement pitoyable.

Cameron lui frôle l'épaule. Pas question qu'elle flanche. Il n'est pas sûr de pouvoir la convaincre de quitter son domicile une seconde fois s'il la laisse s'y claquemurer à nouveau.

— Remontons en voiture.

Soulagée, elle approuve. Ils retournent dans le véhicule où elle se sent immédiatement moins oppressée. Une dizaine de minutes plus tard, Cameron s'arrête à nouveau sur le bas-côté d'un chemin forestier.

— Suivez-moi.

Sans attendre, il s'engage sur un sentier en terre. Il avance d'un bon pas. Maggie en a assez, elle voudrait retrouver la sécurité de sa maison, s'y barricader avec un mug de thé bien chaud, pleurer contre un coussin et se gaver de descriptions interminables sur l'accouplement des pieuvres afin de plonger dans le sommeil. Bref, elle n'a aucune envie de suivre le policier dans son périple. Mais elle a encore plus peur de rester seule au milieu de cette forêt hostile qui éveille tant d'échos en elle. Elle ouvre la portière, hésite avant de prendre son élan pour le rattraper.

Ils marchent pendant un petit quart d'heure au milieu des arbres. Maggie ne cesse de tourner la tête chaque fois qu'elle entend un bruit. Soudain, Cameron s'écarte de la piste.

— C'est un couple de randonneurs qui a découvert le corps de la dernière victime. La femme s'est éloignée du chemin et s'est enfoncée dans les bois pour avoir un peu d'intimité. C'est ici, indique-t-il en regardant le sol.

Il se retourne vers Maggie dont les yeux sont mouillés de larmes.

— Vous êtes certain que ce n'est pas une victime qui date d'avant la mort du tueur ?

— Nous en sommes sûrs, Maggie. Navré.

Elle hoche la tête pour lui signifier qu'elle a entendu. Cameron lui laisse une minute pour reprendre ses esprits.

— Est-ce qu'il vous a parlé pendant votre captivité ?

Elle déglutit avec difficulté.

— C'étaient des paroles sans queue ni tête. Il marmonnait en permanence. Les mots revenaient en boucle : douleur, rédemption, surmonter… Ce genre de trucs sans aucun sens. Des fois, il criait en même temps que moi, mais pas pour se moquer. On aurait cru qu'il voulait analyser pour imiter ou partager ma souffrance. Puis quand je ne faisais plus de bruit, il tendait l'oreille comme s'il écoutait quelqu'un parler. Alors, il recommençait.

Elle se détourne pour masquer son envie de vomir.

— Vous avez vu son visage ?

— Très distinctement. Chaque fois qu'il me lacérait, en fait.

Son ton cinglant alerte Cameron. Il est temps de montrer un peu de compassion.

— Merci d'accepter de me parler, Maggie. J'imagine que ça ne doit pas être facile pour vous de ramener tous ces souvenirs à la surface.

Il est un peu tard pour se poser la question, non ? Elle le dévisage un instant avant de céder.

— Il est grand avec des cheveux assez longs et une barbe noire en collier. Ses bras étaient couverts de poils, ajoute-t-elle en frissonnant à ce rappel. Il porte une cicatrice sur le visage qui ressemble à la mienne.

— Comment avez-vous réussi à fuir ?

— J'ai profité d'une négligence de sa part et de son absence.

Elle détourne la tête et bat des paupières pour retenir ses larmes. Ils restent silencieux quelques secondes.

— Je suppose qu'il y a un but derrière ce pèlerinage, demande-t-elle d'un ton accusateur quand elle n'y tient plus.

— Oui. Vous avez compris, comme moi, que la planque de ce tueur est toute proche ?

— Vous allez donc organiser une battue ?

Il secoue la tête.

— Il y a près de deux mille trois cents kilomètres carrés de forêt à explorer. C'est impossible, mais j'ai une autre idée.

Une boule d'angoisse se fourre dans la gorge de la jeune femme et lui coupe brièvement le souffle quand elle voit son regard noir se poser sur elle. Elle secoue la tête.

— Non ! N'y pensez pas !

Cameron hausse les épaules.

— Comme vous voulez. Moi, je prends la voiture et j'y vais.

— En me laissant seule ici ? Vous n'avez pas le droit d'agir ainsi ! trépigne-t-elle de rage et de peur mêlées.

Ses accès de gentillesse ne font pas long feu ! D'ailleurs, il ne se retourne même pas pour regarder sa petite crise. Une nouvelle fois, elle est contrainte de le suivre et de descendre du véhicule quand il le décide. Ce type est un putain de robot, sans une once de pitié en lui.

— C'est ici qu'un automobiliste vous a découverte.

Elle frissonne et referme ses bras sur son torse. La terreur balaie sa conscience à la façon du flux et du reflux des vagues, maintenant qu'elle est toute proche de l'épicentre de son trauma.

— Vous rappelez-vous de l'endroit exact où vous êtes sortie de la forêt ?

— Je ne veux pas me sou…

Elle s'interrompt face à son froncement de sourcils.

Dans l'immédiat, c'est le lieutenant Diver son plus gros problème parce qu'il ne lâchera pas le morceau. Plus vite elle lui donnera, ou du moins essaiera de lui donner ce qu'il veut et plus vite elle pourra retourner se barricader chez elle pour appeler son psy et laisser libre cours à ses larmes de détresse. Elle capitule et lâche la bride à sa mémoire. Les souvenirs qui sont tous stockés dans son esprit grâce à ses cauchemars récurrents reviennent comme des flashs sensoriels d'abord puis en images plus construites. Avec un sanglot, elle lui montre un arbre sur le bord de la route. Sa forme torturée s'est imprimée dans son cerveau.

— J'ai débouché en face de lui.

— Allons-y.

Il lui attrape le bras et l'entraîne entre les arbres. Elle ne cherche pas à protester. Régulièrement, il se tourne vers elle pour lui demander la direction à prendre. Maggie a revécu tant de fois les détails de sa fuite qu'elle a l'impression de reconnaître les lieux. Même si elle hésite souvent, revient sur ses pas parfois, demeure immobile le temps de se repérer, elle progresse dans la bonne direction. L'effroi niché au creux de son ventre le lui confirme.

Chaque fois qu'elle a l'air sûre d'elle, Cameron marque leur passage en accrochant des sachets pour les preuves sur des branches basses ou sur des plantes. Il ne le fait pas pour lui vu qu'il a un sens de l'orientation infaillible, mais pour ses collègues quand ils devront les rejoindre. Et il a raison, car Maggie le guide au milieu des ronces et des herbes hautes pendant une bonne heure.

Il a l'impression qu'elle n'est plus vraiment avec lui et qu'elle ne sortira peut-être pas indemne de ce périple. Son regard est trouble et elle marche sans se préoccuper des obstacles. Il est obligé de la retenir pour l'empêcher de tomber à plusieurs reprises.

Soudain, il la sent se crisper à ses côtés. Comme il ne voit rien, il se concentre et finit par percevoir une odeur de feu de bois. Elle recule d'un pas. Soudain, ses jambes ne la portent plus et elle s'effondre.

— Cette odeur…

Elle frémit d'horreur. Cameron a sa confirmation.

— Je vais m'approcher. Ne bougez pas.

— Ne me laissez pas seule, supplie-t-elle, les yeux pleins de larmes.

Cameron sait qu'il lui en demande beaucoup trop, mais ils sont si près du but à présent.

— OK. Je vais vous aider à marcher.

Il la soutient quelques centaines de mètres avant de commencer à apercevoir les murs d'une cabane en bois devant eux. Il aide la jeune femme à trouver une place confortable et discrète au pied d'un arbre. Cameron grimace légèrement, car elle a vraiment l'air choquée. Il soupire. Il sera toujours temps de s'excuser platement quand cette enquête sera bouclée. Il lui enjoint d'un signe de ne pas faire de bruit, même si c'est inutile, car elle est de nouveau aux abonnés absents.

Cameron inspecte les alentours du regard. Il n'y a aucun mouvement. Aucun bruit. Il s'approche pour jeter un coup d'œil à l'intérieur de la cabane. Il distingue une table couverte de taches sombres, un poêle à bois, un lit une place et une armoire dans un coin. Il rejoint Maggie aussi discrètement que possible pour la tenir au courant des événements.

— Il n'y a personne. Je vais entrer.

— Non ! Il ne faut pas !

C'est le moment qu'elle choisit pour craquer. Elle se cramponne à lui et ses sanglots désespérés résonnent dans les bois autour.

— Pitié, non ! Ne me faites plus mal…

Si le tueur était encore dans le secteur, il a sûrement pris la fuite à présent.

Cameron a déjà suffisamment tiré sur la corde. D'ailleurs, il est bluffé par ce qu'elle est parvenue à extraire de sa mémoire mutilée juste pour le satisfaire.

Il sort son téléphone pour appeler les renforts. Ensuite, il se glisse contre elle et la berce entre ses bras pour la calmer.

35

— Tu peux me dire comment tu es arrivé jusque-là en traînant cette pauvre fille traumatisée dans ton sillage ?

— Quand tu m'as confié cette enquête, tu as exigé des résultats, non ? Tu les as, Emma.

Elle jette un coup d'œil vers Maggie Carpenter. Des infirmiers et un psychiatre de la police se pressent autour d'elle pour lui porter assistance. Emma revient à son lieutenant.

— Ouais… Encore une fois, ta vision de la déontologie laisse fortement à désirer…

Elle s'éloigne d'une démarche raide. Cameron s'en sort bien. Il lâche un soupir de soulagement. Emma Burrows est une femme mûre, de caractère, dotée d'un physique à se damner et accessoirement, c'est son capitaine.

Il a fait la connerie de coucher avec elle un soir où il avait pas mal picolé. Depuis, leurs rapports oscillent entre flirt, tensions et rancune. Emma ne lui a pas pardonné de tourner la page aussi vite et de faire comme s'il ne s'était rien passé alors qu'elle voudrait remettre le couvert. Lui a juste estimé que c'était la meilleure façon d'agir dans ces circonstances.

Il la suit à l'intérieur de la cabane. L'espace est d'autant plus réduit que les techniciens sont déjà à l'œuvre. Ils passent l'unique pièce au crible : draps, outils, empreintes, vêtements… Ils répertorient tout ce qui leur tombe sous la main avant de mettre chaque objet dans un sachet.

— Il se sentait sacrément en sécurité pour laisser autant d'éléments à charge, commente Emma.

— À l'issue de la première enquête, personne n'a pu dénicher sa planque. Et sans Maggie, je ne vois pas comment nous aurions réussi à la trouver.

Emma lui jette un regard d'avertissement. Ce qu'il peut l'énerver quand il justifie ses écarts en exposant les résultats qu'il a obtenus grâce à eux ! Elle voudrait être furieuse contre lui, mais elle n'y parvient jamais très longtemps parce que cela ne sert à rien avec lui. Personne, pas même elle, ne peut se mettre en travers de sa route quand il a décidé de résoudre une affaire.

Un des techniciens ramasse un pantalon et le palpe rapidement. Un petit bruit de papier froissé attire son attention. Il fouille les poches et en ressort un ticket de caisse.

— Qu'est-ce que c'est ? demande Emma.

— Un reçu pour l'achat de nourriture au Walmart Supercenter de Crawfordville. Il est daté d'il y a trois jours.

Emma et Cameron le déchiffrent au travers du plastique du sachet de preuve.

— Avec ça, on va pouvoir l'identifier, tu en es consciente ?

Emma soupire. Avec ça, Cameron va surtout être encore plus ingérable qu'avant.

— Lieutenant Diver, s'il vous plaît ?

Cameron se retourne vers l'infirmier qui vient de l'interpeller.

— Oui ?

— La jeune femme dehors, elle demande à vous voir.

Cameron rejoint Maggie et s'accroupit face à elle.

— Vous avez réalisé un excellent travail, Maggie. Il s'agit bien de sa planque. Certains éléments vont sans doute nous permettre de l'identifier. L'enquête va faire un bond de géant et tout ça grâce à vous.

Maggie est blême, mais elle a l'air de se porter un petit peu mieux. Elle hoche lentement la tête.

— Vous avez trouvé la fosse ?

— Quelle fosse ?

— L'endroit où il m'enfermait quand il s'absentait.

Cameron revoit les traînées sombres et pas totalement sèches sur la table au milieu de la cabane. Il se redresse avec un mauvais pressentiment et rejoint les autres en courant.

— Vite ! Déplacez la table, crie-t-il en entrant en trombe.

Les techniciens réagissent instantanément. Ils l'aident à la soulever pour la pousser sur le côté. Cameron écarte l'espèce de tapis puant et gluant qui couvre le sol et masquait une trappe.

— Maggie a dit qu'il l'enfermait ici chaque fois qu'il sortait.

La tension monte d'un cran dans la pièce. Cameron soulève le battant. Une puissante odeur de sang frais monte jusqu'à eux, tandis que leurs lampes torches éclairent le corps nu lacéré d'une jeune femme. À côté de ce qu'elle a subi, les blessures de Maggie n'étaient qu'une ébauche, un travail bâclé.

— Elle ne respire plus, non ?

Est-ce du soulagement que Cameron perçoit dans la voix d'Emma ? Sans doute. Avec ce que le tueur a tranché ou tailladé dans le corps de cette jeune fille, la mort semble être la seule option humainement acceptable.

Comme tous les autres, il remarque alors le léger mouvement de la main qu'elle leur adresse pour leur signifier le contraire.

— Oh mon Dieu !

Emma sort en courant pour vomir à l'extérieur.

36

Il est tard. Cameron se frotte les yeux pour chasser la fatigue qui embrume son esprit après sa nuit de garde chez Maggie, puis la longue journée qui a suivi. Il doit terminer de taper son rapport. Dès qu'il l'aura bouclé, il pourra rentrer chez lui. Enfin !

Il mentionne que la jeune femme qu'ils ont retrouvée dans la fosse de la cabane a été transportée par hélicoptère à l'hôpital le plus proche. Malgré les soins prodigués par les équipes sur place, elle est toujours entre la vie et la mort. Son visage est très abîmé, mais ils ont pu l'identifier. Il s'agit d'Irina Karpov, une jeune fugueuse portée disparue depuis trois semaines. La gravité de ses blessures, l'infection de ses plaies et la perte de sang ne laissent que peu d'espoir sur ses chances de survie.

Cameron marque une pause.

Pourtant, le simple fait d'avoir retrouvé cette victime dont ils ignoraient l'existence a transformé le comportement litigieux de Cameron envers Maggie en acte héroïque. Si elle n'avait pas été là pour les informer de la présence de cette fosse, il aurait sans doute été trop tard pour Irina.

D'ailleurs s'il n'avait pas contraint Maggie à collaborer, ils n'auraient pas trouvé la planque ni obtenu le ticket de caisse du Walmart.

Grâce à cet indice, les employés du supermarché ont pu identifier le client ayant effectué les achats correspondants. Il s'agit de Simon Verhaegen, dont le signalement correspond à la description de Maggie.

Ils ont ainsi obtenu son adresse à Woodville. Malheureusement, l'opération de police mise sur pied pour l'arrêter n'a rien donné. Si l'intérieur et le désordre de la maison montrent clairement qu'elle est habitée, le tueur ne s'y trouvait pas à leur arrivée.

Les techniciens du labo sont toujours sur place pour tenter de découvrir de nouvelles preuves.

Ainsi, même s'il court toujours pour le moment, Verhaegen va se faire coincer. Ils ont son nom, son signalement et tout ce qu'il faut pour l'inculper. Les policiers du coin sont en alerte. C'est une question de temps avant qu'il soit repéré et mis sous les verrous.

Cameron se remet à taper sur le clavier de son ordinateur. Il voudrait passer s'acheter de quoi se préparer un petit plat, puis se poser sur son canapé pour regarder un bon film.

— Cameron ?

Il grimace légèrement. Emma et lui sont seuls dans le service… Exactement ce qu'il a cherché à éviter depuis la nuit fatidique entre eux.

— Oui ?

Elle s'assoit sur le bord de son bureau. Avec son mollet, elle frôle délibérément son genou.

— Je voulais t'informer que le chef Tramer est très satisfait de la façon dont tu as mené cette enquête.

— Ah oui ? s'étonne Cameron.

D'habitude, Andrew Tramer, le chef de la police de Tallahassee, est le premier à critiquer ses méthodes peu orthodoxes. Emma laisse sa main glisser sur celle de Cameron.

— Oui. Je lui ai expliqué que Maggie Carpenter avait collaboré de son plein gré avec nous, susurre-t-elle d'une voix annonciatrice de problèmes.

— C'est sympa de ta part, remarque Cameron en reculant son bras en douceur pour échapper à son contact.

Emma ne peut retenir une petite moue mécontente en constatant cette nouvelle rebuffade.

— Nous savons pourtant tous les deux que tu l'as obligée à t'accompagner, le cingle-t-elle.

Cameron réfléchit rapidement à ce revirement. Il pourrait laisser Emma flirter avec lui avant de la sauter sur un coin de bureau pour qu'elle lui foute enfin la paix. Conscient que s'il agit ainsi il ne pourra plus jamais se débarrasser d'elle, il se lève pour la toiser.

— Tu joues à quoi, Emma ?

Elle rougit sous son insinuation. Elle ne se reconnaît plus elle-même. Comme si elle avait besoin de faire du chantage à un homme ou de l'acheter pour qu'il couche avec elle… Elle est en train de tomber bien bas à cause de son obsession pour ce mec ! Elle baisse les yeux pour concéder sa défaite.

— Ce que j'en dis, c'est que tu devrais aller voir Maggie Carpenter à la première heure pour lui présenter tes excuses. Il faut qu'elle serve la même version que la nôtre quand on l'interrogera sur sa présence sur place. Or pour le moment, je doute qu'elle ait envie de te sauver les fesses, vu ce que tu lui as infligé.

— Je vais y aller, admet Cameron.

Il prend sa veste sur le dossier de sa chaise.

— À demain, Emma.

Une fois à l'extérieur, Cameron laisse sa colère refluer lentement. Plus il cherche à échapper à Emma et plus elle agit en dépit du bon sens. Est-ce une question de désir ou d'orgueil blessé ? Son comportement échappe à sa capacité d'analyse.

Cameron secoue la tête et monte dans sa voiture. Quand il démarre, *Californication* des Red Hot Chili Peppers s'élève dans l'habitacle. Il tapote le volant, hésite un bref instant en regardant l'heure sur sa montre. Vingt et une heures trente… Il prend la direction de la maison de Maggie.

Il ne s'est pas très bien comporté avec elle. C'est toujours comme ça quand il veut quelque chose. Pourtant, il se soucie vraiment d'elle en tant que victime et il faut qu'elle le sache.

Il se gare le long du trottoir et rejoint à pied la voiture de patrouille pour signaler sa présence. Le conducteur est avachi derrière son volant. Se serait-il endormi ? Cameron s'apprête à lui passer un savon quand il comprend que ça sera inutile : il a la gorge tranchée. Et aucun signe de son coéquipier.

Cameron attrape son téléphone portable et réclame des renforts immédiats. Il se baisse et contourne la maison pour passer par l'arrière. La baie vitrée est entrouverte.

Les grands esprits se rencontrent !

Il se glisse à l'intérieur et rase les murs, son arme à la main, pour ne pas déclencher les détecteurs de mouvements. Peine perdue. Au moment où il pénètre dans la chambre de Maggie, le couloir s'illumine comme un sapin de Noël. Il remarque immédiatement qu'elle est attachée sur son lit. Elle est consciente et, malgré son bâillon, elle tente de lui faire comprendre quelque chose au travers de ses murmures étouffés. Cameron se retourne. Le colosse qui a surgi silencieusement dans son dos le frappe au niveau de la mâchoire. Sonné, Cameron lâche son arme et valdingue contre le mur. Il n'a pas le temps de s'ébrouer pour retrouver ses esprits que l'autre charge pour lui enfoncer son épaule dans le ventre. Cameron s'écarte juste à temps.

En mode survie, il retrouve immédiatement les réflexes enseignés par Max. Quand il devait s'entraîner contre Randall, Cameron était plus faible physiquement. Il devait donc frapper utile.

Il esquive plusieurs attaques en attendant de trouver l'ouverture nécessaire. Cameron manœuvre pour s'approcher d'un meuble, puis il attrape le premier objet à portée de sa main et le lance vers Simon Verhaegen qui se protège les yeux et laisse tout le reste de son corps à découvert. Cameron saisit sa chance. Il ferme son poing et enchaîne deux frappes au niveau du plexus solaire du tueur. Simon Verhaegen gémit à la façon d'un ballon crevé qui laisse échapper de l'air. Il titube.

Cameron se jette sur le mastodonte. Surpris par la manœuvre, Simon trébuche et s'effondre en arrière, tête la première contre le mur. Cameron lui colle plusieurs directs en pleine figure. Sans réel besoin. Il est dans les vapes, voire peut-être un peu plus que ça.

Cameron lui passe les menottes avant de se redresser. Il respire lentement pour reprendre son souffle. Un gémissement le sort de son apathie, il se précipite vers le lit et libère Maggie de ses entraves. Elle se jette en sanglotant dans ses bras au moment où d'autres policiers entrent dans la maison. Cameron glisse sa main dans ses cheveux.

— Ça va aller, Maggie. Cette fois, c'est vraiment fini…

Même s'il l'a volontairement placée en position d'appât, elle mérite d'avoir une existence paisible, à présent. Et en mettant ce tueur hors jeu, Cameron a accompli sa part du contrat.

Il voudrait s'écarter d'elle, ne serait-ce que pour préserver les apparences auprès des policiers qui les regardent avec curiosité, mais elle a eu si peur qu'elle est cramponnée à lui.

— Est-ce que vous voulez que j'appelle une ambulance ? demande un des hommes venus en renfort.

Cameron approuve. Ce sont les infirmiers qui parviennent à décrocher Maggie de ses vêtements après lui avoir administré des sédatifs. Avec des gestes doux, ils la chargent sur un brancard pour la conduire vers l'hôpital le plus proche avant de s'occuper du tueur. Cameron sort de la maison derrière la civière de Simon Verhaegen qu'il escorte les quelques secondes nécessaires pour aller à la rencontre d'Emma.

Alléchés par les informations transmises par le tuyau anonyme qui les a prévenus de la collaboration de Maggie Carpenter avec la police, alertés par les différents appels radio échangés et attirés par les opérations en cours et le ballet des véhicules officiels, des journalistes se précipitent vers lui en hurlant pour l'assaillir de questions.

Pendant quelques jours, Cameron se retrouve pris dans une espèce de tourbillon médiatique dont il ne peut pas éviter toutes les retombées.

Bonnes et mauvaises.

37

Cameron avale une gorgée de sa bière. Il tapote la table du bout des doigts avec impatience. Elle est en retard.

La salle est déjà à moitié pleine de gens venus boire un coup entre amis. Certaines filles le dévisagent de façon plus ou moins appuyée. Cameron se détourne quand la porte d'entrée s'ouvre.

Emma entre. Pour une quadra, elle est vraiment magnifique avec sa silhouette voluptueuse, ses cheveux auburn lâchés sur ses épaules, son visage finement maquillé et sa petite robe fleurie ajustée. Elle s'est faite belle pour lui. Visiblement, elle n'a pas compris que Cameron lui a donné rendez-vous, non pour lui donner satisfaction, mais pour mettre les points sur les *i*.

— Désolée, j'ai été retardée, dit-elle en s'asseyant avec un sourire resplendissant.

Depuis l'arrestation de Simon Verhaegen quinze jours plus tôt, Emma est de plus en plus insistante. Cameron ne comprend pas. Une femme comme elle, qui a atteint une telle position, qui est enviée et respectée à la fois, a tout à perdre avec pareil comportement. C'est de la folie !

— Sans importance, répond-il froidement.

Il porte son verre à ses lèvres en évitant délibérément de croiser son regard. Il remarque alors une jeune femme ravissante qui l'observe depuis un tabouret de bar. Il la détaille avec intérêt. Elle porte une chemise à manche courte rouge nouée au-dessus du nombril laissant entrevoir sa poitrine voluptueuse et un short découpé dans un jean qui ne cache rien de ses longues jambes fuselées. Ses cheveux châtain très clair ondulés sont relevés en chignon lâche par une pince. Elle a des yeux verts qui brillent d'intérêt, une bouche charnue et sensuelle et un visage à l'ovale parfait. Bref, elle est belle.

— Tu as déjà commandé à boire ? s'étonne Emma.

— Oui, répond-il, agacé par sa simple présence.

— Donc, on ne trinque pas ? observe-t-elle finement.

— Emma, je crois que tu n'as pas saisi pourquoi je t'ai demandé de venir.

Une serveuse l'interrompt pour s'adresser à elle.

— Vous voulez boire quelque chose ?

— Un…

— Non. Ce n'est pas utile. Elle ne va pas rester, tranche Cameron.

Piteuse, la serveuse s'éloigne. Cameron s'aperçoit alors que la jeune femme le dévisage toujours depuis son siège. Déconcentré par l'attention dont il est l'objet, il perd le fil de la discussion.

— À quoi joues-tu ?

Surpris, il revient à Emma.

— Écoute, Emma, j'ai tenté de te faire admettre en douceur que ce qui s'est passé entre nous était une énorme connerie.

Il voit à sa moue qu'il l'a vexée.

— Tu aurais sans doute dû y penser avant de fourrer ta queue dans mon vagin !

— Tu crois que je ne le sais pas ? s'emporte-t-il. Merde, Emma ! Arrête de faire comme si tu voulais que ça se reproduise ou que tu espérais quelque chose de moi.

— Et pourquoi pas ? demande-t-elle, les larmes aux yeux.

— Voyons voir…, énumère-t-il sèchement. Tu es ma chef, ce qui nous place tous les deux dans une sale situation vis-à-vis des collègues.

Il voit la lueur inquiète dans son regard. Une femme comme elle a tout à perdre face à une accusation de harcèlement sexuel.

— Tu t'entêtes comme s'il n'y avait que ton opinion dans l'équation, mais si tu veux tout savoir, vivre avec une femme beaucoup plus âgée que moi, ce n'est pas ce que j'envisage pour mon avenir. Je n'oserais pas te présenter à mes parents ou à mes amis et je ne te parle même pas du jour où je souhaiterais avoir des enfants !

Tout ça, c'est bidon, mais rien de tel qu'une bonne dose de goujaterie pour l'obliger à lâcher prise. Pendant qu'il lorgne vers la fille en rouge qui ne le quitte pas des yeux, il en rajoute encore.

— J'ai honte de l'admettre, Emma, mais la vérité, c'est que j'étais totalement bourré. Je ne peux pas te laisser croire que sobre, je pourrais…

— Tais-toi ! l'interrompt-elle, totalement humiliée par ces vérités qu'elle ne voulait pas admettre et par sa distraction explicite.

— J'ai essayé d'avoir une attitude raisonnable et limpide envers toi, reprend-il d'une voix conciliante. En dépit de ça, tu t'accroches à moi pour des raisons obscures, mais qui ne sont pas les bonnes. C'était juste une erreur monumentale, admets-le.

Les épaules d'Emma tressautent au gré de ses sanglots silencieux.

— Tu as tort et je te le prouverai.

Elle se lève sur cette annonce catastrophique.

— Non, mais tu t'entends ? En quoi n'ai-je pas été assez clair dans ce que je viens de dire ? tente-t-il encore une fois.

— Tu changeras d'avis, s'entête-t-elle.

Cameron a l'impression qu'un train lancé à pleine vitesse vient de le heurter. Trouver une idée lumineuse ! Vite !

— Non, Emma ! Je ne voulais pas en arriver là, mais je ne changerai pas d'avis parce qu'il y a quelqu'un d'autre dans ma vie.

Il se dirige vers la jeune femme juchée sur le tabouret de bar. En espérant avoir bien interprété ses œillades, il l'enlace avec un regard quémandant son aide. Si elle marque un bref instant de surprise, elle ne lui colle pas sa main dans la figure. C'est l'essentiel !

— Je suis un peu en retard, désolé.

Emma se fige, tandis que Cameron pose ses lèvres sur celles de la fille qu'il a lorgnée durant toute leur conversation. Elle passe sa main derrière sa nuque et lui rend son baiser avant de s'écarter.

— Ce n'est pas grave. J'attendais sagement que tu aies fini.

Elle lance un coup d'œil neutre vers Emma, un coup d'œil qui montre clairement qu'elle ne la classe pas dans la catégorie des rivales, mais dans celle des légers désagréments.

Pour Emma, c'est terrible. Cameron lui a donné rendez-vous pour expédier son cas avant de retrouver sa magnifique, jeune, présentable et fertile copine, c'est-à-dire ce qu'elle ne sera jamais pour lui. Avec un soupçon de résignation, elle tente de rassembler le peu de dignité qu'il lui reste.

— Il suffisait de m'en parler. J'aurais compris.

Cameron manque de s'étrangler devant tant de mauvaise foi.

Emma leur tourne le dos et sort du bar. Cameron lâche la jeune femme.

— Je suis désolé…

Elle lui tend la main.

— Je m'appelle Amber.

Il la serre.

— Et moi, Cameron.

— Tu avais besoin d'aide.

Il la joue désinvolte.

— Je n'étais pas vraiment en difficulté…

— Menteur ! se moque-t-elle. Tu étais en train de perdre, reconnais-le.

Il referme la bouche et finit par hocher la tête.

— En fait, oui ! Tu m'as sauvé la mise.

Il n'a pas envie d'en rester là. Pas après une entrée en matière aussi prometteuse.

— Tu veux prendre un verre ?

Comme elle hésite, il insiste.

— Je te le dois bien !

— Bon, c'est d'accord, alors.

Quand on leur a servi leurs consommations, Amber le dévisage.

— Alors, je t'ai aidé à briser une histoire d'amour vieille de combien de temps ?

— Si tu savais… une nuit ! Et encore, je ne me souviens pas des détails.

— Et tu n'arrivais pas à t'en sortir tout seul ! ironise-t-elle. La honte…

— La situation est un peu plus compliquée que tu ne le penses, se défend-il.

— Explique-moi pourquoi et comment je me suis retrouvée à embrasser un inconnu dans un bar.

— Je ne m'en sortais pas bien et tu étais là, à me fixer depuis tout à l'heure…

Amber glousse.

— Tu as cru ça ?

Elle lui montre du doigt une ardoise avec les offres du jour. Cameron se tenait exactement dans sa ligne de mire.

— Oh ! Je me sens encore plus stupide sur ce coup-là !

Elle sourit.

— Tu ne devrais pas. C'était agréable, murmure-t-elle en posant ses doigts là où il l'a embrassée.

— Ce n'est pas un verre que je te dois, mais un repas entier, vu qu'en plus de te sauter dessus sans raison, je t'ai empêchée de passer commande.

— Rien ne t'y oblige, mais c'est d'accord.

Ils discutent des déboires de Cameron, puis de tout et de rien pendant plusieurs heures. Soudain, Amber regarde sa montre.

— Déjà ! Je dois y aller, j'ai un rendez-vous super tôt demain matin.

Elle se lève.

— Prends mon numéro.

Et pendant qu'il le note dans son téléphone portable, elle lui adresse un clin d'œil.

— Comme ça, si tu as besoin de moi, je pourrai encore venir à ton secours.

38

— Diver ! Dans mon bureau !

Emma traverse la salle commune en coup de vent. Cameron termine de taper une phrase sur son clavier avant de se lever pour la suivre. Plusieurs têtes se tournent sur son passage.

— Alors, elle ne te donne plus du Cameron ? C'est fini les roucoulades entre vous deux ? s'amuse un de ses collègues, un crétin congénital qui ne sait pas tenir sa langue.

Cameron l'ignore d'autant plus qu'il sent la curiosité des autres, bien soulagés que le plus stupide d'entre eux se soit dévoué pour poser la question qui les titille tous. Il entre dans le bureau de son capitaine et laisse la porte ouverte pour éviter les malentendus. Il s'assoit face à Emma qui tapote le dessus de son bureau avec un crayon.

— Je ne comprends pas pourquoi tu ne m'as pas parlé de ta copine.

Cameron est surpris. Avec le nombre de raisons qu'il a invoquées, elle n'a retenu que celle montée de toutes pièces… il vérifie que les autres ne les écoutent pas avant de répondre.

— Je n'aurais pas dû avoir besoin de te mettre ma vie privée sous le nez pour que tu entendes raison.

— Tu étais déjà avec elle quand nous avons…

— Tu recommences, Emma ! la coupe-t-il.

Elle a l'air chagrinée, mais elle finit par admettre sa défaite.

— Je le sais.

Cameron remercie silencieusement Amber pour son aide en voyant Emma reprendre une attitude distante, celle qu'en tant que supérieure hiérarchique, elle n'aurait jamais dû perdre.

— Simon Verhaegen vient de sortir de l'hôpital pour intégrer une cellule qu'il ne quittera plus jamais, grâce à toi. Maggie Carpenter ne tarit pas d'éloges à ton propos. Les journalistes ont fait de toi un héros des temps modernes.

Cameron hausse les épaules avec modestie.

— Le chef et le maire sont ravis, poursuit-elle. C'est pourquoi Tramer veut que tu t'occupes de cette nouvelle affaire, dit-elle en lui tendant un mémo. Il s'agit d'un crime. Rends-toi immédiatement sur place.

Cameron se lève.

— Oh ! À propos, Cameron, je ne veux pas de vagues, ni de comportement litigieux. Tu me rendras compte quotidiennement de tes avancées. Et ne t'avise même pas d'essayer d'y couper.

Son petit air pincé lui prouve qu'elle l'attend au tournant. À la moindre incartade, elle ne le loupera pas. Si elle se contente de ça comme vengeance, Cameron saura faire avec.

— OK, Emma.

Cameron prend sa voiture et suit les indications de son GPS pour se rendre au bout de Weeping Willow Way. Moins d'une demi-heure plus tard, il se gare face à la forêt qui mène à la voie séparant les lacs Piney Z et Lafayette. Non loin de là, il aperçoit la voiture du légiste qui a dû le précéder de quelques minutes.

— Diver !

Une silhouette menue s'extrait d'un pick-up rouge sang, flambant neuf.

— Garrow ! Comment ça va ? répond-il sur le même ton.

Trish Garrow doit avoisiner les soixante ans. C'est une vieille fille qui n'a que trois passions dans la vie : découper des cadavres, fumer comme un pompier et ses quatre chiens. Elle ne se déplace jamais sans eux, comme en témoignent les aboiements sonores et les jappements aigus qui s'élèvent depuis les fenêtres entrouvertes de sa voiture.

— Très bien. Alors, c'est donc toi qui es chargé de cette affaire ?

— Oui.

— Le chef de la police a de la suite dans les idées.

Elle ouvre son sac à main pour en sortir un cendrier de poche dans lequel elle écrase sa cigarette avant de le refermer et de le ranger.

— Bien. Hé ! Toi !

Comme à son habitude, elle charge un policier en faction de promener ses chiens pendant qu'elle fait son travail.

— Viens, Cameron.

Il lui tend son bras pour l'aider à traverser le court tronçon de forêt pour rejoindre la scène de crime.

— Comment va ton père ?

Accessoirement, c'est aussi une amie très proche de ses parents. Elle connaît d'ailleurs Cameron depuis son entrée dans la famille.

— La retraite lui convient à merveille, répond-il en souriant. Maintenant, c'est ma mère qui a du mal à lâcher son bénévolat à la bibliothèque. Elle a mis sur pied un programme pour aider les enfants défavorisés à découvrir la lecture et elle éprouve beaucoup de difficultés à les abandonner en cours d'année.

— Ta mère a toujours été une femme engagée et passionnée.

Tout en discutant, ils traversent les herbes hautes. Un policier vient à leur rencontre.

— C'est par là. Suivez-moi.

Ils longent un ruban jaune derrière lequel l'herbe est aplatie par la lutte terrible qui s'est jouée là. Cameron remarque les marqueurs numérotés posés près de gouttes de sang et de ce qui ressemble à une dent.

— Quelque chose me dit que ça ne va pas être très beau à voir, soupire Trish.

Cameron approuve en haussant les épaules. Le policier s'arrête et se tourne vers eux avec une expression grave sur le visage. Trish passe devant lui, Cameron lui emboîte le pas.

Dès qu'il découvre le corps, il se fige et reste en retrait. Trish ne perd pas une seconde. Elle sort un dictaphone pour enregistrer ses premières observations.

— Homme blanc. A reçu de nombreux coups au niveau de la tête et du visage avec un objet contondant. Blessures défensives sur les mains et les avant-bras. Plusieurs doigts brisés. Mort sur place d'après les indices et le sang.

Elle se tourne vers Cameron.

— Tout va bien ? s'inquiète-t-elle en découvrant le visage blême de celui qui d'habitude a le cœur bien accroché.

Il se secoue.

— Oui…

— Alors, ne fais pas ton timide. Approche.

Cameron déglutit, mais il s'exécute pour fouiller les poches du mort. Il trouve son portefeuille qu'il ouvre en tremblant légèrement.

— Il y a encore près de cent dollars en petites coupures. L'assassin ne semblait pas intéressé par l'argent.

Cameron ouvre un rabat et découvre en même temps une pièce d'identité et une photo de famille.

— Il s'agit de Paul Meyer. Âgé de trente-cinq ans, il avait une femme et deux enfants, un garçon et une fille.

Une famille de quatre personnes… Sa voix s'éteint. Trish lève les yeux vers lui.

— Que se passe-t-il, Cameron ?

— Rien. On continue ?

En fait, ça ne va pas du tout. Un profond malaise envahit Cameron.

39

Cameron se faufile le long de la façade de la maison. Il entre le premier par la fenêtre de la buanderie. Randall et Dylon le suivent de près. La machine à laver qui tourne masque le bruit de leur progression vers la cuisine. Le sort est avec eux, puisque pour une fois Dylon ne fait rien tomber sur son passage. Ils s'arrêtent près de la porte du couloir.

— Dylon et moi, on tue les parents. Et toi, tu t'occupes des gosses. Prêts ? chuchote Cameron.

Randall approuve avec un sourire mauvais.

— C'est bon ! Détends-toi, Cameron ! On a compris. Max a dit de tuer une famille de quatre personnes. En la trouvant, on a fait le plus dur ! Et quand on aura accompli cette mission, on pourra enfin quitter Lakeport !

Cameron ne peut retenir une petite moue impatiente.

— Deux proies simultanées, aucun de nous ne l'a jamais tenté. Ne te loupe pas, Randall. Si tu as peur qu'un des deux t'échappe, attends-nous.

Randall redresse ses épaules de petit dur.

— Peur, moi ? Tu rigoles ou quoi ?

Cameron soupire imperceptiblement. Randall est une brute épaisse, incapable de se montrer subtile. Pourtant, personne ne nierait qu'il est efficace.

— OK. On y va.

Une fois dans le couloir, ils se séparent pour trouver leurs cibles. Cameron et Dylon laissent Randall et s'élancent vers la chambre des parents, Donald et Mary-Jane McNee.

Depuis leur expérience désastreuse avec Farmer, Cameron se méfie des hommes acculés contre lesquels ils ne font pas le poids. Après tout, ils ne sont que des enfants. Il se poste en silence près de Donald, pendant que Dylon s'approche de Mary-Jane. Cameron lui lance un regard pour coordonner leurs actions. C'est parti !

Retranché derrière un oreiller pour protéger ses vêtements des projections de sang, Cameron plonge la lame de son couteau dans la gorge du père qui se réveille juste assez pour plaquer ses mains sur la plaie béante qui barre son cou. Le liquide chaud qui coule à gros bouillons entre ses doigts lui fait comprendre qu'il est en train de mourir. Ses mouvements paniqués sortent son épouse du sommeil. Dylon a posé un coussin sur son arme pour étouffer le bruit de la détonation, il tire sous le menton de Mary-Jane dont le crâne s'ouvre comme un fruit trop mûr et répand son contenu sur la tête du lit. Donald tend la main vers elle en gémissant. Des soubresauts agitent son corps qui finit par se relâcher.

Cameron vérifie leur pouls.

— Ils sont morts.

Dylon repose le coussin percé pendant que Cameron nettoie la lame de son couteau sur les draps du lit.

Il inspecte ses vêtements et ceux de Dylon à la lumière de la salle de bains.

— Ça ira. Allons vérifier si Randall s'en sort.

Ils regagnent le couloir et rejoignent la chambre des enfants d'où proviennent des bruits sourds.

— Tu veux rameuter tout le quartier avec le bordel que tu fous ? accuse Cameron en entrant dans la pièce.

En découvrant le carnage, Dylon lâche un glapissement écœuré.

— Merde, Randall ! Qu'est-ce que t'as fait ?

— Pas mal, hein ? répond-il en leur montrant une batte de base-ball en métal couverte de sang. Elle doit appartenir au gosse. Je l'adore !

Cameron le bouscule en passant près de lui.

— Tu fais chier, Randall. Comment tu veux passer inaperçu quand nous allons retraverser la ville alors que tu es couvert de sang ? Il faut vraiment tout t'expliquer…

Il pose sa main sur le cou de Cindy, la petite de quatre ans. Son crâne est défoncé. Elle n'a pas dû se rendre compte de ce qui lui arrivait. Son frère par contre est étendu par terre, sur le dos, comme s'il avait voulu fuir et que Randall l'avait rattrapé au vol. Cameron enregistre les dégâts : le sang partout sur la moquette autour de sa tête enfoncée, les doigts brisés du gamin quand il a tenté de se protéger des coups et les petites bulles rosâtres au coin de ses lèvres qui se forment sous l'effet de son souffle moribond.

— Tu déconnes vraiment, Randall !

Si Max lui demande de tuer quelqu'un, Cameron s'éxécute rapidement et sans y prendre plaisir. Pas comme Randall qui aime faire mal et inspirer de la peur.

Cameron lui ordonne d'achever le gamin rapidement. Randall hausse les épaules.

— Quel rabat-joie !

Il lève la batte au-dessus de sa tête et frappe de toutes ses forces. Dylon gémit et détourne les yeux. Cameron capte le dernier regard du gosse, un regard de terreur à l'état brut qui se fiche dans son cerveau.

Un long cri s'échappe de sa gorge. Cameron se redresse dans son lit. Son cœur s'emballe comme un cheval au galop dans sa cage thoracique. Il se passe une main sur les yeux.

— Merde !

Il aurait aimé ne jamais revivre cette scène, mais la découverte du cadavre portant les mêmes blessures que le petit Marty McNee l'a secoué. Ensuite, Trish a établi sans aucun doute possible que l'arme du crime était une batte de base-ball. Et il n'en fallait pas plus pour que le cerveau de Cameron fasse tilt.

Tout ça lui a rappelé cette terrible expédition à Lakeport. Il souffle pour chasser les vestiges de son cauchemar. Il s'extrait de ses draps entortillés pour rejoindre sa salle de bains en titubant.

Il s'observe un bref instant dans le miroir pour tenter de déceler la noirceur de son âme au travers de son regard sombre, pour lire des regrets dans le pli amer de sa bouche, pour découvrir les traces du remords éprouvé dans les rides de son front. Mais rien. Il ne voit rien d'autre que le même visage impénétrable que d'habitude.

Aurait-il dû prévenir Max du dérapage de Randall ? Du moment qu'il avait ses quatre morts, Max n'en avait rien à foutre de la méthode. Au contraire, la sauvagerie de ces assassinats ne pouvait que ravir son esprit tordu et lui confirmer que ses trois créatures étaient à sa botte. Et puis il a bien vu la batte de baseball couverte de sang que Randall a nettoyée amoureusement le lendemain du meurtre et n'a plus jamais quittée.

Cameron ouvre le robinet et place ses mains en coupe pour s'asperger le visage et les cheveux. Des gouttes ruissellent sur son torse. Dans la lumière crue du néon, il a l'impression de voir des rigoles de sang parcourir sa peau lisse.

Il se frotte les yeux.

— Ce Cameron-là n'existe plus.

40

Après une journée passée à rencontrer l'entourage de Paul Meyer et à tenter de comprendre qui il était, Cameron tourne en rond chez lui, mais le tour est vite fait.

Quand il s'est arrêté la première fois devant le 1126 Mitchell Avenue, il s'est dit que cette maison ne ressemblait en rien à ses luxueuses voisines. Il a immédiatement aimé son asymétrie avec l'avancée couverte pour garer sa voiture sur le côté droit de la bâtisse, ses petites allées bétonnées, son terrain dépourvu de ce qui fait d'ordinaire la fierté des jardiniers du dimanche et sa façade blanche à la peinture écaillée. Sa forme peu commune en U l'a intrigué également.

L'agent immobilier lui a ouvert la porte en lui vantant les volumes, parfaitement adaptés aux besoins d'un célibataire ou d'un jeune couple. Cameron est donc entré dans un large couloir reliant les deux pièces principales de la maison : à droite, une immense chambre bureau, et à gauche, un séjour assez grand pour contenir son écran plat géant, ses nombreuses étagères de livres, de DVD, de Blu-Ray et de CD. Les portes-fenêtres à l'arrière de la maison donnant sur un bouquet d'arbres majestueux, les précédents propriétaires avaient fait construire une terrasse en teck reliant le salon et la chambre. Quand l'agent immobilier lui a montré les deux dernières pièces, une cuisine high-tech et une salle de bains dotée d'une douche avec une colonne de massage, Cameron était déjà conquis. Il a aussitôt versé l'acompte demandé et il ne l'a jamais regretté.

Sauf aujourd'hui. Il se sent autant à l'étroit ici qu'au temps où il vivait enfermé dans la caravane de Max. Il a envie de repousser les murs, de partir courir au Winthrop Park et de ne jamais revenir. Bref, toutes les excuses possibles pour éviter de se mettre devant son ordinateur et de faire ce qu'il aurait déjà dû entreprendre il y a longtemps.

Cameron a honte de l'admettre, mais dès le moment où il a quitté l'influence de Max, il a voulu oublier. Ce n'est pas l'envie qui le titillait de découvrir qui il était avant son enlèvement, mais au final, il a manqué de courage pour aller au bout de la démarche.

Sa nouvelle vie chez les Diver a comblé les failles de sa personnalité et muselé sa part sombre. Il a enfoui beaucoup de souvenirs au fond de lui en se disant qu'un jour, il aurait le cran de les affronter.

Ce jour-là n'est pas encore arrivé, pourtant, sans tergiverser davantage, il s'assoit derrière son bureau. Il allume son portable et lance la connexion Internet.

Il ne sait pas si Paul Meyer a été assassiné par Randall. Tout ce que Cameron a établi jusqu'à présent, c'est que rien ne prédestinait ce père de famille sans histoire à mourir de cette façon. Cameron s'inquiète peut-être pour rien, mais le sale pressentiment qui l'a envahi à la vue du cadavre ne le quitte plus.

Il parcourt donc de nombreux articles pour découvrir qui était Max Ender, le vrai responsable de ce gâchis. Derrière les mots des journalistes, Cameron visualise un Max innocent et terrifié condamné à tort, contraint de s'endurcir sous les coups et de ravaler sa honte après chaque agression. Il imagine les dégâts causés par la peur et la paranoïa sur son esprit nourri à l'injustice et au désir de vengeance envers la société.

Des décombres de sa folie, Max a décidé de pervertir trois enfants choisis spécifiquement. Cameron tape le vrai nom de Randall : James Harrington. En couplant sa demande avec les mots « enfants disparus », Cameron obtient une réponse immédiate. Deux, trois clics plus tard, il découvre que Randall était le petit-fils du juge ayant présidé le procès de Max.

Cameron lance la même recherche pour Jimmy Taylor, Dylon. Son père a procédé à l'arrestation de Max.

À contrecœur, Cameron tape son nom. Il découvre ainsi que son père était le responsable des gardiens de la prison Thomson, donc un de ceux ayant orchestré l'annihilation pure et simple de la raison de Max. Cameron s'écarte brusquement de son ordinateur. Non. C'est bien plus terrible que ça ! Si Taylor et Harrington ont merdé à cause de preuves mal interprétées, ils ont seulement appliqué la justice. Ce que Karl Porter a fait, c'est pire : il a créé une arme de guerre et l'a pointée sur la tête de son propre fils.

Heureusement que d'après les articles de presse, cet enfoiré est mort d'un cancer quelques années plus tôt, sinon, Cameron aurait aimé le tuer lui-même. Brusquement, il plonge sa tête entre ses mains. Il ne doit pas penser à son père biologique de cette façon. Il vaut mieux que ça.

— Je m'appelle Cameron Diver. Je m'appelle Cameron Diver. Je m'appelle Cameron Diver.

Rien n'y fait. Son mantra est inefficace ce soir.

Pourquoi s'arrêter en si bon chemin, hein ? Cameron extirpe d'autres noms de sa mémoire : ceux des victimes de la vengeance de Max.

Il commence par taper les mots « Moore », « avocat » « Max Ender » et « procès ». Il découvre que Donovan-Moore était l'avocat de Max. De mieux en mieux. Il passe à Farmer sans perdre une seule seconde. Plus il creuse et plus il se rend compte que Max a procédé méthodiquement. Il les a envoyés frapper des membres du jury l'ayant condamné, des codétenus, des gardiens de prison, des policiers, des témoins à charge…

Et au milieu de cet îlot de folie raisonnée, il y a eu les dommages collatéraux, les innocents choisis au hasard qui ont péri pour que les trois garçons s'aguerrissent.

Combien de personnes ont subi les conséquences de l'obsession de Max depuis que Cameron a pris la fuite ? Combien d'autres sont mortes juste parce qu'elles correspondaient au cahier des charges de Randall et Dylon ?

Si Max a retrouvé sa trace, Paul Meyer pourrait-il n'être qu'un message d'avertissement adressé à Cameron ? Sans doute !

À ce stade de sa réflexion, Cameron tente de se calmer. Un homme a été abattu à coups de batte de base-ball. Même si c'était l'arme de prédilection de son frère, cela ne signifie pas que c'est forcément lui le coupable.

41

Vêtue d'une robe d'été fluide beige, Amber fait son entrée dans le bar où Cameron lui a donné rendez-vous. Ignorant les regards appréciateurs des piliers de comptoir et les commentaires grivois de plusieurs clients, elle le salue d'un geste de la main. Il sourit en la voyant se précipiter vers lui. Elle se penche et dépose un baiser sur ses lèvres. Il passe la main derrière son cou pour accentuer le contact.

Quand il s'écarte, Amber inspecte les alentours. Elle finit par froncer les sourcils.

— Où est ton ex ?

D'un signe, il l'invite à s'asseoir.

— Tu m'as dit de t'appeler si j'avais besoin d'aide…

— C'est vrai.

Cameron baisse la tête et serre ses mains autour de son verre de bière. Il se sent gêné d'avoir eu cette impulsion et surtout qu'elle y ait répondu.

— J'ai passé une assez mauvaise journée. J'ai pensé qu'un peu de compagnie ne serait pas de refus.

Il relève les yeux vers elle en affichant une petite moue désolée.

— Tu n'auras pas besoin de faire fuir quelqu'un.

— Oh ! Alors il s'agit d'un vrai rendez-vous ?

Comme elle a le sourire, Cameron se détend.

— Oui.

Avec une mimique dubitative, elle observe le décor et les poivrots qui les reluquent avec insistance. Cameron saisit le message.

— Pour t'entendre me repousser, ça me paraissait un endroit idéal, mais puisque tu as déjoué tous mes pronostics…

Il se lève et lui prend la main.

— Je t'invite au restaurant ?

— Excellente idée !

Elle le suit en voiture jusqu'au Harry's Seafood Grille, un restaurant de poisson avec une décoration et une carte d'inspiration Nouvelle-Orléans. Les murs sont couverts de bois aux teintes chaudes, les tables sont assez éloignées les unes des autres pour que les clients puissent discuter tranquillement et la nourriture cajun est savoureuse.

Pendant que le serveur pose une assiette de tapas devant eux pour qu'ils puissent picorer tout en buvant un verre de vin blanc, Cameron cherche à en savoir plus sur elle.

— Je trouve que tu es partie un peu vite la dernière fois. Nous n'avons pas pu finir les présentations.

Il incline la tête vers elle pour qu'elle commence. Amber croque un beignet de calmar.

— J'ai vingt-quatre ans. Je travaille à mon compte de chez moi en tant que consultante en informatique.

Elle hausse les épaules avec une petite moue dépitée.

— Enfin ! Quand je dis chez moi, il s'agit d'un abus de langage. Je vis en colocation parce que je viens de lancer mon activité et que je ne roule pas sur l'or. Je ne suis jamais vraiment seule, mais c'est un bon compromis. Et mes colocs sont sympas.

Cameron pose une question qui l'intéresse particulièrement, même si son sens moral s'accommode de bien des compromis.

— Tu as quelqu'un dans ta vie ?

Le visage d'Amber se plisse un instant à cette idée.

— Non, personne.

— Comment est-ce possible ? s'étonne-t-il, car elle ne passe pas inaperçue auprès des hommes, pas même auprès de ceux un peu plus discrets et mieux élevés de ce restaurant.

Il perçoit une ombre dans son regard.

— Je sors d'une histoire assez longue et très compliquée qui m'a un peu laissée sur le carreau. Et toi ? J'ai cru comprendre que tu es célibataire depuis très peu de temps, ironise-t-elle.

Même s'il aimerait en savoir plus sur cette fameuse histoire dont elle vient de parler, il comprend que le sujet est sensible et douloureux.

— Je suis policier, ce qui ne me laisse pas beaucoup de temps pour faire des rencontres. Et si j'en fais, mes histoires sont toujours courtes, parce que les femmes n'aiment pas mon métier. Elles se lassent vite de mon indisponibilité, des lapins que je leur pose et des rendez-vous à la sauvette…

Elle pose sa main sur la sienne.

— Mon métier me laisse beaucoup de latitude pour organiser mon planning. Mais je n'aime pas qu'on me pose des lapins !

— Je te comprends, personne n'aime ça ! D'ailleurs, je ne le fais jamais sciemment, mais certains impératifs professionnels surpassent tout le reste. En quoi consiste ton job exactement ?

Pendant qu'elle le lui explique, il observe son visage animé, la courbe douce de ses épaules, ses lèvres pulpeuses. Il a très envie de les embrasser. À plusieurs reprises pendant le repas, il perçoit son regard brillant posé sur lui. Son intérêt pour elle est réciproque, c'est évident.

Pourtant, quand ils sortent du restaurant, elle semble distante, comme plongée dans ses souvenirs. Il se dit qu'elle pense peut-être à son ex, celui qui l'a blessée. Elle n'est peut-être pas vraiment libre, sentimentalement parlant. Ils rejoignent leurs voitures en silence.

Un peu perdu à cause de ce brusque revirement, Cameron se demande s'il ne serait pas préférable de stopper cette histoire sur-le-champ. Elle se tourne alors vers lui et plaque son corps contre le sien. Cameron flanche. Ses lèvres posées sur les siennes lui font oublier ses bonnes résolutions. Il l'embrasse et caresse son dos à travers le tissu léger de sa robe. La réserve d'Amber s'effondre. Il a l'impression qu'elle a oublié qu'ils se trouvent sur un parking en public.

Quand il entend d'autres clients sortir du restaurant, Cameron s'écarte d'elle. Elle a l'air déçue et un peu perdue. La soirée s'est particulièrement bien déroulée, alors il tente sa chance.

— J'habite près d'ici. Veux-tu prendre un dernier verre chez moi ? propose-t-il.

D'habitude, il préfère aller chez ses conquêtes. Cela lui permet de pouvoir filer en pleine nuit sans qu'elles sachent où le débusquer.

Encore une fois, il capte une expression fugace dans son regard qu'elle masque bien vite.

— OK. Je te suis.

Dix minutes plus tard, il ouvre sa porte et la laisse entrer dans sa maison. Elle se fige sur le seuil du salon en découvrant ses étagères pleines de livres, de DVD et de CD.

— Ils sont tous à toi ? demande-t-elle avec un soupçon d'envie dans la voix alors que ses doigts glissent sur les jaquettes et les couvertures.

— Oui. Quand j'étais jeune, je n'avais pas accès à tout ça. Depuis, j'ai des tendances compulsives, admet-il avec un haussement d'épaules.

— Veux-tu boire quelque chose ?

Elle se détourne de ses rayonnages.

— Non. Tu sais ce que je veux.

Elle se rapproche de lui. Il la prend par la taille pour la guider vers sa chambre. La lune baigne son lit d'une lueur blanchâtre à travers la baie vitrée. Amber semble intimidée et très pâle dans cet éclairage fantomatique.

Il passe sa main derrière sa nuque afin de l'attirer vers lui et l'embrasse. Le souffle de la jeune femme s'accélère. Cameron lui retire sa robe dès qu'il la sent assez détendue pour cela.

Il s'écarte une seconde pour découvrir les courbes douces de son corps. Elle baisse la tête. Cameron lui soulève le menton.

— Tu n'en as pas envie ?

— Si, mais je sais ce que les hommes pensent des femmes qui se jettent trop rapidement dans leur lit, répond-elle en se mordant les lèvres.

Il lui caresse la joue.

— De ton côté, tu pourrais me prendre pour un séducteur sans scrupules qui ramène n'importe qui chez lui. La vérité, c'est que tu me plais et tu ne serais pas là si tu n'éprouvais pas la même attirance. Alors, devons-nous perdre du temps, juste pour répondre aux convenances ?

Elle sourit.

— Au diable les convenances !

Procédant par étapes, il caresse son dos, son ventre et ses seins. Il détache son soutien-gorge. Elle se décide à lui retirer son T-shirt. Hésitante, elle s'attaque ensuite à sa ceinture.

Il se débarrasse de son jean et de son caleçon, puis il lui ôte sa culotte. Tout en l'embrassant, il recule vers son lit. Amber s'assoit sur le rebord avec précaution avant de s'allonger sur le dos. Cameron la rejoint, fasciné par ce que son visage révèle à cet instant : peur, impatience, désir…

Il se place au-dessus d'elle. Amber tremble contre lui. Il s'écarte et lui effleure le visage du bout des doigts.

— Dis-moi si tu veux arrêter.

— Tu le ferais si je te le demandais ? demande-t-elle avec beaucoup d'incrédulité.

Il soupire et se prépare déjà à l'idée d'aller prendre une douche glacée.

— Bien sûr. Si tu n'es pas sûre de toi, je comprendrai.

Comme s'il venait de prononcer une parole cruciale pour elle, la tension qui semble l'habiter se relâche.

— Je suis sûre de moi.

Elle écarte les jambes avec encore un soupçon de réticence. Si Cameron ne la pense pas vierge, à cause de son âge et de son corps de rêve, il a l'impression qu'Amber n'est pas très à l'aise pour autant avec ces choses-là.

Cameron ignore donc cette invite. Au contraire, il descend lentement le long de son cou, de sa poitrine, de son ventre, puis plus bas entre ses cuisses. Sa bouche et ses doigts dessinent de douces arabesques sur son corps. Enfin, il la sent s'apaiser complètement sous ses caresses. Son corps perd sa rigidité et cette attitude d'abandon forcé. Elle est enfin prête à le recevoir.

Cameron ouvre le tiroir de sa table de nuit et récupère un préservatif. Il embrasse encore Amber.

— Tu peux encore changer d'avis, propose-t-il une dernière fois, en ayant l'impression d'être un surhomme.

Elle secoue la tête.

— J'en serais incapable.

Cameron déchire le petit emballage et déroule le préservatif sur son sexe. Une seconde plus tard, il s'enfonce dans le corps chaud et accueillant d'Amber.

Il n'y a plus aucune résistance en elle, juste un appétit insatiable qui ne demande qu'à être satisfait. Et ça, Cameron sait faire.

42

— Deux hommes tués à coups de batte de base-ball en l'espace de deux semaines, c'est assez inhabituel, déclare Trish en se redressant et en se frottant le bas des reins avec une grimace.

Très contrarié, Cameron hoche la tête pour marquer son assentiment. Il se penche au-dessus du cadavre pour fouiller son blouson léger. Il a un instant d'espoir qui s'évanouit quand il palpe la poche arrière du pantalon de la victime et qu'il sent une bosse caractéristique. Il récupère un portefeuille intact. Comme la dernière fois, une vérification rapide lui prouve qu'il ne manque rien dans les affaires du mort, ni argent, ni papiers, ni photo qui lui crache son histoire familiale au visage.

— On ne lui a rien pris, déclare-t-il sombrement.

— On dirait qu'il a été massacré par plaisir, comme le premier.

Trish vient de confirmer tout haut ce qu'il pense tout bas.

Cameron en était venu à se convaincre que tout cela n'avait rien à voir avec son passé, jusqu'à ce qu'il reçoive ce nouvel appel pour se rendre sur les berges du lac Overstreet. Ce deuxième corps n'est certainement pas là par hasard. La proximité d'une étendue d'eau est encore une fois stratégique. Comme une référence à leurs souvenirs communs de Lakeport ?

Cameron refuse de fermer la porte à d'autres hypothèses, pourtant quelle autre explication parviendrait à justifier une telle débauche de violence ? L'enquête a révélé que Paul Meyer est un type normal, sans aucun lien avec les milieux de la pègre, adeptes de ce genre de règlements de comptes tape-à-l'œil. Et en découvrant son allure bonhomme et paisible sur son portrait de famille, Cameron est presque sûr que ça sera aussi le cas pour Mickael Ferris. Alors qui d'autre que Randall pourrait avoir commis ces meurtres ? Qui ?

— Tu en penses quoi ? l'interpelle Trish.

Il se tourne vers elle avec une mine grave.

— J'espère que c'est une coïncidence… vraiment. Sinon, tu sais comme moi ce que ça veut dire.

— Tueur en série ? demande-t-elle presque craintivement.

À l'époque de Max, ils obéissaient tous aux ordres. Randall prenait plus de plaisir que Dylon et lui en les exécutant, c'est sûr, mais ça… Cameron regarde le corps. La victime a été massacrée méthodiquement. Quand on veut tuer quelqu'un, il y a des moyens de faire ça proprement et rapidement. Pour atteindre un tel résultat, ça n'a été ni l'un ni l'autre.

— On n'en est pas encore là, Trish, tente-t-il de la rassurer.

Il aimerait tellement croire ce qu'il vient d'affirmer. Pourtant, il y a une dimension particulière si perceptible dans la façon dont ces deux hommes ont été assassinés.

— Quand est-ce qu'on commence à paniquer, alors ? se moque Trish.

Oui. Quand ?

— On parle de série à partir de trois victimes, élude-t-il.

— Eh bien, on est sauvés !

Si elle croit que Cameron n'est pas conscient de tout cela, elle se trompe. Une violente colère s'empare de lui. Son regard noir devient si menaçant que Trish s'en aperçoit et recule.

— Cameron ?

Il se détourne le temps de reprendre le contrôle de ses émotions.

— Tout va bien, Cameron ?

Elle lui touche le bras.

— Je te sens à fleur de peau avec cette affaire. Où est passée ton impassibilité légendaire ?

Il pose sa main sur la sienne et la serre avec douceur.

— Ne t'inquiète pas pour moi.

Comment Randall aurait-il pu retrouver sa trace ? Comment ?

Cameron sent un frisson glacé parcourir sa colonne vertébrale. La télé ! Avec l'arrestation de Simon Verhaegen, il a été filmé et interviewé à plusieurs reprises. Il ne s'est pas méfié parce que la télé, c'est l'expression suprême de la société, donc un objet à proscrire pour Max. Personne à la caravane ne la regardait, excepté Suzy. À l'époque, elle ne matait que des séries débiles, des sitcoms et des films d'amour. Les infos, ça n'a jamais été son truc. Est-ce que les choses pourraient avoir changé à ce point dans la caravane ?

Cameron se retourne vers Trish.

— As-tu un moyen de comparaison pour confirmer que les deux victimes ont été tuées par la même personne ?

— Avec la force et l'angle des coups, je vais tenter quelques déductions. Si elles sont identiques à celles du premier meurtre, tu auras ta réponse.

43

— Où en es-tu, Cameron ?

S'il lui répond « nulle part », Emma risque de mal le prendre, non ? Il marche sur des œufs. Elle ne doit absolument pas lui retirer cette enquête parce que, avec ce qu'il pressent, il doit garder la main sur leurs découvertes et se tenir prêt à toutes les éventualités.

Avec un calme qu'il est loin de ressentir, il s'assoit face à elle dans son bureau spacieux et clair. Il balaye d'un regard distrait les murs couverts de ses diplômes, de photos officielles et de coupures de presse encadrées des plus belles résolutions d'affaires de son service.

— Nous avons trois victimes en un peu moins d'un mois. Paul Meyer, Mickael Ferris et Dick Vermeulen dont le corps a été retrouvé hier près du lac Cascade. Tous les trois avaient des emplois de commerciaux : vendeur de voitures pour le premier, d'assurances pour le deuxième et de matériels de plomberie pour le dernier. Appréciés par leur hiérarchie et leurs collègues, ils ont remporté à plusieurs reprises le titre d'employé du mois. Ils avaient tous les trois des familles pour qui ils étaient les meilleurs des maris et des pères. Ils rentraient immédiatement après le boulot, sans passer par la case bar ou maîtresse.

— Ça existe des gens comme ça ? ironise-t-elle.

Sans s'attarder sur cette pique, il poursuit :

— Leurs voitures ont été retrouvées sur le parking de leur travail. Les trois hommes ont donc été enlevés à la sortie de leur boulot et conduits sur le lieu où ils ont été sauvagement battus à mort. Le tueur est forcément véhiculé, puisqu'il les a transportés à travers la ville jusqu'à des lieux symboliques pour lui. J'ai mis du monde sur le visionnage des bandes de surveillance des secteurs concernés au cas où.

Mais comme ils ne savent pas ce qu'ils doivent chercher, ça ne va pas servir à grand-chose, finit-il dans sa tête. Avec ce qu'il vient de lui dire, il ne lui apprend rien de neuf. Il ferme les yeux et se frotte les paupières avant de lâcher son constat.

— Les corps n'ont pas été enterrés, immergés, ni même cachés à proprement parler. Des promeneurs sont tombés sur eux deux ou trois jours après leur mort. Le tueur n'a donc pas cherché à gagner du temps en faisant passer ses crimes pour de simples disparitions.

— Il n'a pas peur de nous…, approuve-t-elle.

— En tout cas, ça ne le gênait pas qu'on découvre ses victimes, ce qui en soi nous en apprend beaucoup sur lui. Même si je ne crois pas à cette hypothèse, j'ai tenté de voir si les trois morts auraient pu déplaire à des chefs de gangs locaux qui auraient voulu faire un exemple avec eux. Sans succès… Il ne reste donc que la piste de la rencontre fortuite qui les aurait placés sur la route de leur assassin.

Cameron n'en croit pas un mot évidemment. Les trois victimes avaient une épouse, un fils et une fille. Pour Cameron, le pressentiment est presque devenu certitude à présent. Le soir, il a du mal à s'endormir, certain que Max et sa bande vont venir frapper à sa porte d'un jour à l'autre. Il se tient prêt, quitte à épuiser ses forces avant l'affrontement qui ne manquera pas d'avoir lieu. Cameron est surtout inquiet quand Amber passe la nuit chez lui. Il ne voudrait pas qu'elle se retrouve mêlée à ça.

— Trois rencontres fortuites espacées de quelques semaines avec un mec qui leur déboîte la tronche à coups de batte de base-ball, ça donne un tueur en série, assène Emma.

Cameron donnerait n'importe quoi pour la distraire de cette certitude. Or elle en démordra d'autant moins qu'il s'est refusé à prononcer ces mots le premier. En tant que responsable de cette enquête, il aurait dû le faire. Elle ne lui pardonnera pas cette erreur, de sorte qu'il cède.

— Je le sais.

— Alors, tu attends quoi pour adresser une demande au ViCAP[1] ?

— Tu... tu veux mêler le FBI à notre enquête ? Mais voyons, nous n'avons pas besoin d'eux...

1. ViCAP : le Violent Criminal Apprehension Program est une unité du FBI chargée de l'analyse des crimes en série violents et sexuels. Il est conçu pour suivre, mettre en corrélation des informations et établir des connexions concernant les crimes violents. Particulièrement utile dans l'identification et le suivi des tueurs en série, l'outil ViCAP a permis la résolution de nombreux cas, y compris des cas vieux de plusieurs décennies ou recensés dans des États très éloignés.

Emma se lève et attrape des feuilles qu'elle tapote sur son bureau pour les remettre en ordre.

— Aux dernières nouvelles, tu as juste eu de la chance sur l'affaire Verhaegen. Et ton expérience des tueurs en série s'arrête là. En conséquence, si je demande au FBI de venir, tu bosseras avec eux que ça te plaise ou non.

Cameron ressent l'envie violente de refermer ses mains sur sa gorge et de la secouer jusqu'à ce que son putain de petit rictus satisfait s'efface. S'il a cru qu'Emma lui foutrait la paix, il s'est planté. Elle va lui pourrir la vie de toutes les façons possibles. Et cette demande-là est bien la pire chose qu'elle puisse exiger de lui.

— Qu'est-ce que tu fais encore là ? Je veux les réponses du ViCAP sur mon bureau dès que tu les recevras.

Cameron regagne son poste avec la sensation de se passer une corde autour du cou.

44

Cameron a besoin de plus de données pour pister son ancienne famille, c'est indéniable. Et puis une demande adressée au ViCAP ne signifie pas forcément l'arrivée des hommes en complet gris.

Rassuré, il fixe une période de seize années pour sa demande. Inutile de remonter plus loin dans le temps, puisqu'il n'ignore rien du déroulement des événements avant cela.

Il lance une double requête. Obtenir uniquement la liste des meurtres commis avec une batte de base-ball ne lui suffira pas à avoir une vue d'ensemble du parcours de ses frères depuis son départ. Il demande donc aussi les meurtres multiples commis avec deux armes différentes, batte de base-ball et arme à feu. Il ajoute aussi les critères « absence de mobile apparent » et « non-résolution de ces affaires ».

Il attend deux jours avant de recevoir la réponse par mail. Deux jours à passer d'un état de nerfs à un autre. Et ça, sans compter la présence permanente et stressante d'Emma au-dessus de son épaule, ses questions pour vérifier qu'il a bien obéi à ses ordres, ses allusions à sa prétendue inefficacité. Ça lui apprendra à relâcher sa garde au point de se soûler et de coucher avec la seule nana qui disposait du pouvoir de lui casser à ce point les couilles !

Cameron ouvre le message en provenance du FBI et imprime les documents transmis. Il consulte les résultats sans perdre une seconde. Ils sont accablants.

À partir de Freeport, ville dans laquelle il leur a faussé compagnie, Max et ses sbires ont tracé un parcours sanglant à travers les États-Unis, et spécifiquement dans l'Illinois, là où Max a le plus de comptes à régler.

Si Cameron écarte les crimes qui n'ont strictement rien à voir parce qu'il manque le côté purement gratuit ou le lien avec la vengeance de Max, il dénombre une trentaine de victimes, dix-neuf tuées par Randall et onze assassinats couplés. À ça, il faudrait sans doute ajouter les meurtres commis en solo par Dylon et les personnes estropiées, dépouillées et cambriolées pour le simple plaisir d'un fou revanchard.

Cameron est atterré.

Oh bien sûr, il n'a jamais imaginé que son départ mettrait fin aux projets de Max. Il n'est pas stupide. Il espérait juste refermer la porte de ce passé et qu'avec un peu de chance, il ne le rattraperait jamais. Or il vient de resurgir en plein cœur de sa ville, de sa vie et tout ça, par sa propre faute ! Putain de journalistes ! Ne pouvaient-ils se contenter du tuyau anonyme que Cameron leur a balancé et lui foutre la paix ensuite ? Pourquoi ne s'est-il pas méfié en sortant de chez Maggie ?

Si Cameron est inquiet, c'est surtout parce qu'il a tout à perdre à présent : l'amour de ses parents adoptifs, son job, Amber même si leur histoire est récente, sa liberté, sa vie…

Cameron pose ses yeux sur le listing. Il ne comprend pas pourquoi Max vient le provoquer sur son territoire. Que pense-t-il obtenir en venant ici ? Il doit bien se douter que Cameron ne prendra pas le risque de voir la vérité éclater et qu'il fera tout pour protéger ce qu'il a bâti. Pourquoi donc mettre sa petite organisation en péril alors que personne ne s'est aperçu de leur existence jusqu'à présent ?

Est-ce qu'il voudrait le voir revenir parmi eux ? Le tuer ? Le faire tomber ? Stupide. Cameron a toujours respecté sa promesse secrète et il n'a jamais rien dévoilé sur son passé. Preuve en est les crimes qu'ils ont pu commettre en toute impunité à cause de son silence complice.

Est-ce qu'en découvrant qu'il est flic, ils ont eu la trouille ?

Pris dans ses réflexions, Cameron ne perçoit pas l'agitation ambiante derrière lui. Il est totalement absorbé par ses hypothèses quand il entend soudain qu'on l'appelle.

— Lieutenant Diver, je voudrais vous présenter…

Il se tourne vers Emma qui affiche un petit sourire revanchard en plus de ce vouvoiement intempestif.

— … l'agent spécial Nigel Caldwell. Il s'est déplacé à ma demande pour vous aider dans cette enquête.

Un homme âgé d'une cinquantaine d'années s'avance. Cameron a le temps de remarquer sa veste ouverte sur une chemise blanche froissée par le voyage et une cravate nouée lâchement de guingois, son visage cerné et fatigué, mais séduisant, son regard pâle et intense braqué sur lui, la barbe parsemée de gris qui ombre ses joues et ses cheveux poivre et sel coupés court, avant que l'autre arrive sur lui la main tendue.

— Nigel Caldwell. J'ai été impressionné par l'excellent boulot que vous avez accompli sur le dossier de Simon Verhaegen, lieutenant Diver.

Cameron se lève et lui rend sa poignée de main.

— Merci.

Il ne trouve rien d'autre à dire parce qu'il est sonné par le coup en traître d'Emma.

Maintenant, il est vraiment baisé. Parce que d'un côté il y a Max et les autres avec leurs intentions nébuleuses et de l'autre ce type qui voudra exhumer la vérité coûte que coûte.

— Je suis content de pouvoir collaborer avec vous sur cette affaire, poursuit Caldwell.

— Moi aussi, répond Cameron tout en lançant un regard noir vers Emma qui se réjouit de son embarras.

Emma montre le bureau en face de celui de Cameron.

— Vous pouvez vous installer ici et je vous mets une salle de réunion et tous les hommes nécessaires à votre disposition.

— Merci, répond Caldwell. Il est rare que je sois accueilli avec autant d'enthousiasme.

Alors que le fédéral s'assoit derrière son nouveau bureau, celui d'un collègue parti à la retraite et au pot duquel Cameron a grave déconné, ce dernier se dépêche de trier les résultats de sa recherche ViCAP pour ne garder que ceux visant Randall.

Et il a l'impression que cette cachotterie ne sera pas la dernière…

45

— Allô ?

— Bonjour, Cameron.

Cameron lève les yeux du rapport qu'il est en train de lire. Il sourit.

— Oh ! Bonjour, papa.

Il a fini par se laisser apprivoiser par ses parents adoptifs au point d'accepter de leur reconnaître publiquement ce statut.

— Comment vas-tu ? On ne te voit pas souvent ces derniers temps.

Cameron se lève et s'éloigne de son bureau. Il rejoint la machine à café où il espère trouver un peu de tranquillité, loin des oreilles indiscrètes.

— Je suis sur une enquête difficile en ce moment. Dis à maman que je suis désolé.

D'autant plus désolé qu'il passe le peu de temps libre dont il dispose avec Amber, au lieu d'aller rendre visite à ses parents vieillissants.

— Comment va-t-elle, d'ailleurs ? l'interroge Cameron.

— Tu connais ta mère ! Toujours à fond !

Cameron hoche la tête pour approuver cette remarque, bien conscient que son père ne le voit pas.

— Et toi ? Tu vas bien ?

— Je suis un peu contrarié, répond son père. J'ai découvert ma voiture avec deux pneus crevés. J'ai dû faire venir un dépanneur.

— C'était un accident ?

L'agent spécial Caldwell choisit ce moment pour entrer dans le poste de police accompagné d'Emma.

— Certainement pas…, commence Magnus.

— Papa, je suis désolé, mais je dois te laisser, le coupe Cameron. Je passerai vous voir rapidement. D'accord ?

— Oui. Oui. À bientôt.

Emma s'arrête près de lui en regardant son téléphone.

— Du nouveau ?

— Non. Rien.

Caldwell a l'air plus reposé après avoir passé une bonne nuit à l'hôtel. C'est à lui que Cameron choisit de s'adresser.

— Par quoi voulez-vous commencer ?

— J'aimerais voir les scènes de crime.

— Je vous y conduis.

Il suit Cameron à l'extérieur. Dès qu'ils montent en voiture et que le bâtiment en briques ocre s'éloigne dans le rétroviseur, Caldwell attaque :

— Pourquoi le tueur s'en prend-il à des hommes selon vous ?

Cameron a l'impression que l'agent du FBI cherche à le tester. Il hausse les épaules.

— Il est assez sûr de lui et de sa puissance pour ne pas s'attaquer à des femmes, censées être plus faibles physiquement. Je pense donc que, de sa part, il s'agit d'une démonstration de force.

Caldwell lui lance un regard intéressé.

— Développez…

— Il enlève des hommes d'âge mûr, de corpulence normale qu'il massacre ensuite avec une batte de base-ball. Les différentes blessures défensives et la répartition des impacts prouvent qu'ils sont réveillés et libres de leurs mouvements pendant qu'il les frappe. Et il fait ça en pleine nature, sans craindre qu'ils lui échappent.

Oui. Randall lui démontre que maintenant plus personne ne peut le vaincre. Il veut afficher sa supériorité.

— Ils sont impuissants face à lui.

Caldwell reste silencieux alors que Cameron poursuit :

— D'après leurs épouses, il ne leur prend rien. Nous avons retrouvé leurs portefeuilles intacts, leurs montres, leurs alliances… Il n'emporte donc pas de trophée, autre que leur terreur et le souvenir de sa domination sur eux.

Cameron le conduit sur les rives des lacs Piney Z, Overstreet et Cascade, même s'il sait que lui seul peut comprendre le message sous-jacent. Malgré cela, sur chaque lieu, Caldwell demeure immobile comme s'il essayait de s'imprégner de l'ambiance.

— Comment le tueur choisit-il ces endroits, selon vous ?

Cameron marche devant lui pour rejoindre sa voiture. Il ralentit pour le laisser revenir à sa hauteur.

— Il recherche sans doute des zones boisées discrètes et assez éloignées des habitations. Toujours selon notre légiste, il ne les bâillonne pas. Il doit donc prévoir grand pour que leurs cris n'alertent pas les riverains.

— Je vois.

— Dans le même temps, ces lacs sont fréquentés pendant la journée, assez pour que les corps soient retrouvés rapidement. Ce qui fait partie intégrante de sa signature.

Caldwell laisse échapper un petit rire.

— Je me demande pourquoi votre supérieure a jugé utile de me faire venir. Vous avez l'air de bien vous débrouiller.

Cameron lâche du lest.

— Comprendre cet homme, ce n'est pas très dur. Le retrouver, c'est une autre paire de manches… En l'état des choses, nous n'avons rien pour remonter jusqu'à lui. Ni ADN, ni témoin, ni vidéosurveillance, ni empreintes…

Balaise, le Randall ! La brute a plus de plomb dans la cervelle qu'avant, manifestement.

— Et vous pensez que je ferai mieux que vous à ce propos ? demande Caldwell.

— Emma le pense.

Cameron referme la bouche avec une expression coupable très brève, mais suffisamment explicite pour que l'agent spécial la capte.

— On ne vous a jamais dit qu'il n'est pas du tout conseillé de coucher avec son supérieur hiérarchique ? ironise Caldwell.

Cameron lui a offert cette information sur un plateau pour casser l'image parfaite qu'Emma essaie de faire passer d'elle. Ce travail de sape, juste retour de bâton pour le coup en traître qu'elle lui a fait, pourra avoir son utilité à un moment ou à un autre de cette affaire.

Cameron n'a pas réussi à se fondre dans la société et à en gravir les échelons sans apprendre à jouer avec ses codes.

— Hum ! Est-ce que vous voulez voir l'endroit où ils ont été enlevés ?

Caldwell accepte la diversion.

— Allons-y.

Cameron balade l'agent spécial pendant encore deux heures avant de le ramener au poste de police. Il ne sera pas dit qu'il n'a pas collaboré avec le FBI.

Avec un soupir, Caldwell se rassoit derrière son écran et consulte sa messagerie. Soudain, il relève la tête vers Cameron. Son regard inquisiteur le transperce.

— Je vous trouve étonnamment perspicace pour votre âge. Vous avez quoi… une trentaine d'années, non ?

— Vingt-huit, concède Cameron.

Caldwell hoche la tête.

— Si jeune et déjà de si belles intuitions…

Cameron sent le coup venir et l'agent spécial ne le déçoit pas.

— Comment avez-vous eu l'idée de lancer une recherche couplée sur les deux méthodes : arme à feu et batte de base-ball ?

Heureusement que Cameron a senti le choc avant l'impact, sinon il se serait sûrement trahi. Là, il garde un visage neutre.

— Je me suis demandé si quelqu'un, même plus fort que moi physiquement, parviendrait à m'effrayer suffisamment pour que j'attende les coups sans tenter de me rebeller.

— Vous avez donc songé à un complice armé qui les tiendrait en respect et faciliterait la mise à mort, résume Caldwell avec un soupçon d'admiration dans la voix.

S'il savait !

— Pourquoi n'avez-vous pas transmis ces éléments à votre hiérarchie ?

Cameron soupire.

— Je n'avais aucune preuve pour corroborer cette idée.

— Brillant, confirme l'agent spécial en consultant encore le document qu'il a récupéré.

— Merci, répond Cameron sans parvenir à cacher totalement sa contrariété d'avoir été espionné.

— Pourquoi une période aussi longue ? Seize ans, c'est très précis, non ?

— C'était un choix arbitraire, répond Cameron en haussant les épaules. Je ne voulais pas passer à côté d'une piste en me montrant trop timoré dans mes recherches.

Caldwell hoche la tête.

— C'est sacrément bien vu, approuve-t-il en se plongeant dans la lecture des résultats du ViCAP. Grâce à vous, on vient de trouver le schéma de déplacement de deux tueurs en série que personne n'avait détecté avant vous. Ce n'est plus de l'intuition à ce stade, c'est de la clairvoyance…

Cameron capte son regard perspicace qui l'avertit qu'il n'est pas totalement dupe, même s'il ignore encore ce qui cloche chez Cameron.

46

— Expliquez-moi précisément ce que je dois chercher.

Sur ce coup-là, Cameron passe la main. Il s'est déjà assez exposé pour le moment. À sa décharge, il n'imaginait pas que l'agent spécial se ferait envoyer les résultats de sa demande au ViCAP. La confiance est un vilain défaut…

Caldwell réfléchit un instant.

— Le lieutenant Diver et moi-même pensons avoir découvert que ce tueur en série n'en est pas à son coup d'essai. Et nous souhaiterions savoir tout ce que vous avez remarqué qui, selon vous, caractérise la mise à mort de ses victimes. À partir de ces observations, nous espérons pouvoir comprendre sa signature.

Trish se tourne vers Cameron.

— Tu te spécialises dans les tueurs en série ?

— Je n'ai rien demandé, Trish, mais les choses se produisent parfois sans qu'on les cherche.

Elle sourit.

— J'ai l'impression d'entendre ton père.

Elle se dirige vers un meuble pour en sortir les dossiers des trois hommes tués par Randall. Elle revient s'asseoir face à eux.

— Vous vous doutez bien que le corps d'un homme battu à mort avec une batte de base-ball n'est pas chose courante.

Elle soupire avant d'ouvrir le premier dossier.

— À partir de l'angle des coups et des projections de sang sur la scène de crime, je pense pouvoir affirmer que votre tueur, parce qu'il s'agit bien du même individu, mesure entre un mètre quatre-vingts et deux mètres.

Cameron se souvient d'un grand gaillard aux traits épais. Que Randall mesure presque deux mètres aujourd'hui ne le surprend pas outre mesure.

— Il est très fort. On le voit grâce aux hématomes sous-cutanés très profonds, aux os brisés par les impacts et aux hémorragies généralisées au niveau des organes. Votre tueur se livre à un véritable passage à tabac de ses victimes.

— Sont-ils conscients jusqu'au bout ?

Trish observe un instant l'agent spécial.

— Oui. Je pense que c'est ça qui le branche. Les chocs à la tête sont quasiment tous mortels pour chacune des trois victimes. Je peux donc en déduire qu'il s'attaque d'abord au reste du corps. Quand sa proie tente de se défendre, il lui brise les bras, quand elle se relève, il la frappe dans le dos, quand elle n'a plus de force et ne parvient plus qu'à ramper, il la prive progressivement de toute possibilité de repli. Les membres d'abord, les côtes, l'abdomen. Entre la douleur et les hémorragies, je pense que la victime finit par cesser de lutter. À ce moment seulement, il procède à la mise à mort.

Cameron repense au petit Marty McNee, à son corps brisé sur la moquette.

Max a fait le même travail de sape sur eux trois et ils ont tous réagi différemment. Cameron a su garder la tête froide. Pour lui, tuer n'a jamais été qu'une question de calcul et d'anticipation, qu'un défi à relever. Jusqu'à ce qu'il découvre le pot aux roses, il pensait vraiment être du bon côté de la barrière, d'où son absence d'états d'âme. Dylon est resté le plus fragile nerveusement, si sensible à la vue du sang que cela les amusait presque de le voir tourner de l'œil après chaque mission. Jusqu'à la fin, il a réussi à garder la notion d'horreur et de dégoût face à leurs actes même s'il ne se défilait pas quand il s'agissait d'assumer sa part du massacre. Randall a presque immédiatement été à l'aise dans ce climat de violence omniprésente, de jalousie, de peur et de compétition. Il a cédé très facilement à ses plus mauvais penchants. Il aimait cela.

Au moment où Cameron a pris la tangente, Randall et Dylon vivaient sous la coupe de Max depuis plus de cinq ans. En seize années de mauvais traitements supplémentaires, ses deux frères ont dû apprendre d'autres méthodes, ils ont dû beaucoup changer, devenir encore plus dangereux et efficaces. Lui-même n'aurait-il pas fini par perdre toute humanité s'il était resté ?

S'il subsistait une infime part de doute en Cameron, elle s'efface au profit de la certitude de ce qui se trame.

— Vous avez des précisions sur la nature de l'arme ?

Cameron revient à la question de l'agent spécial et à la réponse de Trish.

— Il utilise une batte de base-ball en aluminium. Nous n'avons pas trouvé d'élément permettant d'identifier un fabricant ou une marque spéciale.

— Serait-il possible de me transmettre des échantillons de ce qui vous a permis d'arriver à ce résultat ?

Cameron sort de son état méditatif en entendant Trish s'énerver.

— Vous pensez que le FBI fera mieux que mon service ?

— Peut-être pas, mais dans le cas contraire, je ne veux pas risquer de passer à côté.

Cameron est certain qu'ils ne trouveront rien d'autre parce que Max a beaucoup trop bien préparé Randall et Dylon. Il pose sa main sur celle de Trish.

— S'il te plaît, Trish…

— Oh toi, ne me regarde pas comme ça, espèce de vaurien ! Bon, bon. C'est d'accord.

Elle se tourne vers l'agent spécial.

— Oui. Je vais vous transmettre les indices, mais je vous garantis qu'il n'y aura rien de plus à découvrir. Alors, si vous voulez gâcher l'argent des contribuables…

Caldwell hausse les épaules.

— Résumons-nous. Le tueur enlève des hommes à la sortie de leur travail, les conduit dans un endroit isolé, mais proche d'étendues d'eau et il utilise une batte de base-ball en aluminium. Voilà pour le mode opératoire…

Il prend des notes en même temps qu'il parle.

— Et concernant la signature, il maintient ses victimes en vie le plus longtemps possible. Il les frappe jusqu'à ce qu'elles cessent de lutter et seulement après il les met à mort.

Trish approuve.

Évidemment, Cameron ne peut pas leur dire qu'ils ont tout faux, ou presque. Randall, tout comme Dylon et lui, peut passer à l'acte à n'importe quel moment de la journée ou de la nuit. Le fait que Randall ait enlevé ses victimes après le boulot est seulement une question de timing. Si leur mode de vie n'a pas changé, ils n'ont pas la place pour séquestrer quelqu'un pendant plusieurs heures et encore moins pendant plusieurs jours. D'où l'enlèvement en fin de soirée pour que les abords des lacs soient déserts au moment de leur arrivée sur place.

Le vrai mode opératoire, c'est le fait que ces hommes soient mariés et pères de deux enfants. Pour autant, ce choix ne relève d'aucun mécanisme psychologique, d'où l'impossibilité pour Caldwell de percevoir la vérité. Ce qui s'applique aussi aux étendues d'eau.

La seule vérité immuable, c'est la batte de base-ball. Le reste, c'est de l'enrobage pour que Cameron reçoive bien le message qui lui est adressé.

47

Cameron plonge sa main dans l'eau et l'agite légèrement sans lâcher l'objet qu'il tient entre ses doigts. Son regard est braqué un peu plus loin, vers une forme qui flotte à la surface du lac. Avec un léger sourire, il essuie ses doigts dans l'herbe et se redresse. Capuche ramenée sur son visage, mains dans les poches, il s'éloigne en marchant calmement. Il émerge du parc, là où il n'y a aucune caméra de surveillance. Il traverse la route et regagne sa voiture, garée à plus de deux pâtés de maisons de là, toujours sans se presser. Une fois derrière le volant, il respire lentement. Il se sent plus détendu qu'en quittant la morgue quelques heures plus tôt.

C'est curieux à expliquer, mais il a l'impression que son esprit est fendu en deux depuis la découverte du premier corps, fendu en deux parce que le vrai Cameron sait exactement qui a tué ces hommes, mais ne peut pas laisser échapper d'informations à ce sujet et l'autre Cameron feint de collaborer avec le FBI et de découvrir la vérité pas à pas.

C'est éreintant, ce double jeu.

Il sort de son sac à dos une petite bouteille d'eau de Javel et un chiffon pour nettoyer plus méticuleusement l'objet qu'il vient de rincer dans l'eau. Puis il le range dans la boîte à gants. Il reste immobile quelques instants, le temps de ressouder les parties extérieures de sa personnalité pour présenter le bon visage à ses interlocuteurs.

Quand il se sent prêt, il rallume son portable qui lui signale la réception d'un message vocal. Il l'écoute tout en démarrant. Amber lui propose de venir chez lui s'il est d'accord.

Il la rappelle. Dès qu'elle décroche, le son de sa voix lui donne le sourire.

— Salut ! Tu es disponible, ce soir ?

Il regarde l'heure sur sa montre.

— Dans une heure et demie ? Et c'est moi qui cuisine. Ça te va ?

— Parce qu'en plus tu cuisines ?

Il rit doucement.

— Oui. Ça m'arrive.

Amber marque une petite pause.

— Tu as l'air fatigué. Tu préfères peut-être rester seul ?

— Non. Au contraire. Je serais ravi de passer du temps avec toi.

— OK. À tout à l'heure, alors.

Cameron rentre chez lui. Immédiatement, il fonce dans la salle d'eau et place ses vêtements dans la machine à laver. Il reste quelques secondes à observer les premières oscillations du tambour avant d'entrer dans la douche. L'eau chaude délasse ses muscles noués par la tension.

Enroulé dans une serviette-éponge, il se rend ensuite dans sa chambre. Il enfile un jean et un T-shirt noir. Pieds nus, il rejoint le salon et met la chaîne hifi en marche. Il lance l'album *1* des Beatles. Dans la cuisine, il fouille dans ses placards et son frigo pour composer son menu. Il pose des crevettes surgelées, un sachet de parmesan, des tomates cerises et un bocal de pointes d'asperges sur le plan de travail. Ensuite, il se lance dans la préparation d'un bouillon pour faire cuire un risotto.

Durant sa captivité avec Max et les autres, il a été nourri exclusivement de sandwichs aux qualités gustatives très limitées, de paquets de chips, de boîtes de conserve format familial, de pâtes à l'eau accompagnées de steaks hachés trop cuits et de sodas bourrés de sucre. Quand il est arrivé dans sa nouvelle famille et qu'il a goûté les plats savoureux de Lynda, Cameron s'est juré que plus jamais il ne mangerait de cochonneries. D'ailleurs, dès qu'elle franchissait la porte de la cuisine, Cameron ne la quittait pas d'une semelle pour apprendre tous ses secrets. Aujourd'hui, il se débrouille plus qu'honorablement avec une poêle à la main !

Il vient juste de retirer la casserole du feu après avoir ajusté l'assaisonnement de son plat quand Amber sonne à la porte. Il lui ouvre. Il l'observe en silence quelques instants. Elle est ravissante dans sa minijupe blanche et son T-shirt rose échancré. Ses cheveux sont torsadés sur son épaule nue. Son maquillage léger accentue la beauté de ses traits.

Cameron a un passé trop mouvementé pour parvenir à éprouver des sentiments sincères et naturels sur du long terme. À vrai dire, il finit toujours par provoquer l'événement de trop, celui qui aboutira à une rupture parce que, en dehors du sexe, il a du mal à maintenir les apparences.

Il est étonné lui-même de constater qu'il ne s'est pas encore lassé d'Amber et qu'il apprécie vraiment les moments qu'ils partagent.

Magnus et Lynda étaient les seuls à avoir réussi à forcer sa carapace jusqu'à présent.

— Salut ! Est-ce que j'ai réussi le test d'admission ?

Il s'écarte pour la laisser entrer et dépose un baiser léger sur ses lèvres.

— Bien sûr ! Et en plus, tu es pile à l'heure !

Il retourne dans la cuisine pour lui servir du vin. Quand il revient, elle pose son sac à main sur la console dans l'entrée. Il lui tend un verre et ils trinquent.

— Ça sent super bon ! Je ne pensais pas que tu étais un cordon-bleu.

— Attends d'avoir goûté avant de dire ça…, se moque-t-il.

Elle entre dans le salon et découvre qu'il a mis les petits plats dans les grands. Les bougies sont prêtes à être allumées.

— Oh !

— J'en ai trop fait ? s'inquiète-t-il.

Elle secoue la tête. Il capte l'émotion qu'elle tente de contenir, mais dont il ne cerne pas la cause. Probablement encore un souvenir lié à son connard d'ex.

— Non. C'est adorable.

Sur fond de standards rock, ils dégustent tranquillement leur verre en grignotant des olives épicées et en discutant.

Puis il lui sert une assiette de son risotto. Elle semble réellement intriguée par le fait qu'il ait préparé ce plat. Et ce n'est rien à côté de sa réaction quand elle le goûte et lui jure qu'elle n'a jamais rien mangé d'aussi bon.

En attendant de servir le dessert, Cameron lui verse un autre verre de vin. Il cède alors à la curiosité.

— Je me pose des questions à ton propos…

Les yeux mi-clos, elle balance lentement la tête en rythme avec la chanson *Stand By Me*.

— Quel genre de questions ?

Cameron hausse les épaules.

— Je me demande comment était ton ex.

Elle se fige.

— C'est vrai, dès qu'on évoque ton passé, tu as l'air contrariée. J'ai l'impression qu'il n'était pas particulièrement gentil avec toi, ni tendre, non ? insiste-t-il.

Elle ne peut prétendre le contraire. Ses réactions lors de leur première nuit ensemble et depuis ressemblent beaucoup à celles d'une femme traumatisée.

Elle repose sa serviette sur la table avec une mimique agacée.

— Je suis bien avec toi. Je n'ai pas envie de gâcher une seule seconde pour parler de lui.

Elle se lève et prend la main de Cameron pour l'entraîner vers la chambre. Elle le déshabille, puis le repousse vers le lit. Il s'allonge sur le dos et la regarde retirer ses vêtements.

Elle ne gaspille pas de temps en fioritures inutiles. Ses lèvres se referment sur son sexe. Cameron accepte cette charmante diversion, car il s'agit bien de cela. Amber cherche à lui faire oublier qu'il a posé une question dérangeante.

Et elle atteint son but à la perfection.

48

Cameron pose son gobelet de café sur le bord de son bureau. Il retire ses lunettes de soleil et se frotte le visage pour chasser la fatigue. Il entend un rire derrière lui.

— Petite nuit ?

Il se retourne vers l'agent spécial Caldwell.

— Ouais…

— Ce n'est pas très sérieux de disperser vos forces ainsi au milieu d'une enquête épineuse, le sermonne-t-il avec froideur.

Cameron fait le compte dans sa tête : alcool, sexe et manque de sommeil… Évidemment, le cocktail est détonnant, mais ça valait vraiment le coup. Et puis les sautes d'humeur de ce type l'agacent prodigieusement. Il n'a pas sollicité de bosser avec ce singe savant, alors, qu'il lui foute la paix !

— Tout ce qui se déroule en dehors d'ici ne vous concerne pas !

Caldwell l'observe un instant avec un demi-sourire.

— J'oubliais que vous êtes jeune et que vous pensez encore que ce job vous permettra d'avoir une vie privée…

Il s'assoit derrière son bureau et soulève une pile de feuilles, sans attendre la réponse d'un Cameron douché par cette affirmation.

— J'ai compulsé les résultats des recherches que vous avez demandées au ViCAP. Et vous savez quoi ? Je crois que nous tenons quelque chose.

Cameron met quelques secondes avant de capter qu'il vient de changer de sujet sans aucune transition. Caldwell lui fait signe de le suivre dans la salle de réunion mise à leur disposition. Cameron se fige sur le seuil.

— C'est vous qui avez installé ça ?

— Oui !

Cameron s'avance vers une carte des États-Unis accrochée au mur. Elle est parcourue de punaises en plastique. Il se tourne vers l'agent spécial.

— C'est bien ce que je crois ?

Caldwell approuve.

— Les meurtres avec une batte de base-ball ne sont pas très courants, mais cela n'empêche pas que certains n'ont rien à voir avec notre enquête. Je les ai donc éliminés. J'ai ajouté la série mixte, celle avec les armes à feu. Que pensez-vous du résultat ?

Cameron a le parcours de Max, Suzy, Randall et Dylon sous les yeux. La forte concentration de meurtres en Illinois et surtout à Eldorado, Harrisburg, là où a eu lieu le procès de Max et autour de la prison Thomson, saute aux yeux avec ces petites épingles rouges. À tel point qu'une nouvelle fois l'agent spécial lui coupe l'herbe sous le pied.

— Je vais m'occuper de ces meurtres-là si ça ne vous ennuie pas.

Cameron aurait évidemment préféré l'inverse. Les séries dont il a hérité sur la côte Est, dans le centre et dans le nord sont les plus anodines. En effet, après la mort de Farmer, ils ont parcouru la côte Ouest parce que Max avait choisi de prendre la tangente après cette phase importante de sa vengeance. Durant ce périple, il a fixé un cahier des charges pour les larcins, agressions, meurtres, cambriolages, tous dépourvus de signification pour lui, dans le seul but d'occuper et d'aguerrir ses troupes.

Par contre en Illinois, Caldwell a de quoi décrocher le pactole. S'il découvre le lien entre ces crimes, à savoir la condamnation à tort de Max et la sanction de tous ceux qui ont contribué de près ou de loin à cette injustice, jusqu'où l'agent spécial pourrait-il remonter ?

Pour le moment, il ne mesure pas encore toute l'ampleur de la bombe à retardement qu'il a entre les mains. Pourtant son choix va contraindre Cameron à prendre des risques afin de limiter la casse, car au bout de ces découvertes potentielles, il y a lui et ses nombreux mensonges.

Cameron regarde encore une fois la carte et ces points représentant des vies brisées. Max trouve-t-il réellement encore des gens sur qui accomplir sa vengeance dans l'Illinois ? Quand il n'y en aura plus, comment occupera-t-il ses « enfants » ?

Oh ! Facilement ! Grâce à Cameron, lui-même, qui leur a adressé un grand coucou depuis le poste de télévision. Il les a invités à venir s'en prendre à lui et à sa ville.

Quel con !

Il appréhende de ne pas savoir à quel moment ils vont lancer la première salve directe contre lui, parce qu'une fois qu'il saura d'où viennent les coups, Cameron saura y faire face. Du moins, il l'espère.

Mais en attendant, coincé dans sa peau de flic sans piste et surveillé en permanence par l'agent du FBI qui lui colle aux basques, il ne peut que compter les cadavres et attendre que Randall commette une erreur.

Super programme…

49

Cameron avance entre les arbres en se laissant guider par les visages sombres des policiers postés aux abords de la scène de crime. Une boule lui serre la gorge depuis qu'il a reçu l'appel du central lui demandant de se rendre immédiatement sur place.

Cette fois, Randall a laissé à peine une semaine entre le précédent meurtre et celui-ci. Pour accélérer le rythme ainsi, il considère sûrement que Cameron ne réagit pas assez vite à ses provocations.

Cameron a donc rejoint le nord de Tallahassee par Miller Landing Road. Il a garé sa voiture à côté de celle de Trish avant d'emprunter un sentier forestier au cœur du parc Elinor Klapp-Phipps, bordant les rives du lac Jackson.

Il débouche du chemin face à un policier qui lui montre d'un signe de tête la direction à suivre. Après une cinquantaine de mètres, Cameron repère la légiste et l'agent spécial Caldwell qui discutent à voix basse en lui barrant la vue. Dès qu'elle le repère, Trish s'avance vers lui.

— Cameron, attends…

Elle pose sa main parcheminée sur son torse. Il sent confusément qu'elle essaie de l'empêcher d'avancer. Il lui lance un regard curieux.

— Que se passe-t-il ?

Caldwell affiche un air navré également. Inquiet, Cameron s'écarte d'eux. Trish baisse la tête.

— Cameron, je ne sais pas si…

Cameron la contourne pour s'approcher du corps. Son esprit tourne à plein régime. À qui Randall s'en est-il pris pour lui lancer un nouveau message ? Qui a-t-il tué pour que tous ses collègues soient ainsi bouleversés ?

Sous l'effet de la surprise, Cameron se fige. Un pied chaussé d'une ballerine noire dépasse des herbes hautes qui lui masquent encore le reste du corps. Son esprit enregistre ses premières constatations : pied gauche, peau mate, femme, changement de méthode, implication personnelle évidente. Il remarque alors une cicatrice reconnaissable entre mille sur la cheville de la victime. Son cœur manque un battement.

— Non ! Ce n'est pas possible !

Cameron s'avance de quelques pas et découvre le cadavre massacré de Maggie Carpenter dans son intégralité. Horrifié, il ferme les yeux. Il sent alors une main sur son épaule, celle de Caldwell.

— Lieutenant, je…

Cameron se dégage de son contact pour résister à l'envie de lui briser les doigts. Il fait trois pas de côté, sans quitter le crâne brisé de Maggie du regard. Ses jambes le trahissent et il tombe à genoux devant elle.

Il revoit son visage effrayé quand elle lui a ouvert sa porte la première fois. Il l'a malmenée, poussée au-delà de ses limites et sauvée pour qu'elle tombe sur un type encore plus dangereux que Simon Verhaegen. Elle n'avait rien demandé. Rien. Cameron l'a impliquée dans son enquête et voilà le résultat. Elle est morte.

Trish s'assoit à côté de lui en prenant bien soin de ne pas le toucher.

— Je suis tellement désolée, Cameron.

— C'est ma faute..., murmure-t-il.

Il n'ose pas regarder la légiste parce qu'il n'a aucune idée de l'émotion qui transparaît sur son visage à cet instant précis. Il sait juste que ce décès lui fait mal, très mal. C'est tellement injuste !

— Je pense que le tueur a décidé de vous choisir comme partenaire pour la nouvelle partie qu'il vient de lancer, constate bien inutilement Caldwell.

Cameron doit utiliser toutes ses capacités d'adaptation pour masquer la rage qui bouillonne en lui. Encore légèrement tremblant, il se redresse et époussette son jean pour gagner quelques secondes supplémentaires.

Il se rapproche de Maggie.

— Tu es sûr de vouloir t'occuper de ça, Cameron ? s'inquiète Trish. Emma pourrait confier cette enquête à quelqu'un d'autre.

Il secoue la tête sans répondre avant de fouiller les poches du gilet en laine de la jeune femme. Dans celle de droite, il trouve sa carte de visite, celle qu'il a remise à la jeune femme la première fois.

Il ferme les yeux pour chasser les images qui se forment dans son esprit. Il souffre à l'idée de ce qu'elle a pu éprouver face à la folie de Randall. Avec l'arrestation de Simon Verhaegen, elle avait accompli le plus difficile. Elle avait un boulevard devant elle pour trouver la paix et recommencer une nouvelle vie. Elle a dû avoir si peur, si mal, se sentir si seule…

Cameron glisse le petit bout de papier dans un sachet plastique avant de fouiller la poche gauche du gilet. Il sent un objet dur et long. Il le sort et le regarde avec consternation.

Cette fois, il doit faire appel à toute sa maîtrise pour ne pas hurler de fureur. Il tient son propre couteau entre ses doigts. Le putain de couteau à lame lisse qu'il utilise lors de ses virées nocturnes et qu'il conserve, bien imprudemment, il en convient, dans la boîte à gants de sa voiture. Le putain de couteau qui, il l'espère, ne porte plus aucune trace de l'ADN de sa dernière victime, un dealer de seconde zone, mais qui par contre doit être couvert de ses empreintes digitales.

Cameron vient de se faire avoir en beauté.

50

Encore sous le choc, Cameron reste longtemps sous le jet brûlant de la douche. Son esprit tourne en rond, focalisé sur ce qui a dérapé dans sa vie en si peu de temps.

À présent que son passé vient de lui péter à la gueule, il comprend à quel point il a été stupide, trop sûr de lui et inconscient des dangers qui l'entouraient. Ce dealer de crack aurait pu attendre encore quelques semaines, mais non !

Aujourd'hui, c'est-à-dire, plus d'un mois trop tard, Cameron comprend que si le premier meurtre de Randall a eu lieu deux semaines après son passage à la télé, c'est parce que, avant cela, Suzy faisait ses repérages habituels. Bien avant que Randall passe à l'acte, ils savaient déjà tout de lui : son lieu de résidence, ses habitudes, ses points faibles, ses petits secrets inavouables…

Inconscient, Cameron leur a complaisamment fourni un couteau couvert de ses empreintes et dont la présence sur la scène de crime de Maggie va entraîner un cortège interminable de questions de la part de

Caldwell qui a incidemment déjà émis des doutes sur ses liens avec le tueur.

Dorénavant, Cameron aura encore moins de latitude : d'un côté, il y a Max et sa bande qui utiliseront ses moindres faiblesses contre lui, de l'autre le FBI qui n'attend qu'une maladresse de sa part pour ramasser le jackpot et au milieu, ses meurtres qui le mettent salement en porte à faux.

Il est fait comme un rat.

Il coupe le jet de la douche et attrape sa serviette pour s'essuyer. Soudain, il entend la sonnerie de son portable. Il est deux heures du matin, c'est forcément pour le boulot. Il sort en courant de la salle de bains pour décrocher.

— Cameron ?

— Papa ?

— Je t'appelle…

Sa voix est hachée.

— Que se passe-t-il, papa ?

— C'est ta mère. Elle a fait une chute dans l'escalier.

Comme tous les enfants, Cameron a toujours été persuadé que ses parents adoptifs étaient indestructibles. Cette nouvelle bouleverse ses certitudes.

— Comment va-t-elle ?

— Elle est en salle d'opération pour le moment. Je n'en sais rien. J'ai si peur pour elle, Cameron.

— Où es-tu ?

— Aux urgences du Tallahassee Memorial HealthCare.

— Je te rejoins !

Cameron sent le soulagement de son père.

— À tout de suite.

Cameron raccroche. Une minute plus tard, il a enfilé ses vêtements. L'hôpital est juste à côté de chez lui, à moins de cinq minutes en temps normal et à peine deux minutes aujourd'hui.

Il se gare sur la première place disponible et se précipite à l'intérieur. Son père l'attend devant le bureau des infirmières.

— Cameron !

Il serre son fils dans ses bras. Quand ils se séparent, Magnus a l'air hanté.

— Je ne comprends pas ce qui a pu se produire. Elle s'est levée en pleine nuit, comme chaque fois qu'elle ne parvient pas à dormir et qu'elle ne veut pas me déranger. Et soudain, j'ai entendu un hurlement et des bruits horribles. Je me suis précipité sur le palier. Elle était en bas des marches. J'ai cru…

Son père se met à pleurer. Démuni, Cameron se retrouve projeté dans le passé. Il se souvient d'une grande maison dans laquelle il a poussé une femme dans un escalier, lui aussi, une pauvre femme, dont le plus grand tort avait été d'être membre du jury lors du procès de Max. Il frémit d'horreur.

— Excusez-moi, monsieur Diver ?

Cameron et son père se retournent vers le médecin, un jeune homme blond à l'air fatigué.

— Votre épouse est sortie de la salle d'opération. Ses jours ne sont pas en danger.

— Dieu merci ! s'exclame Magnus en s'essuyant discrètement les yeux.

— De quoi souffre-t-elle exactement ? demande Cameron.

— Elle a dû tomber sur le côté droit. Sa cheville, sa jambe, son bras, son poignet et quelques côtes sont cassés. Elle s'est également fracturé le bassin. Elle souffre aussi d'une commotion cérébrale légère.

Magnus gémit en entendant le verdict.

— Est-ce qu'elle remarchera ?

— Son rétablissement et sa rééducation seront longs, mais elle ne devrait pas avoir de séquelles. La colonne vertébrale et le cerveau n'ont pas été touchés.

— Peut-on la voir ? demande un Magnus encore très affecté.

— Bien sûr.

L'interne les conduit jusqu'à une chambre vitrée. Cameron aperçoit le visage contusionné de sa mère.

Son père entre. Sur le pas de la porte, Cameron hésite. Est-ce que le hasard peut être vicieux à ce point-là ? Il n'y croit pas, pas alors que Max et les autres rôdent dans le coin. Il rejoint ses parents avec un sombre pressentiment.

— Lynda !

Magnus s'assoit à côté d'elle et saisit sa main intacte dans la sienne. Elle ouvre des yeux noyés de douleur.

— De l'eau…

Magnus se lève comme un diable et sort dans le couloir pour demander de l'aide à une infirmière. Dès qu'il a franchi la porte, le regard vitreux de Lynda se braque sur Cameron.

— On m'a… poussée… quelqu'un derrière moi…

Épuisée par l'effort qu'elle vient de fournir, sa tête retombe sur son oreiller. Cameron reste immobile, horrifié par le malheur qu'il a apporté dans la vie de cette femme qui lui a tout donné.

Une seconde plus tard, son père revient accompagné.

— Elle a demandé à boire.

Quand il voit les yeux fermés de son épouse et l'expression ravagée sur le visage de Cameron, il panique.

— Que se passe-t-il ?

L'infirmière observe les écrans de contrôle branchés au corps de Lynda.

— Elle s'est rendormie. Tout va bien, ne vous inquiétez pas. Je viendrai la voir régulièrement et, à son réveil, je lui donnerai à boire.

Cameron reprend son souffle qu'il ne se souvenait pas d'avoir retenu.

Il regarde son père pleurer en serrant la main de son épouse. Pour sa part, il est paralysé par tous les sentiments qui se télescopent en lui : culpabilité, peine, rage…

Une seule certitude émerge de ce maelström : il a encaissé sans rendre les coups pour l'instant, mais puisque Max veut la guerre, il n'aura pas affaire à un ingrat.

III
FRÈRES ENNEMIS

51

— Tu peux m'expliquer ça, Cameron ?

Cameron s'empare du rapport qu'Emma lui tend d'un geste rageur. Il n'a pas vraiment besoin de lire les mots qu'elle lui indique du bout des doigts pour comprendre les raisons de cette convocation urgente.

Il serre les dents, car même s'il s'y attendait, c'est un coup dur pour lui de se retrouver dans la situation du mec qui a fait une connerie. Il repose le document sur son bureau sans répondre, ce qui a le don d'augmenter la colère d'Emma d'un cran.

— Vas-y ! Épate-moi ! Dis-moi ce que tes putains d'empreintes font sur le couteau et la carte de visite retrouvés dans la poche de Maggie Carpenter ? hurle-t-elle.

L'agent spécial Caldwell qui assiste à cet entretien à la demande d'Emma se dandine nerveusement sur sa chaise, un peu décontenancé par les mots et le ton employés par la capitaine. De son côté, Cameron se demande pourquoi et en quoi cette engueulade concerne le FBI… Sans compter que la présence du fédéral risque de le foutre dans la merde, ne serait-ce que s'il contredit la version que Cameron va fournir pour se sortir de ce bourbier.

Contrarié de se retrouver en position de faiblesse devant elle et un tiers, il baisse la tête pour cacher qu'il est furieux.

— Concernant la carte de visite, commence-t-il, je la lui ai remise moi-même lors de notre première entrevue.

Cameron a fait le plus facile. Il prend une inspiration. Au tour du couteau, maintenant.

— Quand je suis arrivé sur la scène de crime, Trish et l'agent spécial Caldwell ont tenté de s'interposer pour m'empêcher de m'approcher du corps. À ce moment-là, je n'avais pas encore enfilé mes gants. Leurs réactions m'ont fait comprendre que ce nouveau cadavre n'était pas celui d'un inconnu.

Du coin de l'œil, Cameron voit le hochement de tête d'approbation de l'agent spécial. Encouragé par cette démonstration de soutien inattendue, il poursuit :

— En approchant, j'ai compris presque immédiatement que le tueur s'en était pris à Maggie…

Cameron s'interrompt et serre les poings. Sa voix qui vient de se briser est la seule émotion sincère qu'il manifeste depuis le début de cet entretien et il la chasse rapidement.

— Passé la première réaction horrifiée, je me suis demandé pourquoi elle. C'est tellement injuste après tout ce qu'elle avait déjà enduré, dit-il en secouant la tête. À ce moment-là, j'ai juste pensé qu'il avait peut-être laissé des indices sur elle et que si c'était le cas, il fallait que je les trouve.

— Et c'est là que tu as fourré tes mains pleines de doigts dans ses poches…

Cameron la fixe quelques instants seulement. Plus, ça serait trop dangereux. Elle risquerait de comprendre qu'il a envie de lui arracher son sourire suffisant d'une façon brutale et expéditive.

— Excuse-moi d'avoir été choqué par ce nouveau meurtre au point d'oublier la procédure ! ironise-t-il.

Emma lève les bras au ciel.

— Tu ne comprends toujours pas la gravité des faits qui te sont reprochés ?

Cameron a un instant de flottement. Est-ce qu'il a laissé des traces de l'ADN du dealer sur la lame de son couteau malgré le nettoyage à l'eau de Javel ? Est-ce qu'ils ont identifié sa dernière victime et découvert dans la foulée son petit passe-temps ?

— Ce couteau aurait pu constituer une preuve capitale, mais ta négligence rend irrecevable tout ce qu'il pourrait nous apprendre !

Ce n'est que ça ! Cameron cache sa réaction soulagée.

— J'étais sous le choc, Emma ! soupire-t-il.

— Jusqu'à quel point étais-tu sous le choc ? susurre-t-elle.

Elle sort un document de son tiroir et le lui tend. Il s'agit d'un original de lettre écrite à la main, protégé par un sachet en plastique. Il découvre les mots posés sur le papier, raturés, hésitants, mais dont le sens ne prête pas à confusion. Surpris par la teneur du billet, il observe Emma et Caldwell avant de reprendre sa lecture. En bas de la page, son prénom est raturé, même s'il reste lisible. Il arrive à la fin de la feuille avec une boule au ventre.

— Nous avons trouvé ce courrier dans sa poubelle, au milieu d'autres brouillons, explique Emma. J'ai besoin de savoir si tu savais que Maggie Carpenter avait le béguin pour toi.

Si Emma lui en voulait déjà avant, il vient involontairement d'aggraver son cas.

— Mais comment l'aurais-je su ? se défend-il. Nous nous sommes vus à quatre reprises en tout et pour tout. Je n'ai rien fait pour qu'elle éprouve quelque chose pour moi. Rien.

Bien au contraire ! Elle aurait dû me détester, songe-t-il. Emma hoche la tête avec un air ironique particulièrement horripilant, du style : « Je comprends cette pauvre fille, puisque tu m'as fait la même chose, sale mec. »

— Et toi, que ressentais-tu pour elle ?

— De la peine ! De la compassion ! Enfin, Emma ! J'étais la première personne qu'elle voyait depuis son agression. Je l'ai sortie de son isolement, puis sauvée d'un tueur en série. Si elle s'est mise à fantasmer sur moi, je n'y suis pour rien !

— Curieux… Pour quelqu'un qui a collé ses empreintes sur un indice capital à cause du choc éprouvé par le décès de son témoin, je te trouve très en dessous de la vérité, assène Emma.

Cameron a l'impression que sa supérieure est en train de perdre les pédales. Elle lui fait une scène de jalousie pitoyable devant un parfait inconnu.

— Cet interrogatoire, toutes tes questions, là, c'est du délire ! J'ai contacté Maggie pour qu'elle m'aide dans mon enquête. Et ça lui a indirectement coûté la vie ! Ça ne te paraît pas suffisant pour que je me sente mal ?

— Hum… Je me demande s'il ne serait pas préférable de te retirer cette affaire.

Cameron referme la bouche, sans savoir comment se défendre, cette fois. L'agent spécial Caldwell intervient pour la première fois dans cette discussion surréaliste.

— Vous n'y pensez pas, capitaine Burrows ! Le lieutenant Diver s'est planté, personne ne cherche à le nier, pas même lui. Mais qui dans sa situation n'aurait pas commis une erreur ? Je veux dire qu'un tueur a changé radicalement son mode opératoire pour s'en prendre à une personne avec laquelle Diver avait un lien très spécifique. Il avait sauvé cette femme, bon Dieu ! L'assassin lui lance un défi avec ce meurtre. Vous ne pouvez plus le tenir à l'écart de cette affaire maintenant que le tueur vient d'entamer un bras de fer avec votre lieutenant et de ce fait d'entrer en contact avec nous.

Emma doit se rendre compte qu'elle a été trop loin. Elle serre les dents.

— D'accord. Vous m'avez convaincue.

Cameron la dévisage avec surprise. Elle le laisse s'en sortir si facilement ?

— Cameron conserve cette enquête, mais il recevra un blâme pour la faute qu'il a commise.

Caldwell se fiche des sanctions que Cameron peut recevoir du moment qu'il a eu gain de cause.

— Je vous laisse régler ça entre vous. Je vous attends dehors, Diver.

Il se lève et sort du bureau. Dès qu'il referme la porte derrière lui, Emma attaque.

— Tu le sais que cette fille est morte par ta faute, n'est-ce pas ? Encore une victime de tes manigances…

À bout de patience, Cameron pose les mains à plat sur son bureau et se redresse lentement.

— Tu veux te plaindre de ce que je t'ai fait subir ? Allons-y, Emma ! Viens, mais surtout choisis bien la personne à qui tu veux raconter que je t'ai baisée !

Elle a l'impression qu'il vient de hurler et que tous les gens présents dans la pièce voisine ont entendu. Les yeux d'Emma scrutent avec nervosité les réactions de ses subalternes à travers les vitres de son bureau. Ils sont en train de discuter paisiblement. Soulagée, elle soupire. Sa voix tremble un peu quand elle poursuit :

— Tu as très souvent tiré sur la corde, Cameron. Ce blâme n'est peut-être pas le plus justifié, mais il est mérité.

Cameron secoue la tête.

— Peut-être, mais il le serait davantage s'il ne venait pas satisfaire ta petite vengeance personnelle.

52

Cameron est assis devant son écran d'ordinateur. Depuis un bon quart d'heure, il fixe le vide devant lui avec la sensation que son univers, celui qu'il maîtrisait jusqu'à il y a peu, touche à sa fin.

Ses ennemis l'assaillent de toute part. Pour la première fois de sa vie, il se sent submergé, à deux doigts de rompre. Comment peut-il reprendre l'avantage alors que sa vie part en miettes ?

Cameron n'a pas vu les signes avant-coureurs lorsque son père lui a annoncé que ses pneus avaient été crevés. À la lecture de ce qui s'est produit ensuite, Max indiquait déjà l'endroit où il allait frapper. Depuis, sa mère a été grièvement blessée. Si Cameron tente de riposter, Max pourrait décider de les tuer.

Son job est mis en péril par une chef qui fermait les yeux sur ses écarts avant qu'il couche avec elle.

Son objectif de nettoyer discrètement la ville des petites raclures qui pullulent et restent hors des radars de la police lui a pété à la gueule, même s'il ne s'en sort pas si mal que ça au final grâce à ses mensonges et à l'aide inattendue de Caldwell. C'est d'ailleurs très curieux qu'il l'ait soutenu alors qu'il a forcément vu les gants sur ses mains.

Sa petite amie est peut-être déjà dans le collimateur de ses frères.

Bref, tout ce qui constituait sa force quelque temps auparavant le rend dorénavant faible. Son intégration réussie dans la société fait qu'aujourd'hui, il a tout à perdre face à ces attaques qui viennent de partout à la fois. Ses ennemis se multiplient : Max, le stratège, dont le but reste encore flou pour Cameron, Randall et Dylon, les deux exécutants sans états d'âme, Suzy, l'agent de renseignement, Caldwell, le rusé qui observe chacun de ses faits et gestes avec une attention suspecte, Emma, la mante religieuse qui lui mettra tous les bâtons dans les roues qu'elle pourra.

Cameron se secoue. S'il baisse les bras maintenant, il se retrouvera dans le meilleur des cas en prison. A-t-il envie de perdre le combat le plus important de sa vie, celui pour lequel Max l'a entraîné toute son enfance, sans même avoir essayé de se battre ? Bien sûr que non ! Il doit donc agir avant qu'il soit trop tard.

Pourtant, il n'aura les mains libres qu'après avoir fait le ménage dans sa vie. Il doit prendre des mesures radicales pour protéger les siens. Une fois qu'ils seront sortis de l'équation, qu'il n'aura plus peur pour eux, Cameron redeviendra fort.

Il prend son téléphone.

— Papa ?

— Cameron, je suis content de t'entendre.

— Comment va maman, aujourd'hui ?

— Elle est sous morphine depuis ce matin, ce qui rend ses douleurs plus supportables. Les médecins disent que c'est normal dans les premiers jours d'avoir mal en permanence, à cause des hématomes et des contusions. Et puis, cet après-midi, ils ont eu peur qu'elle souffre d'une hémorragie interne. Fausse alerte, heureusement.

Il se tait. Cameron a l'impression que son père a vieilli d'un seul coup, comme s'il avait été rattrapé brutalement par les années.

— Et toi, ça va, papa ?

— J'ai eu si peur de la perdre…

Cameron entend sa voix se briser.

— Je sais que ça va te sembler malvenu, mais j'aimerais te demander un service, papa. Quelque chose de très important.

— Si je peux le faire, bien sûr.

— J'ai un souci sur une enquête. Non ! En fait, j'ai un énorme problème… L'agent du FBI avec qui je travaille pense que le tueur que nous recherchons fait une fixation sur moi. Il vient de tuer quelqu'un que je connaissais et j'ai peur que…

Cameron s'interrompt pour choisir ses mots.

— Tu penses que c'est lui qui a fait tomber ta mère dans l'escalier ?

— J'en suis presque certain, admet Cameron à regret.

— Tu as prévenu tes collègues ?

— Non. Mon capitaine pense que je suis déjà trop impliqué et veut me retirer cette affaire.

— C'est peut-être une bonne chose ?

— Au contraire. Je me retrouverais aveugle et désarmé face à un adversaire redoutable et déterminé si on me tient éloigné des avancées de l'enquête.

Son père reste silencieux, le temps d'intégrer ses arguments.

— Qu'attends-tu de nous ?

Si Max et ses sbires n'ont pas de limite pour pister des gens par voie terrestre, ils ne pourront pas suivre ses parents s'ils voyagent par les airs. Un plan germe dans l'esprit de Cameron.

— J'aimerais que tu fasses jouer tes relations pour que toi et maman soyez évacués par hélicoptère vers une autre ville.

— Par hélicoptère ? Rien que ça…

— Aucun autre moyen de transport, confirme-t-il. C'est la seule façon pour que vous ne soyez plus en danger. J'aurais aimé vous rendre visite avant, mais ce ne serait pas prudent pour vous.

— Et toi, es-tu en danger ?

— Je… je n'en sais rien, papa.

— Alors, je reste.

Cameron ferme les yeux.

— Si j'ai peur pour vous en permanence, je perds toute mon efficacité. Tu comprends ?

— Ce ne sont pas les enfants qui protègent leurs parents normalement, insiste son père.

— Vous le ferez vous-mêmes en quittant la ville. Je t'en prie…

Magnus cède.

— Très bien, Cameron, mais tu as intérêt à ce qu'il ne t'arrive rien. Sinon, tu auras affaire à moi.

Cameron lâche un petit rire soulagé.

— Merci, papa. Je te confie la sécurité de maman. Prend soin d'elle.

— Entendu. À bientôt, Cameron.

— À bientôt, papa.

Cameron raccroche.

Sans perdre un instant, il se tourne vers son ordinateur pour taper une recherche sur Internet. À partir des résultats obtenus, il tente d'évaluer ses chances de réussite.

Elles sont bien plus élevées qu'il n'aurait pu le prévoir.

53

Cameron gare sa voiture devant chez lui. Il attend quelques secondes, la fin de la chanson des Twenty One Pilots, *Stressed Out*, très à propos vu les derniers événements qui sont venus chambouler sa vie, avant de couper son moteur. Il sort de son véhicule le cœur un peu plus léger de savoir qu'il n'est pas le seul à regretter le temps passé et à être stressé.

Pourtant, il a dorénavant toutes les cartes en main pour reprendre le contrôle de sa vie. Son père l'a recontacté pour l'informer que leur départ était arrangé. Dans quelques heures, en plein milieu de la nuit, ils vont être évacués en hélicoptère vers Jacksonville. Sur place, Magnus a des amis très haut placés qui ont promis de mettre un policier en faction devant la porte de Lynda. Lui sera hébergé par un couple de militaires particulièrement à cheval sur la notion d'autodéfense. Libéré de ce poids, Cameron n'a plus qu'à mettre ses appâts en place et voir qui tombera dans ses filets.

Pris dans ses pensées, il pose la main sur la poignée de la porte de sa maison, mais elle se dérobe à son contact. Elle a été forcée. Le sens de ce qu'il a sous les yeux le percute de plein fouet. Randall et Dylon sont venus et sont même peut-être toujours là.

Bon ! Si c'est le moment de l'affrontement, Cameron est prêt. Il sort son arme de service et pousse sa porte entrouverte.

Il se plaque contre le mur et passe la tête dans sa chambre. Son sang ne fait qu'un tour.

À droite, son bureau a été vidé et retourné. Le contenu des tiroirs a été éparpillé et déchiqueté. Son ordinateur a été jeté au sol. L'écran a été fracassé à coups de pied. Les touches du clavier ont été arrachées.

En face de lui, sa penderie a été mise à sac. Ses vêtements ont été déchirés. Ses chaussures en tissu sont tachées de façon irrécupérable et les autres ont été découpées avec des ciseaux.

À gauche, son lit a été mis en pièces. Il y a de la toile, des plumes et des morceaux de tissu partout dans la pièce.

Les murs ont été lacérés et une fine couche de plâtre donne à la scène un petit ton hivernal.

Si l'état de sa chambre le chagrine, Cameron imagine que le pire est à venir. Il se dirige vers son salon. Malgré ses prévisions alarmistes, il était très loin du compte. Il retient un gémissement d'horreur en découvrant l'étendue du carnage.

Ses bibliothèques ont été saccagées. Ses CD, ses DVD et ses Blu-Ray ont été sortis de leurs étuis. Ils sont tous rayés ou cassés en deux. Un travail de titan pour des gens qui n'avaient manifestement pas peur d'être surpris en pleine action.

Cameron se passe une main sur les lèvres pour contenir la vague de souffrance qui monte en lui à la vue de ses livres jetés en tas sur le sol. Pour être certains qu'il ne puisse pas en sauver un seul, Randall et Dylon ont versé de la peinture blanche, celle que Cameron avait achetée pour repeindre la façade de sa maison, entre les pages. Il ne pourra rien récupérer de cet amas gluant et informe. Sa souffrance est telle qu'il détourne le regard vers son salon.

Son canapé a été désossé comme un poulet dont il ne resterait plus que la carcasse métallique. Le téléviseur est posé sur le sol, lui aussi en miettes.

Sa cuisine a également été dévastée. Les portes des meubles ont été arrachées. Son congélateur a été vidé. Des aliments, des bouteilles vides et du soda recouvrent le carrelage.

Une grande lassitude s'empare de Cameron. Ce que Randall et Dylon ont commis ici le blesse autant que tout ce qu'ils lui ont infligé jusqu'à présent. Avec ce saccage, Max lui renvoie à la figure l'inanité de ses prétentions. La société n'est pas faite pour lui. Même s'il a voulu feindre d'en être membre à part entière, elle est en train de le recracher comme un aliment indigeste.

Avec cette intrusion, Max a franchi une ligne sacrée, celle qui tenait à distance l'autre Cameron. Max va payer de sa vie cette erreur. Cameron s'en fait la promesse.

Il revient dans l'entrée quand il entend un faible bruit. Il se fige, à l'écoute. Il y a encore quelqu'un dans la maison, quelqu'un qui, retranché dans la salle d'eau, sanglote.

Randall et Dylon sont partis depuis longtemps et, de toute façon, aucun des deux ne gémirait ainsi. Il tourne la poignée, mais la porte est fermée à clef.

Il frappe.

— Police ! Sortez de là !

Il entend un petit cri et des pas précipités. La porte s'ouvre, livrant passage à Amber. Il a le temps de voir les contusions sur son visage, les griffures sur ses bras, ses cheveux complètement dépeignés et ses vêtements déchirés avant qu'elle se jette dans ses bras.

— Cameron ! J'ai eu si peur !

Elle pleure sur son épaule.

— Que s'est-il passé ? Pourquoi es-tu là ? demande-t-il.

— Je voulais te faire une surprise en venant à l'improviste, explique-t-elle entre deux sanglots. J'avais acheté de quoi te préparer à manger. J'avais prévu de t'attendre dans ma voiture jusqu'à ce que tu rentres.

Elle marque une pause.

— Quand je suis arrivée, la porte était entrouverte. J'ai entendu du bruit à l'intérieur. J'ai pensé que c'était toi. Dès que j'ai franchi le seuil, deux types me sont tombés dessus. C'était horrible !

— Comment étaient-ils ?

Elle referme la bouche, surprise par son ton froid.

— Je n'ai pas eu le temps de bien les voir. Il y avait un grand assez fin. Ses cheveux cachaient son visage. C'est lui qui m'a attrapée et malmenée.

Dylon ! Cameron se jure de retrouver ce petit avorton et de lui faire avaler un chargeur entier de munitions par des voies non naturelles.

— Je n'ai pas vu le second. Il était dans ta chambre en train de tout retourner. Quand celui qui me tenait l'a appelé, je me suis débattue. Il m'a lâchée et je me suis planquée dans la salle de bains. Ils ont dû croire que j'allais appeler les secours parce qu'ils sont partis juste après ça. J'ai cru qu'ils étaient revenus quand je t'ai entendu.

Sous l'effet de la terreur, sa voix vire dans les aigus. Cameron l'attrape par les bras et la secoue.

— Pourquoi ne m'as-tu pas alerté de ce qui se passait chez moi ?

Elle se met à gémir de douleur.

— J'ai oublié mon portable dans mon appartement. Alors, j'ai attendu ton retour en espérant rester en vie jusque-là !

Elle se dégage violemment.

— Tu as eu la bonne réaction, concède-t-il. Excuse-moi, mais c'est un tel choc pour moi…

Elle regarde alors autour d'elle.

— Mon Dieu ! Cameron, ta maison ! Je suis désolée ! Est-ce qu'il manque des choses ?

Cameron en doute. Max a juste envoyé son entreprise de démolition pour lui soustraire une part supplémentaire de sa personnalité. Il ferme les yeux.

— Je ne sais pas encore.

Elle serre sa main.

— Je vais t'aider à tout remettre en ordre.

Elle est gentille, mais ce qui s'est produit aujourd'hui est irrémédiable. Les objets détruits par ses frères étaient irremplaçables. Ils ont accompagné ses premiers pas dans la vraie vie. Avec eux, Cameron a appris à se comporter comme les autres. Ils étaient chargés de l'émotion pure de la découverte et de l'évasion. Les mêmes livres rachetés aujourd'hui ne pourraient que symboliser son échec.

Il se tourne vers Amber pour refuser son offre. À la lumière de l'entrée, il voit bien mieux son visage marqué par les coups. Cameron enregistre l'information et en déduit qu'elle s'en sort plutôt bien compte tenu des circonstances. Très bien même face à deux brutes pareilles.

Il soupire. Après ses parents, Amber aussi a été mise en danger à cause de lui. Cameron doit tirer les conclusions qui s'imposent.

Il secoue la tête.

— Non. C'est inutile. D'ailleurs, j'aimerais que tu ne reviennes plus ici.

Elle se fige.

— Quoi ? Je ne comprends pas.

Le visage de Cameron se ferme.

— Je ne veux plus te voir, Amber. C'est fini entre nous.

Elle lui retire sa main d'un geste sec.

— Tu plaisantes, j'espère !

— Je n'ai jamais été aussi sérieux.

Les yeux de la jeune femme se remplissent de larmes.

— Qu'est-ce que j'ai fait de mal ? Tu m'en veux parce que je ne me suis pas interposée pour sauver tes putains de bouquins, c'est ça ? Explique-moi, Cameron, demande-t-elle avec incrédulité.

— Sors d'ici, insiste-t-il en se détournant d'elle.

— Je t'ai fait confiance. J'ai cru en toi, en nous. Tout ça pour ça ! hurle-t-elle, au désespoir.

Cameron serre les dents.

— Tu t'apercevras plus tard que cette séparation est ce qui pouvait t'arriver de mieux.

— Ce qui pouvait m'arriver de mieux, c'était de passer le reste de ma vie avec toi. C'était d'être dans tes bras !

Elle s'interrompt, le souffle coupé par ses sanglots. Vexée, blessée et meurtrie, Amber prend la fuite et disparaît au volant de sa Yaris.

En assistant à son départ, Cameron est envahi par un flot d'émotions inconnues. Pour les canaliser, il se répète qu'Amber devait sortir, elle aussi, de l'équation. Pourtant, même s'il essaie de se convaincre que cette séparation était inévitable et salutaire, il souffre, physiquement et moralement.

Pour ne pas s'appesantir sur ces sensations douloureuses, Cameron récupère des sacs-poubelle dans un placard. Max a eu tort de dévoiler son jeu aussi vite, car il n'a dorénavant plus aucun moyen de pression sur lui.

Cameron n'a plus rien à perdre. Plus rien.

Armé d'une pelle, d'un aspirateur et de volonté, Cameron ramasse ce que ses frères ont détruit. Il ne cherche pas à voir ce qui peut être sauvé. Il jette tout. Avec chaque sac-poubelle, il évacue des pans entiers de la vie de Cameron Diver.

Quand le dernier sac atterrit sur le trottoir, il ne reste que Cameron Ender et il est prêt à en découdre.

54

Cameron attend le bon moment, celui qui marquera une accalmie dans le va-et-vient permanent des véhicules. Il est derrière le volant de sa voiture dans le parking souterrain de l'hôpital où séjournait sa mère avant sa discrète évacuation.

Il est garé dans un recoin sombre avec vue directe sur le parc d'ambulances d'une société qu'il s'apprête à mettre à contribution. Son doigt est posé sur le bouton d'appel d'un téléphone portable acheté en liquide dont il se débarrassera tout de suite après. Il prend une inspiration et appuie.

— Service d'urgences, que puis-je pour vous ?

— Je viens d'avoir un accident de voiture, gémit Cameron.

— Êtes-vous blessé ? demande son interlocutrice.

— Moi, non. Mais le cycliste que j'ai heurté n'a pas repris connaissance. Il saigne beaucoup. Je ne sais pas quoi faire. Envoyez vite quelqu'un !

— J'envoie un véhicule. Pouvez-vous me dire où vous vous trouvez ?

— Je suis presque au bout de Rivers Road, au sud de Tallahassee. Venez vite, je vous en prie !

Cameron raccroche et attend de voir deux hommes monter dans une ambulance qui démarre sur les chapeaux de roue.

C'est parti. Il les suit à distance rapprochée.

Pourvu que Suzy soit toujours chargée de surveiller ses faits et gestes ! Même si au bout de tout ce temps il ne l'a toujours pas repérée, Cameron compte sur elle comme jamais.

En émergeant du parking souterrain, il affiche une mine sombre. Il veut faire croire à un éventuel observateur qu'il suit l'ambulance qui conduit sa mère en sécurité loin de cette ville. Il veut qu'elle fasse son job de pisteuse pour découvrir la prétendue planque de Lynda, sans savoir qu'au bout de la route, Cameron sera là, à l'attendre.

L'ambulance s'engage sur Magnolia Drive qui traverse la ville en ligne droite vers le sud avant de poursuivre sur Jim Lee Road. Au moment d'obliquer à droite dans Orange Avenue, Cameron aperçoit un véhicule blanc changer de file dans son rétroviseur. Sur South Adam Street, il le repère encore. Il sourit.

Sirène hurlante, l'ambulance file plein sud sur Crawfordville Road. Sur cette grande ligne droite alors que le flot de circulation se tarit, la voiture blanche de Suzy est visible comme le nez au milieu de la figure, même si elle reste plus de cent mètres en arrière. Au croisement avec Rivers Road, l'ambulance bifurque à droite. Cameron la suit avant de s'engager sur une voie perpendiculaire, sur Fox Road. Il se gare en retrait de la route en espérant que sa voiture n'attirera pas trop l'attention en son absence, mais il n'a pas le temps de finasser, Suzy ne doit plus être très loin derrière. Il récupère sa besace sur le siège passager et rejoint

Rivers Road en courant. Il se cache derrière un arbre sur le bord de la route. L'ambulance a disparu à l'horizon quand Suzy arrive.

Elle roule lentement et tourne la tête de chaque côté avec inquiétude. Quand il surgit au milieu de la chaussée, arme au poing, elle le repère immédiatement. Elle pile.

Il voit la terreur se peindre sur son visage quand elle comprend que s'il appuie sur la détente, elle mourra. Elle est tétanisée. Cameron la rejoint tout en la gardant en joue.

— Cameron ? Qu'est-ce que…

Il lui assène un coup de crosse sur la tempe pour l'assommer. Sans perdre une seconde, Cameron la sort de son véhicule pour la jeter dans le coffre. Il récupère dans sa besace des liens en plastique pour attacher ses poignets et ses chevilles.

Cameron referme le hayon avec un sourire mauvais. Puis il se met derrière le volant.

Il roule jusqu'au croisement de plusieurs routes cinq cents mètres plus loin et s'engage sur celle de droite. Elle rejoint les rives du lac Munson. Il entend sans la voir l'ambulance repasser en sens inverse et repartir bredouille vers la ville. Timing parfait.

Ils sont seuls à présent.

55

Suzy cligne des yeux. Sonnée, elle a du mal à faire la mise au point. Et soudain, elle sursaute. Cameron est accroupi en face d'elle. L'expression plaquée sur son visage est si dure qu'elle frémit.

— Salut, Suzy !

Elle ne peut pas lui répondre à cause du morceau de scotch épais qu'il a collé sur sa bouche. Elle ne peut pas non plus bouger. Elle est assise sur le sol. Son dos est collé à un arbre et ses mains sont liées derrière le tronc. Suzy ferme les yeux alors qu'un soupçon de désespoir s'infiltre en elle.

— Je comprends. Tu as peur, constate Cameron.

Elle rouvre les paupières et lui lance un regard haineux qui le fait rire.

— Ne te donne pas cette peine. Je fais ça beaucoup mieux que toi.

C'est terrifiant de ne déceler aucune émotion en lui. Pourtant, l'homme qu'elle surveille depuis quelques mois avait l'air tout à fait normal, loin de ce Cameron-là, au masque impénétrable.

— Muhhh…

— Tu as raison. Je vais t'expliquer les règles de notre échange.

Cameron sort un couteau de sa poche. Suzy tente de se débattre, avant de comprendre que c'est inutile. Il attend patiemment qu'elle renonce avant de se remettre à parler.

— Voilà comment on va procéder. Je vais te faire mal, pour que tu comprennes que je ne plaisante pas. Ensuite, je te retirerai ton bâillon pour qu'on puisse discuter.

Affolée, elle secoue la tête. Cameron la comprend. Suzy n'a jamais participé aux entraînements de Max. Elle n'a pas appris à dominer la faim, ni la peur, ni la douleur. Il se redresse pour passer derrière elle. Il s'empare de l'index de sa main droite. Elle s'agite et essaie de crier. Elle tourne la tête autant qu'elle peut pour nouer un contact visuel avec lui. Elle espère l'amadouer, sans doute. Cameron se déporte légèrement sur le côté pour lui donner satisfaction.

Leurs regards se trouvent au moment où Cameron lui sectionne le doigt avec son couteau. Le sang gicle. Suzy hurle contre son bâillon avant de tourner de l'œil.

Quand elle revient à elle, il agite son doigt mutilé devant son nez. Elle retient un haut-le-cœur quand il le jette sur ses genoux.

— Tiens, c'est de la part de ma mère…

Elle se met à pleurer en réalisant que la liste de ses griefs est assez longue pour qu'elle se retrouve manchote.

— Si Max te voyait à cet instant, il serait très déçu. Tu sais à quel point il déteste les pleurnichards.

Elle essaie de se contenir, mais la douleur est si forte qu'elle ne peut se retenir de gémir. Il note pourtant ses efforts.

— Je vais passer à l'étape suivante en te retirant ton bâillon. Je te pose une question. Si la réponse me satisfait, tout va bien. Sinon…

Il agite son couteau couvert de sang devant ses yeux.

— Compris ?

Elle hoche la tête. D'un geste sec, il retire le scotch. Elle pousse un cri de douleur.

— Cameron, je t'en prie…, sanglote-t-elle.

— Je veux savoir pourquoi Max est venu jusqu'ici.

Suzy réalise que Cameron est totalement dépourvu d'empathie et prêt à tout pour obtenir des informations. Sale combinaison.

Jusqu'à cet instant, elle n'avait jamais compris à quel point Max avait poussé loin ses expériences pour fabriquer des machines à tuer. Elle l'aime tellement qu'elle ne s'est jamais interrogée sur ce qu'éprouvent ses victimes au seuil de leur mort. Maintenant, elle en a un aperçu.

— Alors, pourquoi ? la presse-t-il.

— Tu sais qu'il ne me consulte pas quand il bâtit ses plans, répond-elle avec un débit rapide et suppliant. Tu le sais, n'est-ce pas ?

Cameron se penche vers son sac et attrape le rouleau de scotch pour prendre un nouveau morceau qu'il lui plaque sur la bouche. Suzy se remet à pleurer et à implorer. Rien n'y fait, Cameron lui attrape le pouce gauche. La pointe du couteau s'infiltre entre la première phalange et le métacarpe. Il tranche la peau, les tendons et les muscles. Il revient face à elle et lui soulève la tête.

— Tiens, il est pour Maggie, celui-là.

Un deuxième doigt atterrit entre ses jambes. Suzy fait mine de défaillir, mais Cameron la gifle.

— On recommence ? Tu es prête ?

Il retire une nouvelle fois le bout de scotch.

— Qu'espère Max en venant ici ?

Suzy est blême à l'exception des traînées noires sur ses joues. Son maquillage outrancier n'a pas résisté à ses larmes. Elle baisse la tête et se décide à parler d'une voix hachée.

— Il veut te punir de l'avoir abandonné. Tu étais sa plus belle création, celui dont il était le plus fier et en lequel il avait le plus confiance. Quand tu es parti, Max s'est senti trahi. Il t'a cherché pendant des mois avant de devoir admettre que tu avais beaucoup trop bien masqué les traces de ta fuite. Et quand il a vu que tu étais devenu un policier parfaitement intégré dans le système, il a pété les plombs. Il ne pensait plus qu'à ça.

— Que veut-il ? Me tuer ? Me voir réintégrer le groupe ?

Elle lâche un ricanement qui se termine par un gémissement de souffrance.

— Il ne pourrait plus jamais avoir confiance en toi !

— Donc, il veut me voir mort.

— Oui, mais pas avant d'avoir détruit tout ce que tu as bâti.

Elle aimerait avoir l'impression que cette information lui fait peur, mais l'expression de Cameron est totalement neutre.

— Où est la caravane ?

Suzy secoue la tête.

— Je ne peux pas te dire ça, Cameron. Je ne…

Cameron approche le scotch de ses lèvres.

— Ça ne sert à rien, Cameron. Je t'en prie !

Il lui adresse une moue ironique et la bâillonne à nouveau.

— Les trois hommes que Randall a massacrés ne servaient à rien, eux non plus. Ils ont aussi dû le supplier pour rester en vie. Et tu sais quoi ? Ils sont morts quand même.

Quand elle revient à elle, il y a trois nouveaux doigts posés entre ses cuisses. La douleur est à présent insoutenable. Cameron lui retire une nouvelle fois son bâillon. Cette petite souffrance supplémentaire fait déborder le vase. Elle ne peut retenir la bile qui lui monte aux lèvres et elle vomit sur son chemisier.

— Quelle est la prochaine étape du plan de Max ?

Avec une lucidité brutale, Suzy comprend que Cameron ne la laissera pas en vie. C'est fini pour elle. Elle décide donc, malgré tout ce que cela implique, de ne pas livrer une seule autre information qui pourrait se retourner contre son mari.

Max, son amour, sa passion. Elle ferait tout pour lui. Savoir qu'elle ne le reverra jamais lui brise le cœur. Ses larmes se remettent à couler à l'idée de ne plus jamais sentir son corps contre le sien. Son âme se déchire à l'idée de disparaître sans avoir pu lui dire adieu.

— Je t'ai posé une question, la rappelle-t-il à l'ordre.

— Tu as vécu avec nous, Cameron. Tu sais que Max me confie des missions sans que je connaisse ses plans dans leur ensemble. Je ne pose pas de questions, je lui obéis, c'est tout.

Il se penche vers elle, le couteau pointé vers son œil gauche. Elle pense qu'il bluffe jusqu'à ce que la lame emplisse tout son champ de vision. Là, elle panique.

— Non ! Pitié ! Il voulait attirer ton attention et te pousser dans tes retranchements. Je crois qu'il espérait que tu commettes des erreurs. Il voulait que tu te sentes aussi mal que lui quand il a réalisé que tu avais commis l'irréparable.

L'irréparable ? Non, mais elle s'entend parler ? Il la regarde en détail, elle et sa fidélité bêtifiante. Elle qui était squelettique est devenue rondelette. À force de passer ses journées devant la télé à bouffer des chips, ou à planquer le cul collé dans une voiture pour surveiller leurs futures victimes, il fallait bien que ça arrive.

— Que vais-je faire d'un informateur aussi inutile et borné que toi ?

Il soupire et lui remet un morceau de scotch sur les lèvres. D'un mouvement fluide, il enfonce la lame de son couteau de quelques centimètres dans son œil gauche. Juste de quoi le crever sans toucher le cerveau derrière. Elle se cabre sous l'effet de la douleur.

— Ça, c'est pour ce que vous avez fait à toutes mes affaires, chez moi.

Il pointe la lame vers son deuxième œil dès qu'elle reprend un peu de poil de la bête.

— Tu ne veux toujours pas me dire où est la caravane, n'est-ce pas ?

Elle secoue la tête. Il perçoit son obstination teintée de terreur.

— Comme tu voudras.

Suzy panique. Et elle a raison, car si elle ne lui sert plus à rien, il est temps de se débarrasser d'elle. Cameron se redresse. Elle tourne la tête pour suivre ses mouvements. Il croit percevoir une hésitation dans l'œil qui lui reste.

— Dernière chance, Suzy. Si tu veux me répondre, c'est le moment.

Elle ne bouge pas. Confrontée à sa décision et à ses conséquences, elle ne fait plus que pleurer et renifler. Cameron la laisse seule le temps d'aller ouvrir le coffre de la voiture blanche. Quand il la rejoint, il se baisse et plante son couteau à plusieurs reprises dans son abdomen. Puis il lui détache les mains. Elle tombe sur le côté, anéantie par la souffrance.

— Ces blessures ne sont pas mortelles, la rassure Cameron avec bonhomie, juste douloureuses. Et c'est pour te faire payer mon enlèvement, mon enfance de merde et l'adulte que je suis devenu à cause de vous.

Il l'attrape par le col de son chemisier pour la traîner sur le sol. Il la jette dans son coffre sans ménagement. Elle ne réagit plus, ne cherche pas à lutter même si elle est encore consciente.

— Ce qui va suivre ne devrait pas trop te plaire, la prévient-il.

Il referme le coffre au moment où elle fait mine de lui sauter à la gorge. Il l'entend frapper contre la carrosserie et le supplier de l'épargner. Il pourrait lui donner une nouvelle chance, mais elle a confirmé l'essentiel. Max se déplace toujours en caravane et il veut sa mort. C'est mieux que rien comme information, même s'il n'avait pas besoin d'elle pour le comprendre.

Cameron pousse la voiture vers les rives abruptes du lac alors que les hurlements étouffés de Suzy deviennent de plus en plus hystériques. Il s'arc-boute une dernière fois et le véhicule plonge vers la surface sombre. Il se maintient quelques secondes à flot avant que l'eau ne s'infiltre par le moteur et les fenêtres ouvertes, puis il coule.

Si avec la mort de Suzy, Max ne commet pas d'erreur à son tour, c'est que Cameron a mal retenu les leçons de son maître.

56

Cameron ouvre Internet et tape les mots « camping » et « RV Park » dans la barre de recherche Google. Maintenant qu'il a mis un coup de pied dans la fourmilière, il doit agir vite. Une liste de résultats s'affiche. Cameron clique sur un premier lien. Dans son dos, il entend des voix. Deux collègues entrent dans le bureau avec des cafés à la main et en discutant des résultats du match de base-ball qu'ils ont vu la veille. Ils saluent Cameron en passant.

L'odeur de leur café vient lui chatouiller le nez. Les narines frémissantes, il hume l'arôme corsé caractéristique qui reste dans leur sillage et la tentation se fait si forte qu'il cède.

Il se lève et rejoint le distributeur. Il s'accoude à une table pour siroter lentement le contenu de son gobelet. Les yeux dans le vague, il songe qu'il a bien optimisé sa demi-journée de repos hier. Après avoir regardé la voiture de Suzy couler au fond du lac Munson et attendu suffisamment longtemps pour que plus une seule petite bulle d'air vienne troubler la surface de l'eau, il s'est décidé à faire quelques emplettes pour remplacer l'essentiel de ce que Randall et Dylon ont détruit. Sauf que l'essentiel s'est transformé en une opération plus importante que prévu, compte tenu de l'ampleur de ses pertes : des pantalons en toile, des jeans, des T-shirts, des chemisettes, une veste habillée et deux sweats plus passe-partout, une paire de bottines, des baskets, des sous-vêtements. Arrivé là, il s'est dit que tant qu'à faire, autant continuer. Il a aussi acheté une télé, un ampli et des enceintes, un nouveau canapé, un sommier et un matelas ainsi qu'une parure de lit. Voilà qui a passablement amputé le solde de son compte épargne, mais avait-il le choix ? Dormir par terre, ne plus avoir de vêtements de rechange, vivre coupé du monde, ça va cinq minutes. Et il a poussé le vice jusqu'à louer un camion pour tout ramener chez lui et profiter immédiatement de ses achats.

Bref, le temps de tout ranger, de monter les meubles, de paramétrer le téléviseur et de manger un morceau devant un film, il était déjà presque trois heures du matin.

Sa nuit courte couplée à la tension permanente qui l'habite fait que la fatigue est là, dans chaque muscle de son corps, dans toutes ses terminaisons nerveuses. Elle s'infiltre dans ses pensées. Elle lui donne le sentiment d'avoir du sable dans les yeux.

Cameron s'ébroue. Il commande un second café. Face au distributeur, son esprit dérive une nouvelle fois. Il pense à la réaction cataclysmique de Max quand il constatera la disparition de Suzy. Cameron se souvient des rapports du couple à l'époque : lui en train de les dresser, elle en train de se gaver de séries télé, eux en train de copuler comme des lapins presque toutes les nuits. Cameron n'a jamais réussi à savoir si l'homme qui le battait froidement et qui lui a appris à tuer sans ressentir la moindre émotion aimait vraiment sa compagne ou si elle était juste très utile pour se mouiller à sa place et pratique pour s'occuper du sale boulot.

Malgré ces doutes, imaginer que Max tolérera d'être privé de son assistante à cause de celui qui lui a filé entre les pattes et qui l'a trahi est utopique. Cameron a sévèrement aggravé son cas en liquidant Suzy.

Et comme il reste les trois plus dangereux de la bande face à lui, Cameron doit s'attendre au pire, soit lors d'un affrontement frontal violent, sanglant et douloureux, soit plus expéditif avec Dylon l'abattant à plusieurs centaines de mètres de distance, sans même qu'il ne voie le coup venir.

En toute honnêteté, il a peu de chances de survivre à cette histoire, même s'il compte mettre toutes ses forces dans la bataille.

Cameron revient à sa place. Sa surprise est totale quand il trouve l'agent spécial Caldwell assis dans son fauteuil et en train de consulter son écran d'ordinateur qu'il a laissé ouvert sur sa recherche de camping.

— Je vous dérange, peut-être ? attaque-t-il froidement.

Caldwell relève la tête avec un sourire distrait.

— Absolument pas. Venez vous joindre à moi, lance-t-il comme s'il ne squattait pas la place d'un autre. Je dois dire que vous me surprenez !

Cameron se fige.

— Pardon ?

— Votre mode de pensée est tout bonnement fabuleux, s'enthousiasme Caldwell. Le ViCAP vous fournit une liste de meurtres dans plusieurs États et vous en déduisez que le tueur est mobile parce qu'il se déplace d'un camping à l'autre.

Cameron envisage un instant de mentir en prétendant qu'il recherchait un lieu de vacances, mais il abandonne rapidement cette idée. L'agent du FBI a bien des défauts, mais il est loin d'être stupide.

— Je me suis juste demandé si ces déplacements pouvaient être symptomatiques de son mode de vie, concède Cameron en haussant les épaules modestement.

Caldwell approuve avec un hochement de tête convaincu.

— Le tueur n'a pas de domicile fixe. Il vit en caravane ou en camping-car.

— C'est une hypothèse, tempère Cameron.

— Oui, mais une hypothèse qui me plaît. On s'y attelle ? s'enthousiasme Caldwell.

Cameron calcule comment optimiser sa boulette. Face à ses ennemis, il ne peut pas tout gérer seul : mener l'enquête pour retrouver la trace de Max et des deux autres, brouiller les pistes officielles, assurer ses arrières et échapper à la sagacité de l'agent fédéral. Et il ne peut pas non plus le perdre de vue. Au contraire, ils doivent bosser main dans la main et visiter les campings du secteur ensemble.

Cameron imagine le hic si l'agent spécial trouvait Max et ses sbires et les prenait en vie au moment de leur arrestation.

Quoique Cameron connaît trop le mode de fonctionnement de celui qui lui a tout appris. Jamais Max ne s'installerait aussi près de Tallahassee en sachant que Cameron connaît toutes les ficelles qu'il utilisait.

Alors, va pour des visites inutiles.

— OK, approuve Cameron.

57

Cameron se gare à côté de l'accueil du Tallahassee RV Park. Il sort de la voiture en se demandant à quel moment l'agent spécial Caldwell va comprendre qu'il se plante.

Ils sont partis assez loin vers l'ouest, pour commercer avec le Lazy Daze Campground, avant de poursuivre au nord jusqu'à ce camping. C'est le douzième qu'ils visitent pour rencontrer les gérants.

Quelle perte de temps !

Caldwell entre dans la maisonnette qui fait office d'accueil. Entre deux séries de bips caractéristiques d'un jeu vidéo, une voix essoufflée et pressée s'élève de derrière un comptoir.

— Bonjour ! Vous recherchez un emplacement ?

— Non. Nous ne sommes pas là pour ça.

Un type, un obèse qui sous-estime sa corpulence vu tout ce qui dépasse de ses vêtements, émerge de son bureau et se rapproche d'une démarche chaloupée. En apercevant la plaque officielle de Caldwell, son visage se métamorphose.

— Le FBI ? Ouah ! C'est génial !

En retrait, Cameron croise les bras devant lui pour assister à la suite des événements.

— Je suis l'agent spécial Caldwell et voici le lieutenant de police Diver.

— Oh putain, c'est trop cool ! s'emballe-t-il avant de voir leur visage grave et de reprendre son sérieux. Je m'appelle Mike. Qu'est-ce que je peux faire pour vous ?

— Mon collègue et moi-même souhaiterions savoir si un homme seul ou deux hommes, en camping-car ou en caravane, sont arrivés chez vous aux alentours du 4 avril.

Caldwell a posé la même question à tous les gérants de camping. Et la réponse est unanime. Aucun solitaire à l'horizon pour le moment. Et même s'ils en trouvent un, ils seront forcément à côté de la plaque, puisque Max vit avec sa meute.

— Non… Non… Non… Désolé. Je n'ai aucun client solitaire.

Cameron se demande si l'agent du FBI espère vraiment obtenir un résultat en procédant ainsi : partir à la pêche au suspect, sans description physique, sur la simple base d'une hypothèse partielle, c'est du délire ! Cameron relève la tête au moment où Caldwell se tourne vers lui. Les sourcils de l'agent spécial se froncent en captant son expression moqueuse. Contrarié, il revient à Mike qui est toujours penché sur son registre.

— J'ai trois arrivées doubles qui correspondent sur la période.

— Pouvez-vous nous donner leurs identités ?

Cameron se demande comment l'agent spécial parvient encore à donner l'impression qu'il y croit. Mike, en tout cas, vit cette expérience à fond.

— C'est une enquête officielle, hein ?

— Heu… Oui.

— Je serai cité comme témoin à comparaître ?

Caldwell soupire.

— Si votre aide nous permet d'appréhender notre suspect, oui.

— C'est trop génial ! Alors… il y a Hugo Phelps et Gus Stevens, mais ils sont repartis le 12 avril, Lionel Henderson et Paul Dawn n'ont séjourné ici qu'une seule nuit, seuls Daniel Mehrlicht et Victor Coste sont encore là.

— Vous pouvez me fournir quelques détails sur ces hommes ?

Mike fait mine de réfléchir avant de livrer en rafales les informations qu'il détient.

— Phelps et Stevens étaient des bikers venus assister à un rassemblement de motards. Je n'ai pas eu le temps de discuter avec les deux qui ne sont restés qu'une nuit, mais j'ai cru comprendre qu'ils étaient attendus le lendemain à Monticello pour le mariage d'un ami. Et Mehrlicht et Coste sont deux policiers en retraite venus dans le coin pour pêcher.

Caldwell se tasse légèrement sous l'effet de la déception.

— Alors, ce sont eux que vous recherchez ?

Cameron a l'impression que Mike est en train de vivre un des moments les plus excitants de sa vie. La joie qu'il semble éprouver à l'idée de collaborer avec la police est carrément inhabituelle, voire flippante.

— Je ne pense pas, tranche Caldwell. Merci pour votre aide, Mike.

Il tourne le dos au gérant dont le sourire extatique se fane.

— Oh, c'est déjà fini ?

— Nous n'allons pas abuser de votre temps.

Caldwell sort sans un regard en arrière. Cameron le suit et le heurte presque en bas des marches du perron.

— Je peux savoir ce qui vous amuse ? l'agresse-t-il.

Sa désinvolture aurait-elle fini par alerter l'agent spécial ? A-t-il compris que Cameron le promène ainsi pour gagner du temps ?

— Pour être tout à fait franc, j'ai peur que nous soyons partis un peu vite en besogne, concède-t-il.

Caldwell croise les bras sur son torse.

— Je vous écoute.

— Je sais que nous devons commencer quelque part, mais j'ai l'impression que nous sommes en train de donner des coups d'épée dans le vide.

— C'était votre idée, les campings, s'agace Caldwell.

— Je vous ai dit que ce n'était qu'une hypothèse !

— Elle avait l'air de tenir la route pourtant…

Cameron tente de l'apaiser.

— Ce n'est pas parce que vous voulez qu'elle tienne la route qu'elle est exploitable en l'état. Soyez honnête : nous ne savons rien. Nous pourrions tomber face à eux, sans même nous en apercevoir.

Caldwell n'apprécie pas cette remarque. Il lui plante son index sous le nez.

— Je n'ai pas l'impression que vous m'aidiez beaucoup dans cette affaire, bien au contraire !

— Je vous ai transmis les rapports sur lesquels nous travaillons, les échantillons nécessaires pour vos propres tests, tous les éléments en notre possession. Vous avez accès aux mêmes informations que nous. À quel moment estimez-vous que je n'ai pas collaboré ? Je ne peux pas inventer des témoins, ni vous fournir des preuves matérielles qui n'existent pas, plaide Cameron.

— J'ai dû vous arracher de force presque toutes les idées déterminantes…

De force ? Cameron trouve surtout que le fédéral est intrusif, roublard et indiscret. Il lève les yeux au ciel.

— Je ne sais pas comment vous travaillez au FBI, mais il me semble qu'avant de lancer toute une équipe sur une piste, on s'assure qu'elle est correcte. Je ne cherchais pas à vous doubler, mais à étayer des suppositions.

— Oh ! Ce ne sont plus que des suppositions maintenant…

— Que voulez-vous que ça soit d'autre au stade où nous en sommes ?

Caldwell vient de prendre la mouche. Son expression change du tout au tout.

— Vous voulez jouer au jeu des suppositions ? À quelle conclusion puis-je arriver, selon vous, du fait que vos empreintes étaient sur le couteau dans la poche de Maggie Carpenter, alors que vous portiez des gants et que vous avez délibérément menti à votre supérieure hiérarchique à ce propos ?

Cameron ne s'attendait pas à une attaque comme celle-ci. Pas après que l'agent spécial a pris sa défense en mentant à Emma. Il va devoir jouer tout en finesse.

— Pour être honnête, je ne me souviens pas de les avoir mis. J'ai cru que je lui disais la vérité quand vous avez confirmé mes propos à Emma.

— Pourtant, c'était faux. Je me rappelle parfaitement vous avoir vu avec.

Cameron soupire.

— Je ne sais pas comment vous réagiriez si une personne que vous venez de sauver perdait la vie dans d'aussi monstrueuses circonstances. De cette scène de crime, je ne revois que son corps meurtri. Si vous dites que je portais des gants, c'était sans doute le cas. J'ai dû les déchirer par accident avant de fouiller les poches de Maggie.

Là, Caldwell se souvient que Cameron est tombé à genoux et a épousseté son pantalon en se relevant.

— C'est possible…

Cameron se frappe le front.

— Si Emma apprend que nous lui avons menti tous les deux, elle aura ma tête cette fois…

D'où l'intérêt d'avoir miné la crédibilité de son capitaine en amont. Caldwell reste songeur.

— Vous croyez vraiment qu'elle vous en veut à ce point ?

Cameron affiche une expression ennuyée.

— Je ne sais pas ce qui m'a pris de coucher avec elle. Elle ne me laisse plus un instant de répit. Elle menace de briser ma carrière si je ne cède pas à ses avances…

Caldwell ne peut nier qu'il a trouvé la réaction du capitaine Burrows très excessive lors de leur dernière entrevue. Il s'écarte de Cameron et monte en voiture.

— Rentrons ! Demain matin, nous nous retrouverons au bureau pour décider quelles pistes valent la peine d'être suivies. Et nous ferons ça ensemble.

Cameron affiche un sourire reconnaissant même s'il a l'impression que l'autre vient de le mettre en laisse.

58

Cameron dépose l'agent fédéral devant son hôtel. Il est pressé de se débarrasser de cet encombrant partenaire. Il rêve de rentrer chez lui, de prendre une douche et de regarder un film en sirotant une bière et en mangeant un morceau. Il a très envie d'une parenthèse, loin de cette enquête, loin de Max…

Caldwell se retourne vers lui.

— Une petite bière, ça vous tente ?

Cameron serre les dents pour cacher sa contrariété.

— Allez ! Pensez aux relations entre le FBI et la police !

— Pourquoi pas…, cède Cameron sans enthousiasme.

— Super ! Il y a un bar juste à côté d'ici.

Cameron sort du véhicule et le suit jusque dans un bouge. L'agent spécial en costume et cravate fait particulièrement tache au milieu des gros bras avec des vestes en jean aux manches coupées et aux tatouages apparents. Les hommes accoudés au comptoir se retournent d'ailleurs sur son passage. En jean, T-shirt et bottines style biker, Cameron se faufile avec plus de discrétion dans la masse.

Caldwell s'assoit à une table à l'écart, à distance respectable du billard et des enceintes qui crachent du hard rock.

Une serveuse vêtue d'une jupe très courte et d'un décolleté pigeonnant s'approche et prend leur commande. Elle s'éloigne ensuite en se déhanchant de façon suggestive.

— Ah les femmes… Où en êtes-vous avec votre copine ? questionne Caldwell.

— Nulle part.

L'agent spécial hoche la tête avec un air entendu.

— Elles comprennent rarement les impératifs de notre métier, pas vrai ?

Cameron se demande à quoi joue l'agent spécial. Pourquoi s'intéresse-t-il soudainement à sa vie privée ? Ces questions l'ennuient d'autant plus qu'elles l'obligent à repenser à Amber. Elle ne l'ennuyait pas avec ses horaires, son indisponibilité fréquente, sa distraction et la tension qui l'habitait certains soirs. Ils parlaient de tout et de rien, sans que ses propos le lassent comme ça a souvent été le cas avec ses ex. Ils s'entendaient admirablement sur le plan sexuel. Bref, c'était la femme parfaite pour lui. Et en toute honnêteté, elle lui manque.

Il s'ébroue. Il a agi ainsi pour son bien. La quitter pour préserver sa sécurité était la seule option envisageable. Comment aurait-il pu supporter de voir son corps massacré à coups de batte de base-ball ?

De nouveau, il se trouve en terrain glissant.

— Et vous, vous avez quelqu'un dans votre vie ? demande-t-il pour dévier la conversation de ses tristes pensées.

Caldwell esquisse une petite moue.

— J'ai été marié pendant quinze ans. Un jour, je suis rentré plus tôt d'une mission et j'ai trouvé ma femme au lit avec notre voisin, un connard de la pire espèce. Passé le premier choc, j'ai découvert qu'elle s'ennuyait tellement en mon absence, qu'elle avait couché avec à peu près tous les hommes du quartier. Et le pire dans tout ça, c'est que ce n'est même pas moi qui ai demandé le divorce. Elle a attendu que je sois reparti en déplacement pour le travail et elle a lancé la procédure et ses avocats sur moi. Après ça, elle est partie à l'autre bout du pays avec nos deux enfants, Charles et Phoebe.

Là, il marque une courte pause pour avaler une gorgée de bière.

— Aujourd'hui, ils ont plus de vingt ans, suivent de brillantes études à l'université, ce qui ne leur laisse pas le loisir de me voir quand mon emploi du temps le permet. Logique, ils ont appris à vivre sans moi, je n'ai pas de place dans leur vie.

Au moment où Cameron pense que l'agent spécial va craquer, celui-ci hausse les épaules avec fatalisme.

— C'est la vie.

— Je suis désolé pour vous, lui répond Cameron parce que c'est sans doute cette réaction qu'attend Caldwell.

— On fait tous des choix, philosophe l'agent spécial. Il faut ensuite en assumer les conséquences. Qu'en pensez-vous ?

Son regard perçant traverse Cameron qui a l'impression que sa question est bien plus profonde qu'il n'y paraît.

— Sans doute.

Cameron s'empresse de finir sa bière.

— Je dois partir. Je suis attendu.

Caldwell le regarde se lever.

— Dommage… Moi, je vais rester encore un peu.

Cameron observe les visages hostiles autour d'eux.

— Vous êtes certain que c'est bien prudent ?

Caldwell lui adresse un geste de la main pour l'inviter à déguerpir.

— Ça va aller. Ne vous inquiétez pas pour moi.

Cameron hésite un bref instant avant de sortir du bar. Si l'agent spécial est inconscient, ça n'est pas son problème.

Il monte en voiture et démarre le moteur. Il lance un dernier coup d'œil vers le bar avant de mettre son clignotant et de quitter sa place de parking.

— Salut, Cameron.

Cameron sent quelqu'un se redresser sur le siège arrière. Une bouffée de colère l'envahit à l'idée de s'être fait avoir aussi bêtement. Cette seconde d'inattention va lui coûter cher, très cher. Il frappe son volant avant de regarder dans le rétroviseur celui qui va incarner sa mort.

— Salut, Dylon.

Malgré la pénombre, Cameron discerne le visage émacié de son frère. Il est si maigre que ses os saillants pointent sous les vêtements bien trop grands qu'il porte. Ses cheveux gras sont aussi raides que des baguettes.

Les traits de son visage sont restés sensiblement les mêmes sous leur pâleur maladive. Son regard est plus direct, moins retors qu'avant.

— Tu as une sale mine, Dylon.

Dylon lève son bras au bout duquel il tient une arme à feu.

— T'en fais pas pour moi. Roule.

— Pour aller où ?

Avec le canon de son flingue, Dylon lui indique la route devant eux.

— Trouve-nous un coin discret.

Cameron déglutit. C'est la fin. Et il ne pensait pas ressentir une telle sensation de vide à cette idée.

Si au moins il avait eu Randall comme adversaire, il aurait pu tenter quelque chose, mais face au pistolet de Dylon, la bataille est perdue d'avance.

Cameron roule vers le sud de Tallahassee. À intervalles réguliers, il vérifie dans son rétro et s'étonne que Randall et Max ne les suivent pas. Dylon et lui vont manifestement rester en tête à tête. C'est surprenant.

L'esprit envahi de questions, Cameron ne fait pas preuve d'imagination, bien au contraire. Il prend le même chemin que quelques jours plus tôt lorsqu'il a tué Suzy. Avec fatalisme, il s'engage sur Rivers Road et se gare le long du chemin.

— Où veux-tu aller ? Il y a un lac un peu plus loin.

— Ça sera parfait.

Dylon récupère les clefs de la voiture et sort le premier. Cameron l'imite. Il a beaucoup appréhendé cette prise de contact et elle ne ressemble pas du tout à ce qu'il imaginait. Il ne pensait pas avoir affaire à Dylon seul, ni que son frère serait aussi nerveux.

Il scrute les bois devant eux et il semble plus inquiet par ce qui pourrait s'y cacher qu'à l'idée de devoir tuer Cameron.

— Où on va maintenant ? demande Dylon.

Décontenancé par cette question, Cameron lui montre la direction du lac.

— Par là, si tu veux.

Près de la rive, il y a de gros rochers. Dylon indique d'un geste à Cameron de s'asseoir sur l'un d'eux. Puis d'une main, il sort un paquet de cigarettes de sa poche, il en prend une du bout des lèvres avant de saisir son briquet pour l'allumer.

Face au regard surpris de Cameron, il hausse les épaules.

— Ça m'aide à gérer mon stress.

— Ton stress ?

Dylon lève les yeux au ciel.

— Ne joue pas les innocents. Tu sais parfaitement que j'ai toujours été le plus fragile de la bande, celui qui était tellement agité qu'il butait toujours dans quelque chose, celui qui faisait trop de bruit, qui vomissait sur la scène de crime, qui pinaillait pour essayer de rester hors du coup.

Les nuages masquant la lune, Cameron ne perçoit le visage de son frère qu'à la lueur rougeoyante de sa cigarette chaque fois qu'il tire dessus.

— Tu as toujours fait ta part, tempère Cameron.

Dylon lâche un rire qui ressemble au jappement de douleur d'un cabot qui viendrait de se prendre un coup de pied au cul.

— Ce n'est pas l'avis de Max.

— Et Randall ?

— Tu le connais, c'est une brute épaisse qui adore infliger le mal.

— C'est pour ça que tu m'attaques seul ? Tu veux leur prouver quelque chose ?

Dylon lève sa cigarette vers ses lèvres, mais il suspend son geste.

— Non.

Soudain, la nuit fait place à la clarté lunaire. Cameron découvre pour la première fois l'expression de son frère. Il n'a rien d'un futur vainqueur. Bien au contraire, il a l'air terrifié. Son arme repose à présent le long de sa jambe.

— Que se passe-t-il, Dylon ?

Il écrase sa cigarette dans la terre devant lui, avant d'en allumer une autre. Sa main tremble et ralentit ses mouvements.

— Tu as été le premier à comprendre que Max est complètement fou.

Si Cameron s'attendait à ça !

— Fou, je ne sais pas, mais menteur, c'est une certitude.

— Il nous pipote à propos de la société, n'est-ce pas ?

— Oui. Quand je me suis rendu compte que Suzy et lui ne se tenaient pas du tout à l'écart et qu'ils ne s'interdisaient pas certains de ses bienfaits, j'ai eu comme une révélation. J'ai alors pris ma décision.

— Celle de fuir, conclut Dylon. L'as-tu regrettée un seul instant ?

Même avec une arme pointée sur lui, Cameron ne changerait pour rien au monde le destin qu'il s'est choisi.

— Non.

— Je m'en doutais.

Dylon prend une inspiration.

— Max te hait. Tu représentes un tel échec pour lui ! Il avait confiance en toi plus qu'en nous tous réunis et tu lui as filé entre les pattes. J'ai souvent eu envie de t'imiter…

Ça pour une surprise !

— Pourquoi es-tu resté ? demande Cameron. Il n'est pas trop tard.

Dylon baisse la tête.

— J'ai toujours eu trop peur. Peur de revenir dans le giron de la société. Peur de ne pas y trouver ma place. Peur que Max me reprenne. Peur de ce qu'il m'infligerait si j'échouais. Peur, peur, peur.

Un sanglot le secoue.

— Max a tellement répété ce qu'il compte te faire pour te punir de ta défection que cela m'a dissuadé d'essayer de partir.

Il relève les yeux vers Cameron.

— Tu le sais qu'il va te tuer ?

— Pas si je l'en empêche.

Dylon glousse.

— Je ne pense pas qu'il va te laisser le choix, pas après que tu as eu la peau de Suzy. Ça lui a vraiment mis un coup, mais maintenant il est plus furax que jamais.

Il le dévisage avec une espèce d'admiration au fond des yeux.

— C'est bien toi qui l'as tuée, n'est-ce pas ?

Cameron approuve d'un hochement de tête. Un bref instant, Dylon ferme les yeux, comme s'il savourait la nouvelle.

— Que fais-tu ici, Dylon ? Je ne comprends pas, retente Cameron.

— J'ai besoin de ton aide.

— De mon aide ?

— Oui. Pour savoir qui je suis, demande abruptement Dylon.

Cameron lui avoue la vérité d'une voix douce.

— Tu étais le fils d'un officier de police. Celui qui a arrêté Max à tort et qui l'a envoyé en prison.

— Et Randall et toi ?

— Petit-fils du juge qui l'a condamné et fils d'un gardien de la prison où il a purgé sa peine.

— C'est donc une simple histoire de vengeance, déplore-t-il d'un ton écœuré.

— La société, c'est juste l'excuse qu'il a utilisée pour nous retourner le cerveau, comme d'autres utilisent Dieu, assène Cameron.

— Alors, on n'a jamais été rien de plus que des outils… J'aurais dû fuir, comme toi.

— Il n'est pas trop tard, tente Cameron.

Dylon détourne les yeux vers l'eau sombre.

— La fuite n'est pas une solution envisageable pour moi. Ma conscience ne me laisserait jamais en paix, où que j'aille. Tous ces gens que j'ai tués, ces innocents sacrifiés pour satisfaire la folie de Max, ils reviennent me voir chaque nuit, ils me pourchassent. Je ne dors plus. Je ne mange presque plus.

Il frissonne de désespoir.

— J'ai besoin de toi, Cameron. Je n'ai jamais été fait pour cette vie-là. Libère-moi.

— Comment ? s'enquiert Cameron en levant les mains vers lui en signe d'impuissance.

Dylon se redresse et le rejoint en quelques pas. Il lui pose son pistolet dans la main.

— Tue-moi !

Cameron reste immobile, presque sonné par cette demande inattendue.

— Il y a sans doute d'autres solutions, Dylon.

— S'il te plaît, Cameron. Fais-le pour moi.

— Je…

Dylon prend le poignet de Cameron pour diriger sa propre arme droit sur son cœur.

— Si j'en avais eu le courage, je l'aurais fait moi-même.

Cameron retire le cran de sécurité de l'arme, pourtant il essaie encore de le raisonner.

— Je peux te cacher et tuer Max et Randall. Tu serais libre ensuite.

— C'est impossible. Ma conscience sera toujours ma propre prison, je te l'ai expliqué.

— Soulage-la en me disant où je peux les trouver.

Dylon secoue la tête avec incrédulité.

— Soulager ma… Tu ne crois quand même pas à cette connerie, Cameron ! La société ne peut pas t'avoir rendu crédule à ce point ! Dans mon cas, il n'y a qu'une alternative : le silence de la mort. Et tu le sais, tout comme moi.

Cameron s'attendait à cette réponse. Il lève l'arme et recule de quelques pas. Dylon ferme les yeux. Il tressaille à peine quand la détonation retentit. Il s'effondre d'un bloc.

Cameron regarde le corps de son frère et son visage enfin apaisé. Dylon avait raison en fin de compte. Il n'a jamais été fait pour cette vie-là. Elle était en train de le ronger.

Cameron laisse retomber son bras le long de son corps.

Il n'en reste plus que deux, désormais.

59

Cameron voit ses collègues sortir du poste de police avec une petite pointe d'appréhension. Il a compris d'après leur bref échange avec Emma qu'ils vont se rendre au lac Munson pour enquêter sur la découverte du corps d'un inconnu, donc celui de Dylon.

Cameron maudit le sort qui l'a empêché de planquer le cadavre de son frère. Ils étaient trop près des maisons des riverains. Quelques minutes après avoir tiré, Cameron a vu des lumières s'allumer un peu plus loin, sans doute des voisins réveillés par la détonation. Obligé de parer au plus pressé pour ne pas se faire prendre sur le lieu du crime, Cameron a dû improviser. Le pire des scénarios pour un meurtre non prémédité…

Il a donc enfilé une paire de gants. Il a fouillé les poches du pantalon de son frère et récupéré son portefeuille. Ensuite, il a vérifié le chargeur de son arme. Il manquait déjà plusieurs balles. En espérant que Dylon n'ait tué personne avec, pour que la situation ne se complique pas davantage, Cameron a décidé de la laisser sur place. Il a essuyé toutes ses empreintes sur le pistolet avant de le placer dans la main de Dylon et de le faire tirer dans l'eau.

L'absence de brûlure et de poudre autour de la plaie parce que le coup n'a pas été tiré à bout touchant et l'angle de la balle dans la boîte crânienne viendront rapidement infirmer l'hypothèse du suicide que Cameron a tenté de simuler.

Avec cette mise en scène, il ne cherchait pas à leurrer ses collègues, mais à retarder l'enquête pendant quelques jours, juste de quoi décaler les difficultés dans le temps pour pouvoir les gérer une par une.

Ensuite, il a effacé ses empreintes dans la terre de la rive avant de prendre la fuite. Une fois chez lui, il n'est pas parvenu à s'endormir. Les images de Dylon sont revenues à sa mémoire : ses premières années larmoyantes, ses débuts pitoyables, son manque de force morale et physique, la découverte de son arme de prédilection, la collaboration efficace qui en a résulté avec à terme l'implosion de sa personnalité sous l'effet de la culpabilité. C'est triste.

Sans compter qu'avec ce deuxième meurtre, chaque soir dorénavant, Cameron va s'attendre à trouver Randall et Max dans son salon. Pourvu qu'ils ne s'en prennent pas à Amber qui reste son dernier point faible, même s'il a rompu avec elle.

Le seul élément positif, c'est que l'affrontement final ne peut être que frontal à présent.

La tension ne fera donc que monter d'heure en heure. Et ça tombe vraiment mal, car les copies des dossiers de tous les meurtres imputés au tueur à la batte de base-ball et à son complice présumé sont arrivées des différents services concernés par la demande du FBI. Trois fois rien… enfin si, juste de quoi accentuer encore la pression qui pèse sur ses épaules.

Selon la répartition prévue, Cameron doit se charger des meurtres hors de l'Illinois. Si Caldwell savait qu'aux séries obtenues il faudrait ajouter des cambriolages, des vols de voitures, des accidents inexpliqués, des agressions sauvages, mais que, pour autant, aucun de ces événements n'a de sens par rapport aux autres.

Cameron soupire et pose sa joue contre son poing avant de se replonger dans sa lecture.

— Vous êtes là ? Parfait, j'ai du nouveau !

Cameron détache les yeux de ces papiers pour observer l'agent spécial qui entre en coup de vent dans la pièce.

— Rejoignez-moi immédiatement en salle de réunion.

Intrigué, Cameron se lève et le suit. Emma a déjà pris place autour de la table. Cameron sent son regard sur lui, mais il l'évite. Il en a assez de lui accorder autant d'importance après une simple histoire de cul. Et dire qu'il la respectait vraiment en tant que chef avant que les choses dérapent à ce point entre eux.

— Je viens de découvrir quelque chose, s'exclame Caldwell en serrant ses mains l'une contre l'autre.

— Nous vous écoutons, déclare Emma.

— Il existe un lien direct entre toutes les victimes de l'Illinois.

Un frisson glacé court dans le dos de Cameron.

— Certains étaient des repris de justice, d'autres de simples citoyens, d'autres des policiers ou des gardiens de prison. Qu'est-ce qu'il manque pour que le tableau soit complet, selon vous ?

— Les simples citoyens n'ont-ils pas été membres d'un jury par hasard ? demande Cameron.

— Exact ! Et la seule affaire qui permet de relier tout ce petit monde est celle de Max Ender.

Caldwell leur fait passer des feuilles tandis que Cameron ferme brièvement les yeux.

— Max Ender a été condamné par un jury populaire pour avoir assassiné et violé un enfant. Il a été jeté en pâture à ses codétenus par les gardiens de la prison fédérale Thomson. Le rapport est assez édifiant concernant le sort que ce malheureux a subi sur place grâce à la complicité de l'administration pénitentiaire : passages à tabac, viols collectifs, tentatives de meurtre, tortures… Cinq ans après son incarcération, le vrai coupable est repassé à l'acte. La justice a alors réalisé son erreur et Ender a été libéré immédiatement. Dans les mois qui ont suivi, il a obtenu une somme assez confortable en dédommagement. Dès qu'il a touché son argent, il a vendu la maison de sa mère et disparu de la circulation après avoir acheté, devinez quoi ?

— Une caravane, répond Emma.

— Tout à fait.

Cameron se rend compte qu'il a cessé de respirer. Si Caldwell a découvert le lien avec Max et son procès, il ne tardera pas à découvrir le décès de son codétenu, Farmer. Ce meurtre lui fournira ainsi le lien avec les crimes de Cameron, commis à l'arme blanche. Avec cette nouvelle donnée, si Caldwell n'est pas trop stupide, il pourra remonter sa piste jusqu'à Tallahassee.

Ou encore, il peut élargir le champ de ses recherches et découvrir que les enfants de certains membres du corps de la justice ont été enlevés. À partir de là, Caldwell peut aussi provoquer de gros dégâts.

Pour le moment, il n'a pas établi le lien avec les jurés ayant été tabassés ou poussés dans leur escalier.

Mais c'est une question de temps. Dès qu'il l'aura découvert, plus rien ne l'empêchera de tirer des conclusions concernant les séries des autres États, là où ils se sont entraînés sur des innocents pour peaufiner les méthodes qu'ils ont ensuite appliquées dans l'Illinois.

— Alors, que pensez-vous de cette hypothèse, lieutenant Diver ?

Cameron se rend compte qu'il n'a pas écouté les dernières paroles de Caldwell.

— Je ne sais pas.

— Comment ça ? C'est évident !

Cameron a besoin d'obtenir un peu de mou.

— Je comprends le lien entre les victimes de l'Illinois, mais les dossiers que j'étudie pour le reste du pays n'ont aucun lien avec le procès de Max Ender. Je suis désolé.

Douché, Caldwell se renferme sur lui-même.

— Oh…

Cameron a gagné quelques jours, mais le danger se rapproche.

60

L'air de rien, Cameron passe derrière le bureau de Caldwell. À son tour de le surveiller avec nervosité et de tenter de découvrir ce sur quoi il travaille. Cameron se rembrunit en voyant le sourire inspiré de l'agent spécial pendant qu'il tape frénétiquement sur son clavier.

L'avantage a changé de camp, à présent.

Soudain, Caldwell se rend compte de la présence de Cameron près de lui.

— Lieutenant Diver, vous tombez bien !

— Vous avez du nouveau ?

Caldwell lui fait signe d'approcher une chaise pour s'asseoir avec lui devant son écran. Cameron s'exécute.

— J'ai essayé de retracer le parcours de Max Ender au fil des ans. J'ai récupéré l'immatriculation de la caravane qu'il s'est achetée à sa sortie de prison. Il l'a cédée en 2003, date à laquelle il a acquis un nouveau véhicule revendu lui aussi en 2013. Et là, on perd sa trace.

Cameron soupire discrètement. À la place de Caldwell, il n'aurait pas non plus lâché la piste de Max. Résultat, l'agent spécial va inexorablement exhumer le passé en sautant d'un indice à l'autre. La machine est lancée et plus rien ne pourra la stopper.

Cameron n'a plus qu'à se cramponner pour limiter les dégâts le concernant et à se débarrasser de Max et Randall avant que le FBI mette la main sur eux. Pas fameux comme plan, voire même un peu désespéré sur les bords...

Et tuer l'agent spécial ? La tentation grandit en Cameron, avant que la raison l'emporte. S'il agit aussi bêtement, c'est tout le FBI qui va débarquer pour venger un des siens. Et au lieu d'avoir un enquêteur futé sur le dos, il se retrouverait avec une dizaine de têtes pensantes et chercheuses face à lui. Il a trop de squelettes dans le placard pour prendre ce risque.

Alors, il joue le jeu pour le moment.

— Comment est-ce possible ?

— Je ne sais pas encore, mais je ne renonce pas, déclare Caldwell. D'ailleurs, je me suis dit qu'il serait sans doute intéressant d'adresser une demande élargie au ViCAP, pour recenser tous les meurtres avec batte de base-ball et pistolet depuis 1991, date de la sortie de prison de Max Ender. Et j'ai aussi contacté l'État de l'Illinois pour obtenir le listing des personnes qui ont été mêlées de près ou de loin à son affaire.

Avec la première liste, les résultats seront mitigés, car Randall a trouvé sa batte de base-ball à Lakeport en 1999. Avant, il n'y aura aucune trace de ce type de meurtres. Pour autant, l'affaire des McNee mettra les crimes de Cameron en lumière. Par contre, avec la seconde liste, les possibilités sont infinies ! Cameron déglutit.

— Votre demande remontait à seize années. Maintenant que nous avons le point de départ de l'affaire, ça serait dommage de passer à côté d'indices importants, parade l'agent spécial.

Cameron approuve mécaniquement.

— Et vous pensez les recevoir quand ?

— Dans quelques jours, tout au plus.

Caldwell se lève.

— Je pense que nous allons faire un pas de géant avec ces nouvelles données. J'en suis persuadé. Et vous ?

— Je l'espère.

Ces mots restent quand même en travers de la gorge de Cameron. Et c'est avec un soupçon de désespoir qu'il le voit sortir du bureau.

Avec un sentiment d'urgence, Cameron se met derrière son clavier pour lancer le logiciel des immatriculations. Il se dit que si les véhicules ne sont plus au nom de Max, ils sont sans doute à celui de Suzy.

Il tape dans la barre de recherche « Keaton Suzy ». Le sablier tourne quelques secondes, mais le système ne livre aucun résultat. Cameron fonce les sourcils. Suzy possédait sa propre voiture à l'époque. Il tente donc avec « Ender Suzy ». Rien non plus.

Il essaie donc avec « Randall Ender » et « Dylon Ender », sans rencontrer plus de succès. En désespoir de cause, il essaie avec leurs vrais noms, mais il n'obtient toujours rien.

Cameron reste perplexe. Comment Max a-t-il réussi le tour de force de ne plus apparaître dans le système ? C'est incompréhensible, parce qu'une caravane et des voitures le relient forcément à la société.

Dylon était forcément véhiculé pour parvenir à le suivre jusqu'au bar où Cameron a pris un verre avec l'agent spécial. À l'heure qu'il est, la voiture est donc toujours là-bas. Cameron abandonne cependant l'idée de tenter de la retrouver. Autant chercher une aiguille dans une botte de foin, sans compter que cela reviendrait à crier sur les toits qu'il est aussi lié à cette affaire.

Soudain, Cameron se frappe le front. Et dire qu'il avait la voiture de Suzy à disposition avec toutes les informations qu'elle aurait pu lui livrer ! Là où elle est à présent, dans un lac sur les bords duquel grouillent des policiers, autant dire que l'information est perdue à jamais.

Mais quel con !

Il paraît que la plupart des tueurs en série finissent par commettre des erreurs parce qu'ils veulent inconsciemment attirer l'attention et se faire prendre. Même si Cameron ne s'applique cette définition qu'avec réticence parce qu'il ne tue pas à cause de ses pulsions, mais pour nettoyer la ville de ses petits malfrats intouchables, il ne peut pas renier totalement son côté sériel.

Ses erreurs récentes signifient-elles qu'il en est à ce stade-là ?

61

Cameron compulse des rapports qu'il entasse près de lui après les avoir rapidement parcourus, sans trouver d'éléments à charge. Soudain, le cri de victoire de l'agent spécial le fait sursauter.

Caldwell lui met une feuille sous le nez.

— Après sa sortie de prison en 1991, Max Ender n'a plus fait parler de lui pendant presque huit ans. Puis soudain, il resurgit du néant. Regardez !

Caldwell travaille d'arrache-pied sur Max pour essayer de compléter son parcours entre l'Illinois et aujourd'hui. Il a également reçu les résultats de sa demande au ViCAP, mais pour le moment, l'équipe n'a pas encore eu le temps de se pencher dessus. Et la liste des personnes liées à son dossier n'est pas arrivée.

Cameron ne peut plus freiner le rouleau compresseur. Il ne tient plus les commandes, même s'il ne sait pas trop à quel moment on les lui a retirées.

Caldwell redresse les épaules pour annoncer sa découverte.

— En 1999, il épouse une certaine Suzy Keaton à Lakeport.

Cameron tombe des nues. Max a épousé Suzy ? À Lakeport ? Mais à quel moment ?

— Je vous le donne en mille, poursuit Caldwell, le soir de la cérémonie, un meurtre horrible a secoué la ville. Une famille de quatre personnes a été massacrée.

Il lui tend les rapports. Même si ce n'était qu'une question de temps avant que l'agent spécial ne mette le doigt sur les meurtres à l'arme blanche, Cameron encaisse très mal cette nouvelle et l'ampleur de la trahison qui se cache derrière cette information.

Cameron additionne les éléments. Putain !

Max leur a donné l'ordre de tuer cette malheureuse famille pour avoir le champ libre pour épouser cette conne de Suzy ! Ces pauvres gens sont morts pour que les garçons soient loin, au moment où Max bafouait ouvertement tous ses préceptes envers la société !

— Le père a été égorgé, la mère tuée d'une balle en pleine tête et les deux enfants tués à coups de batte de base-ball, poursuit Caldwell.

Cameron doit trouver quelque chose pour le ralentir et vite !

— Attendez… je croyais que Max Ender était votre coupable. Or s'il était en train de se marier au moment du meurtre, vous ne pouvez pas le considérer comme suspect.

Caldwell secoue son index devant lui.

— J'ai une théorie à ce sujet.

Cameron s'attend au pire. Il ferme les yeux pour se préparer au choc.

— Je pense que le tueur à la batte de base-ball, celui avec une arme à feu et notre nouveau venu, armé d'un couteau, sont liés à Max Ender. D'une façon ou d'une autre, ce sont eux qui exécutent sa vengeance et lui assurent l'impunité.

Cameron est pétrifié par l'horreur et par l'ingéniosité du fédéral. Il s'efforce d'afficher une moue incrédule.

— Vous entendez ce que vous êtes en train de dire ? Qui accepterait de tuer, et nous parlons ici de dizaines de victimes, pour qu'un autre se venge ?

Caldwell insiste.

— Tout est lié à Max Ender, j'en suis sûr ! Dans l'Illinois, il a effectivement assouvi sa vengeance. Ailleurs, je ne sais pas encore ce qu'il a cherché à faire, mais l'assassinat de cette famille nous fournit le lien avec tous les autres meurtres perpétrés sous ses ordres.

Cameron est soufflé : l'agent spécial vient quasiment d'emboîter les dernières pièces du puzzle.

Il est sonné, groggy par le choc émotionnel qu'il vient de se prendre. Lui qui se croyait en sécurité jusqu'à il y a peu commence à avoir chaud aux fesses…

Caldwell lui adresse un sourire.

— Je vais modifier ma demande au ViCAP en ajoutant les meurtres à l'arme blanche, à la requête initiale. Après, nous aurons un panoramique complet.

— Vous êtes vraiment certain que cette famille a un rapport avec Max Ender ? tente Cameron pour créer le doute.

— Vous ne pouvez pas avoir manqué la similitude entre la composition de cette famille et celles de vos victimes récentes, Paul Meyer, Mickael Ferris et Dick Vermeulen. Ils étaient mariés et pères de deux enfants, un garçon et une fille, exactement comme les McNee qui habitaient près d'un lac, d'ailleurs.

La boucle est bouclée. Caldwell a presque tout compris dorénavant.

— J'ai d'ailleurs une autre théorie à propos de ce dernier tueur armé d'un couteau…

Cameron retient son souffle pendant que Caldwell finit d'additionner les éléments à sa disposition.

— Savez-vous que plusieurs dealers ou voyous de seconde zone ont été assassinés à l'arme blanche à Tallahassee même ?

Cameron sent le sol s'ouvrir sous ses pieds. Jusqu'où le fédéral est-il remonté ? Cameron déteste ne pas savoir, ne pas mener le jeu, ne pas dominer la situation. Il est en train de perdre et cette certitude l'inquiète au plus haut point.

— Vous pensez vraiment que ces dealers aussi ont causé du tort à Max Ender ? ironise-t-il.

— OK, je n'ai pas encore la preuve de ce que j'avance, mais ça ne saurait tarder.

Imperturbable, Caldwell rassemble ses papiers étalés sur la table. Il relève soudain les yeux.

— À propos, une victime tuée à coups de couteau a été découverte récemment. L'autopsie doit avoir lieu dans quelques minutes. Vous m'y accompagnez.

— Ce crime est aussi lié à notre dossier, selon vous ?

— Nous verrons bien…

Cameron soupire de soulagement. Il a l'impression que la tension se relâche un peu autour de lui. Si Caldwell fait feu de tout bois, il va perdre beaucoup de temps et d'énergie inutilement.

Autant de moins qu'il passera sur les données sensibles.

— OK, allons-y.

62

Trish Garrow accueille Cameron avec un grand sourire.

— Cameron ! Je ne savais pas que tu étais chargé de cette enquête aussi !

Il la salue d'un hochement de tête.

— Salut, Trish ! Ce n'est pas tout à fait ça.

— On peut savoir ce que vous faites là ? demande sans aménité le lieutenant McPherson en entrant à son tour dans la salle et en remarquant les deux intrus.

Lui et Simons enquêtent sur ce meurtre. Voir le FBI et un autre lieutenant empiéter sur leur plate-bande ne leur plaît évidemment pas.

Conscient de la tension ambiante et du fait qu'à leur place il réagirait exactement de la même façon, Cameron se tourne vers Caldwell et le laisse se débrouiller.

— J'aimerais confirmer une hypothèse. Je ne compte pas vous retirer l'affaire, si cela vous inquiète. Je souhaiterais juste assister à cette autopsie en tant que simple témoin.

— Simple témoin…, ironise McPherson.

Trish lance un regard vers les quatre enquêteurs.

— C'est bon pour vous ?

Sans se faire prier, Caldwell se cale dans un coin de la pièce, juste en face de Cameron.

— Vous pouvez y aller, docteur Garrow, confirme-t-il à la grande contrariété des deux autres.

Sans perdre un instant, elle soulève le drap. Cameron doit en appeler à toutes ses capacités pour ne pas marquer sa surprise. Il relève les yeux vers Caldwell qui ne perd pas une miette de sa réaction. Merde ! Merde !

Comment ont-ils découvert le corps de Suzy ? Pourquoi Caldwell a-t-il traîné Cameron, ici ? A-t-il fini de combler les blancs ? Putain ! Trop de questions pour si peu de réponses !

— Pouvez-vous préciser au lieutenant Diver et à moi-même où vous avez découvert ce cadavre ? interroge Caldwell d'une voix mielleuse.

— Les riverains qui nous ont appelés après avoir signalé la découverte d'un macchabée sur la berge nous ont aussi indiqué qu'en pêchant l'un d'eux avait aperçu quelque chose dans l'eau. Or ce lac, historiquement un des plus pollués de l'État, fait l'objet d'une surveillance accrue et de dragages fréquents. Par acquit de conscience, nous avons demandé à un plongeur de venir et il a découvert une épave de voiture et ce corps dans le coffre.

— C'est bon pour les circonstances ? Je peux attaquer ?

D'un geste Caldwell indique à une Trish agacée par ces interruptions qu'elle peut commencer.

Sans surprise, elle conclut que Suzy a été torturée et mutilée avant d'être poignardée à plusieurs reprises dans l'abdomen, mais que cela n'est pas la cause de la mort. Son assassin l'a enfermée dans le coffre de sa voiture afin qu'elle s'y noie.

Trish se redresse.

— Pauvre fille… c'est une bien triste et douloureuse façon de mourir.

Elle relève la tête vers McPherson et Simons.

— J'ai envoyé ses empreintes à vos collègues pour identification dès qu'on a reçu le corps. Vous avez du nouveau à ce sujet ?

McPherson lance un coup d'œil vers l'écran de son téléphone portable.

— Oui. Les résultats sont tombés pendant l'autopsie. Il s'agit de Suzy Ender, née Keaton. Elle est connue des services de police de l'Illinois, car elle a été arrêtée pour conduite en état d'ivresse lorsqu'elle était jeune.

Caldwell dresse l'oreille.

— Vous avez dit Suzy Ender ?

McPherson le confirme avec un soupçon de réticence, car il voit le coup venir.

— Et vous avez dit qu'un second corps a été découvert sur la berge ? poursuit le fédéral.

— Heu… Oui. Il s'agit d'un homme d'une trentaine d'années. Il pourrait s'agir d'un suicide, mais l'autopsie n'a pas encore eu lieu. Et on n'a aucune correspondance au niveau des empreintes, donc pas d'identité pour le moment.

L'agent spécial semble très fébrile quand il s'adresse à Trish.

— Serait-il possible de faire passer cette autopsie en priorité ?

— Pourquoi ? Vous pensez que ces deux affaires sont liées ? s'étonne-t-elle.

— Deux cadavres découverts autour du même lac tranquille et paumé ? Bien sûr qu'il faut vérifier ! Au passage, pouvez-vous me transmettre rapidement les empreintes de cet homme et un échantillon d'ADN ? Ainsi, je pourrai adresser une demande prioritaire au FBI. Nous devons absolument découvrir son identité.

Pour Cameron, cela sent vraiment le roussi.

— D'ailleurs, messieurs, poursuit Caldwell en s'adressant à McPherson et Simons, je vais suggérer au capitaine Burrows que vous rejoigniez notre groupe de recherche, puisque nos enquêtes sont liées. Vous ne serez pas de trop pour nous aider.

Cameron connaît McPherson. Il est loin d'être bête et son ambition en fait une menace supplémentaire pour lui qui est déjà assailli de toutes parts.

— OK. Tenez-nous au courant de sa décision. Pour le moment, on retourne au poste de police.

Lui et Simons sortent l'un derrière l'autre.

— J'ai également autre chose à vous demander, reprend Caldwell en s'adressant à la légiste. Je voudrais avoir accès à tous les dossiers des assassinats non élucidés de dealers et de voyous tués à l'arme blanche, disons… sur les cinq dernières années pour commencer.

— Rien que ça ! s'exclame Trish.

— Je ne vous réclamerais pas ce travail de titan si je n'avais pas de sérieuses présomptions. Ce que je veux savoir, c'est si la mise à mort et l'angle des coups sont toujours identiques.

— J'avais bien compris ! Et je dois aussi comparer ces cas avec les blessures de cette femme, je suppose ?

— Je n'osais pas le suggérer…

Trish lui adresse un sourire forcé.

— Comme si j'avais que ça à faire. Bon, allez, tout le monde dehors !

Caldwell attend Cameron qui, secoué par la tournure des événements, réagit avec un temps de retard. Dès qu'ils sont seuls dans le couloir, l'agent spécial s'emballe.

— Vous êtes conscient que si un lien est établi entre tous ces assassinats, nous pourrons en conclure qu'un autre tueur en série sévit en ville ?

Le couperet vient de tomber.

63

Cameron rentre chez lui sous une pluie battante. À l'image de ce qu'il ressent ces derniers temps, l'orage qui menaçait la ville depuis plusieurs heures vient d'éclater avec violence.

Il se gare devant sa maison et fonce à l'intérieur. Il claque la porte derrière lui. À cet instant, il aimerait presque que Randall soit là à l'attendre pour qu'il puisse enfin décharger sa rage sur quelqu'un.

Ce salopard d'agent spécial comprend trop de choses, trop rapidement. Il est vraiment dangereux. Cameron doit le tuer. Cela devient impératif. Reste à trouver la méthode qui passera la plus inaperçue.

Cameron se rend jusqu'à son frigo pour prendre une bouteille de bière. Il la décapsule et avale une grande gorgée de liquide ambré. Dans son salon, il branche son MP3 sur ses enceintes. La voix d'Adam Levine s'élève dans la pièce, sans parvenir à percer la chape des pensées de Cameron.

Cela ne serait pas si terrible, s'il n'avait pas la sensation que Caldwell a déjà tout compris et le nargue. Pourquoi lui révèle-t-il toutes ses déductions en attendant qu'ils soient seuls tous les deux ? Espère-t-il pousser Cameron à la faute ? Le faire craquer sous la pression ? Est-ce que ses hypothèses sont consignées quelque part ? S'il disparaît, ça serait dommage que son travail tombe tout cuit dans les pattes d'un autre agent fédéral…

C'est diablement tentant d'adopter une solution expéditive. Cependant, Cameron doit réfléchir davantage, trouver le bon angle d'attaque. C'est sous la pression qu'il était le meilleur à l'époque. Il doit se souvenir des leçons de Max. Plus que jamais, il a besoin de redevenir le Cameron des premiers temps.

Ce Cameron-là sait qu'une diversion s'impose. Or la seule à sa disposition, c'est Max.

Un coup de sonnette le fait sursauter. Il se dirige à pas lents vers la porte qu'il ouvre d'un geste sec, son flingue pointé vers son visiteur qui pousse un cri de terreur.

— Amber ?

Ses vêtements sont trempés par la pluie. Ses bras enroulés autour d'elle pour chasser le froid, elle grelotte. Il abaisse son arme.

— Pourquoi es-tu là ?

— J'ai peur, Cameron ! Je ne savais pas où aller.

Il l'invite à entrer et la conduit dans la salle d'eau. Il lui donne un peignoir en éponge blanc et une serviette.

— Prends ton temps.

Les yeux mouillés de larmes, elle le regarde sortir de la pièce.

Cameron se rend à la cuisine pour préparer deux cafés, puis il l'attend dans le salon. Elle ne tarde pas à le rejoindre.

Emmitouflée dans l'épais peignoir, les cheveux encore humides étalés sur ses épaules, elle se tient debout devant lui. Son visage est crispé et triste. D'un regard, elle note les changements opérés dans la pièce, les étagères vides, les nouveaux meubles… Elle feint d'ouvrir la bouche à ce sujet avant de se raviser.

— Je sais que tu as dit que tu ne voulais plus me voir et je te jure que je serais restée loin de toi si je n'avais pas eu aussi peur.

Elle détourne les yeux et serre les lèvres pour tenter de retenir ses larmes.

— Viens t'asseoir et raconte-moi ce qui t'arrive, l'invite-t-il d'un geste.

Elle prend place loin de lui, à l'autre bout du canapé. Il lui tend une tasse avec un sourire engageant. Elle ne bouge pas. Maintenant qu'elle est face à lui, la rancune dépasse tous les autres sentiments.

— Ne m'en veux pas, Amber. J'avais mes raisons pour prendre mes distances.

— Des raisons !

Ses mots s'étranglent dans sa gorge et des larmes roulent sur ses joues. Cameron soupire et lui met le mug de force entre les mains.

— De quoi as-tu peur ?

Elle avale une gorgée de café. La chaleur du breuvage semble immédiatement lui rendre quelques couleurs. Un peu réchauffée, elle lui fait face.

— Je suis terrorisée, Cameron. J'ai l'impression d'être surveillée par des personnes qui me veulent du mal. Quand je marche dans la rue, je suis suivie. Je reçois des appels téléphoniques anonymes à toute heure et il n'y a personne au bout. J'ai aperçu des silhouettes devant ma fenêtre la nuit. Je ne dors plus. Cela me rend folle d'angoisse !

Les pensées se télescopent dans la tête de Cameron alors qu'il comprend que Max a identifié Amber et lancé Randall sur elle. Non ! Pas ça ! Pourtant, quelque chose ne colle pas. Pourquoi est-elle encore en vie s'ils ont fixé leur dévolu sur elle ? Quelle nouvelle partie viennent-ils d'entamer ?

Elle se rapproche de lui et sanglote contre son épaule.

— Pourquoi moi, Cameron ? Qu'est-ce que je leur ai fait ?

Il soupire et lui caresse les cheveux.

— Rien. Ils veulent m'atteindre en s'en prenant à toi. Je pensais te protéger en te quittant, malheureusement, cela n'a pas fonctionné.

Elle lui lance un regard plein d'espoir.

— Donc notre rupture n'avait rien à voir avec moi ?

Il ne devrait pas l'encourager sur cette voie. Il le sait, cependant, il la serre contre lui.

— Je suis tellement désolé, Amber. Je ne veux que ton bien.

Il secoue la tête, presque étonné par ce qu'il s'apprête à lui dire.

— Tu m'as manqué.

Elle lève son visage vers lui. Il n'a qu'à se pencher pour poser ses lèvres sur les siennes. Amber n'attendait que ce signe de sa part. Elle se love contre lui avant de s'écarter d'un geste brusque, chargé de méfiance.

— Je ne supporterai pas que tu me quittes une nouvelle fois. Alors, réfléchis bien à ce que tu fais. Si tu n'es pas sûr de toi ou que tes motivations sont purement sexuelles, repousse-moi tant qu'il en est encore temps. Ne me laisse pas souffrir encore, je t'en prie.

S'il s'agissait uniquement d'une affaire de sexe, il serait passé à autre chose depuis longtemps. Il pose son front contre le sien.

— Je voudrais être fort, mais j'en suis incapable.

Il pose sa main le long de la joue de la jeune femme.

— Je suis aussi sûr que quelqu'un comme moi peut l'être.

Elle se lève pour ouvrir son peignoir sous lequel elle est nue. Cameron redécouvre du bout des doigts et des lèvres son corps ferme et doux qui s'ajuste si bien au sien. Elle se place à califourchon sur ses jambes et l'embrasse.

Cameron se laisse griser par la passion d'Amber. Il sent ses mains s'agiter pour ouvrir sa ceinture et son pantalon. Il l'aide à tirer son caleçon pour libérer son sexe. Elle se place au-dessus de lui.

— Attends une seconde, je vais chercher un préservatif…

Il n'a pas fini sa phrase qu'elle glisse sur lui, autour de lui. Cameron retient son souffle.

— Amber…

Leur séparation l'a totalement désinhibée. Avant, elle avait toujours un petit fond de timidité qui retenait ses gestes ou les rendait hésitants. Là, elle ne veut plus perdre un instant. Elle soulève ses hanches à un rythme qui montre clairement qu'elle recherche l'assouvissement. D'ailleurs, ses cris de plaisir qu'elle tente d'étouffer contre la peau de Cameron s'élèvent bientôt.

Entraîné par les mouvements de sa partenaire, il sent son orgasme tout proche.

— Attends une seconde, Amber… Je ne pourrai pas tenir très…

Elle plaque son index contre ses lèvres.

— Chut…

— Mais…

Le regard d'Amber chavire une nouvelle fois sous l'effet du plaisir. Sa chair se contracte autour de lui. Cameron perd la bataille contre son corps. Il cède aux injonctions de la jeune femme dans un gémissement de jouissance.

Immobile, repu, il serre son corps soyeux contre le sien. Il a l'impression d'être chez lui entre ses bras et c'est assez curieux comme sensation pour quelqu'un comme lui.

Perdu en elle, il a momentanément tout oublié : la pression exercée par l'agent spécial, Max, les dangers, la traque, Randall qui rôde peut-être pas loin, les blessures de sa mère, son envie de se venger, l'enquête qui pèse sur ses épaules et même les risques induits par un rapport sexuel non protégé…

64

Maintenant qu'Amber a refait irruption dans sa vie, Cameron se sent un devoir moral envers elle. Alors qu'elle s'est endormie au creux de ses bras, il passe une partie de la nuit à se demander comment la mettre à l'abri de ceux qui le traquent.

À la première heure le lendemain matin, il appelle un de ses amis du collège, Zayn Pharell, qu'il ne voit plus très souvent depuis qu'il s'est marié.

Carol, son épouse, a beaucoup de mal à accepter que Zayn ait eu une vie avant elle, les amis qu'il a pu avoir, ses plans drague pour mettre d'autres filles dans son lit, ses souvenirs d'adolescence, les soirées arrosées, les nuits passées à refaire le monde en regardant la voûte étoilée, tous ces moments dont elle se sent exclue et dont elle est jalouse. Pour elle, Cameron incarne, à lui tout seul, les pires aspects du passé dissolu de Zayn. D'où cette mesure de quarantaine dont il fait l'objet depuis leur mariage.

Avec une pointe de nostalgie, Cameron compose son numéro. Zayn décroche immédiatement, ravi d'avoir de ses nouvelles. Il accepte de lui rendre service sans hésiter. À l'heure convenue, Cameron conduit Amber à l'arrière de sa maison. Ils escaladent la clôture, traversent plusieurs étendues boisées, le parking des églises East Hill et Fellowship of the Hills. Enfin, ils débouchent au croisement entre Terrace Street et Shell Street juste au moment où Zayn se gare le long du trottoir.

Vêtue d'un sweat de Cameron trop grand pour elle et couverte d'une capuche, Amber se précipite côté passager.

Zayn se tourne vers Cameron et lui adresse un signe du pouce. Selon la version fournie, il pense aider son pote à protéger sa maîtresse de sa copine officielle. Trop heureux de sortir de son quotidien d'homme marié futur père de famille, il n'a posé aucune question quand Cameron lui a demandé de déposer Amber dans un hôtel discret, mais confortable d'où elle ne doit bouger sous aucun prétexte.

Cameron les regarde s'éloigner avec un petit pincement au cœur. Zayn a promis de passer une soirée avec lui avant la naissance de son bébé. Son vieux pote lui manque, pourtant il sait que cette promesse sera vaine, comme toutes les autres. Carol trouvera une excuse pour empêcher que le rendez-vous ait lieu. Comme chaque fois…

Cameron s'assure qu'aucune voiture ne prend la berline de son ami en chasse avant de rentrer chez lui par le même chemin qu'à l'aller.

Il avale un café en réfléchissant. Il doit rapidement boucler cette affaire pour pouvoir reprendre le cours de sa vie. Il veut Amber près de lui et non enfermée dans un hôtel dans lequel il ne pourra pas la rejoindre pour sa propre sécurité.

Il lève les yeux au ciel. Oh ! merde ! Il en est là, alors ?

Il attrape ses clefs de voiture au vol et, regonflé à bloc, il rejoint le poste de police. Une nouvelle partie s'engage et il n'a pas prévu d'arriver en seconde place. Il entre dans le bureau et se dirige immédiatement vers sa cible.

— Ah Simons, c'est super que tu sois là ! J'aurais besoin de ton rapport concernant la mort de Suzy Ender.

Brad Simons fronce les sourcils.

— En quel honneur ?

— La femme poignardée est l'épouse du mec qu'on recherche. On est donc dans la même équipe maintenant. C'est une question d'heures tout au plus avant que ça soit officiel, tu as entendu Caldwell. Et j'ai juste besoin de récupérer quelques données de votre rapport pour mener des recherches.

Simons hésite un bref instant.

— Tu penses que c'est votre gars qui a dessoudé la fille ?

— Lui ou l'autre macchabée… Il ne faut négliger aucune piste, élude Cameron.

Simons hoche la tête lentement alors que les suggestions de Cameron pénètrent son esprit.

— Bon… Si on bosse ensemble, je ne vois pas de raison de ne pas te le transmettre. C'est tout ce dont tu as besoin ?

Cameron lui présente ses paumes.

— C'est tout !

Simons se met face à son écran, il enfonce quelques touches sur son clavier, clique sur sa souris et l'imprimante se met à cracher une vingtaine de feuilles.

— Merci !

De retour à sa place, Cameron se plonge dans la lecture des lignes barbantes jusqu'à découvrir l'information qu'il voulait. La plaque d'immatriculation de la voiture de Suzy.

Il lance le logiciel de recherche et tape sa requête. Le résultat s'affiche, plongeant Cameron dans la perplexité la plus profonde.

La voiture appartient à une certaine Jenny Ender. Cameron se passe une main sur la bouche. Qui est cette nouvelle venue ?

Les hypothèses traversent son esprit : l'enfant biologique de Max et Suzy, une autre victime enlevée, une autre complice dangereuse à prendre en compte…

Il est largué. Il agrandit la photo du permis de conduire associé à ce nom. Le portrait est celui d'une femme, d'âge indéfinissable, dont le visage est mangé par de longs cheveux noirs frisés et mal peignés et des lunettes en cul de bouteille. Il est incapable de dire s'il s'agit de Suzy ou d'une inconnue.

— Je vois que vous avez avancé aussi de votre côté !

Cameron sursaute.

— Ça vous embêterait de ne plus arriver dans mon dos par surprise ?

— Vous êtes nerveux, dites donc !

Caldwell lui adresse un clin d'œil complice.

— Je vois que vous bossez aussi sur Jenny Ender.

Il s'éloigne et Cameron se retrouve à lui courir après.

— Vous savez qui est cette fille ?

Caldwell approuve, tout en rejoignant la salle de réunion.

— En 2005, Suzy Ender a été admise dans un hôpital près de Chicago pour accoucher. Il s'agissait d'une petite fille prénommée Jenny.

— S'agissait ?

— Le bébé n'a survécu que quelques heures, confirme l'agent spécial.

Cameron secoue la tête et regarde une nouvelle fois la photo du permis de conduire.

— Et ils auraient utilisé le nom de leur petite fille morte pour obtenir de faux papiers…, murmure Cameron.

— J'en ai l'impression.

Cameron sait que l'idée de ce bébé n'est pas venue de Max. Suzy a voulu cet enfant, elle l'a porté. Elle a souffert en apprenant sa mort. Et elle utiliserait son nom évocateur de mille souffrances pour se créer une autre identité et semer les autorités ?

Cameron range cette explication peu plausible dans un coin de sa tête et revient à Caldwell.

— Et cette chère Jenny possède trois véhicules à son nom : la voiture retrouvée dans le lac et deux pick-up. Jenny a aussi acheté une caravane en 2013. Ils ont donc bien continué à circuler à travers le pays de cette façon.

Cameron entre dans la salle de réunion derrière Caldwell. McPherson et Simons les y attendent déjà, en plus des deux autres enquêteurs présents dans l'équipe.

— Très bien. Commençons.

L'agent spécial entame un rappel rapide des faits pour les deux nouveaux venus : les quatre meurtres commis, l'hypothèse concernant l'interaction de deux tueurs, les résultats concordants du ViCAP qui ont permis de trouver le point commun entre un grand nombre de leurs victimes, Max Ender.

— Comme je vous le disais, Max Ender a été livré en pâture à ses codétenus. À lui seul, il cumule près de mille points de suture sur ses cinq années de cabane…

Cameron ne peut nier que Max avait des faux airs d'un Frankenstein rafistolé des pieds jusqu'au crâne par un savant fou. Il imagine bien la souffrance qu'il a dû endurer, la peur, la solitude, l'abandon, le désespoir, l'injustice… tous ces sentiments qui lui ont grillé le cerveau et fait de lui un être insensible et fou.

Cameron se reprend. Pas question d'éprouver la moindre pitié pour ce type qui a broyé sa vie sous sa botte !

Caldwell leur montre un tas de feuilles.

— C'est lui la clef de tout et je viens justement d'obtenir le sésame absolu ! s'enthousiasme-t-il.

Cameron comprend qu'il s'agit du fameux listing de tous les gens qui ont approché de près ou de loin Max sur la période allant du meurtre du gamin dont il a été accusé jusqu'à sa libération.

Cameron serre les dents, prêt à encaisser les révélations fracassantes de l'agent spécial.

— Je vous ai parlé du meurtre des McNee à Lakeport ?

Comme ses deux collègues, Cameron approuve. Tu parles ! Bien sûr qu'il s'en souvient !

— Alors, attendez que je vous parle du codétenu de Max Ender à la prison Thomson, Franck Farmer. Il a aussi été assassiné d'une façon très caractéristique.

Cameron n'a jamais su si l'incendie avait permis d'effacer toutes leurs traces. Il aurait aimé en avoir la confirmation dans d'autres circonstances…

— Et alors ? s'efforce-t-il de demander avec curiosité.

— Alors, le type a été poignardé à plusieurs reprises avant d'être abattu d'une balle en pleine tête. Les policiers n'ont pas pu établir un rapport plus précis, car la ferme où s'était retranché Farmer à sa sortie de prison a brûlé de fond en comble.

— Vous en concluez quoi ? demande Simons.

— Je suis définitivement sûr qu'Ender avait trois tueurs à sa solde.

Cameron ne peut masquer une petite moue. Caldwell lève son index vers lui.

— Et je vous le prouve.

Un frisson prémonitoire court le long de la colonne vertébrale de Cameron.

— Je pense que Max Ender est devenu fou en prison, mais un fou diablement intelligent. Les rapports disent que c'est un péquenot presque illettré qui est entré à Thomson, mais qu'il en est ressorti transformé par ses lectures. D'après la liste des ouvrages qu'il a empruntés à la bibliothèque, il est devenu un expert sur la psychologie, la manipulation mentale, les entraînements sportifs ou militaires… Bref, tout ce qu'il lui fallait pour constituer sa petite armée.

— Une armée ? Vous y allez fort, non ? ironise Cameron.

— Dois-je vous rappeler le nombre de véhicules immatriculés à leur disposition ? Cela nécessite un minimum de trois chauffeurs à chacun de leurs déplacements.

Et on les a largement : Max Ender, son épouse, ses deux tueurs, énumère-t-il sur ses doigts.

Cameron serre les dents. Logique implacable. Et Caldwell n'en a pas fini. Ses nouvelles révélations vont faire très mal, il le sent.

— Et au cas où vous douteriez encore, laissez-moi vous présenter Tom Porter, le fils du chef des gardiens de la prison Thomson, James Harrington, le petit-fils du juge qui a condamné Max à une peine à perpétuité et Jimmy Taylor, le fils du policier qui a mené l'enquête.

Il étale les photos des avis de recherche une par une devant un Cameron médusé. Son propre visage souriant et innocent le transperce et lui rappelle qu'il a été un simple gosse, heureux, joueur, capricieux et timide. Il détourne le regard avant de se forcer à revenir vers sa frimousse.

Est-ce que quelqu'un pourrait le reconnaître ? Les quatre enquêteurs écoutent religieusement l'agent spécial. Aucun d'eux ne semble avoir remarqué quoi que ce soit à propos des photos et de Cameron.

— Comme vous le voyez, ces trois gosses ont été enlevés à leurs parents. Et voici mon hypothèse : je pense que nous tenons nos exécutants.

— C'est un peu difficile à croire, argumente Cameron.

Les mots s'échappent difficilement de sa gorge nouée par l'émotion. Caldwell n'a jamais été aussi proche de lui qu'à cet instant.

— Vous doutez encore ?

Il fouille d'autres papiers.

— Je ne dis pas que je n'y crois pas, poursuit Cameron. Je dis que vous êtes en train de suggérer que

Max Ender a fait de ces gosses des tueurs sanguinaires. Si je lis les avis de recherche, ils ont été enlevés lorsqu'ils avaient cinq ans… Or Farmer a été tué en 1998, soit cinq ans plus tard. Ça nous fait des coupables âgés d'une dizaine d'années… C'est délirant, non ? affirme-t-il en quêtant l'approbation de ses collègues.

— Ça y est, je l'ai retrouvé !

— Quoi donc ? soupire Cameron que le manque d'écoute du fédéral agace de plus en plus.

— J'ai demandé qu'on envoie l'ADN du type qui a été assassiné au bord du lac Munson au FBI pour qu'il soit comparé à celui du fichier des enfants disparus, puisque vos collègues avaient fait chou blanc avec les empreintes. Et il y a une correspondance avec un certain… Jimmy Taylor !

Caldwell pose son index sur la photo de Dylon. Cameron a envie de lui arracher son putain de doigt et de le lui faire bouffer.

— Et ce n'est pas tout.

Il étale de nouvelles photos pixellisées devant les policiers.

— Voici le portrait vieilli de Jimmy Taylor.

Cameron ne peut nier la ressemblance du portrait-robot avec le visage adulte de Dylon. Il pose son regard sur celui de Randall. Le portraitiste a gardé les lignes un peu rondes de ses joues d'enfant, sa coupe militaire et a durci son regard. Quand Cameron est parti, Randall commençait à ressembler à ça.

Cameron se tourne ensuite vers la projection de son visage d'adulte en retenant son souffle. Le résultat lui paraît un peu moins probant que pour les deux autres. Les traits réguliers de ce visage sont très communs, trop pour établir un parallèle certain avec lui.

— Vous avez obtenu tous ces éléments en un temps record ! s'extasie McPherson.

Record, pour ne pas dire suspect. Depuis combien de temps bosse-t-il là-dessus dans le dos de Cameron ? Caldwell approuve.

— Avec ça, on va pouvoir relancer les recherches auprès des campings. Cette fois, même vous, Diver, vous ne pourrez pas trouver à y redire.

— Vous voulez qu'on s'en occupe ? propose Simons.

Cameron qui voit cette enquête lui filer entre les doigts au moment le plus malvenu a l'impression d'assister en spectateur au naufrage de sa vie.

— Oh non ! décide Caldwell. Nous avons bien assez à faire ici. Je vais demander l'aide des polices locales pour qu'elles se chargent du porte-à-porte.

Il sourit, très satisfait de son plan.

— Nous, nous allons continuer à travailler sur le listing des personnes liées à Ender.

Il tend des liasses de papier aux quatre enquêteurs.

— Cherchez toutes les concordances possibles.

Ils sortent du bureau.

— Et moi ? Je fais quoi ? demande Cameron.

— Figurez-vous que les gens qui ont causé du tort à Ender ne sont pas tous morts, même si pas un seul ne s'en est sorti indemne. Certains ont été agressés sauvagement. D'autres ont eu des accidents suspects.

Caldwell se tourne vers Cameron.

— À propos, j'ai cru comprendre que votre mère avait été grièvement blessée lors d'une chute chez elle, en pleine nuit…

Devant son ton plein de sous-entendus Cameron enrage.

— C'est exact.

— J'ai voulu lui rendre visite pour l'interroger, mais j'ai appris que vos parents adoptifs ont été évacués en hélicoptère de l'hôpital dans le plus grand secret.

Cameron ne trouve rien de pertinent à répondre pour justifier cette fuite éperdue. Et c'est inutile heureusement, car Caldwell reprend la parole.

— Vous savez que c'est de cette façon que procédait l'équipe de Max ? Ils s'introduisaient chez leur cible en pleine nuit et la poussaient dans l'escalier.

Cameron croise ses bras devant lui pour cacher le tremblement de ses mains.

— Vous allez bientôt en conclure que l'accident de ma mère est aussi lié au cas de Max Ender ?

Caldwell est trop fin pour ne pas ressentir la colère de Cameron.

— Qui sait…

Il enchaîne sans perdre un instant.

— Il y a un dernier cas qu'il me semble utile d'évoquer. Olivia Moore, la fille de l'avocat d'Ender. Elle est décédée dans l'incendie criminel de la maison de sa voisine chez qui elle passait la nuit. Comme je vous l'expliquais, il n'en a épargné aucun. Ils ont tous payé.

Il hausse les épaules l'air de dire que, cette fois, il a fini.

— Vous croyez à mes hypothèses, maintenant ?

Cameron ne peut pas tout nier en bloc, même si ce n'est pas l'envie qui lui manque de lui faire ravaler son sourire supérieur. Et lui qui jouait les moralisateurs sur ses méthodes et sa façon de travailler en solitaire !

— Je crois à votre thèse concernant la vengeance de Max Ender, mais je suis plus dubitatif concernant son armée de lutins tueurs.

— Hum…

Caldwell s'empare du portrait vieilli de Tom Porter et le lève près du visage de Cameron.

— C'est curieux, j'aurais pensé que vous, plus que quiconque, auriez adhéré à cette idée.

65

Depuis que Caldwell a chargé les polices locales de faire du porte-à-porte dans tous les campings du secteur, Cameron ose à peine quitter le poste de police pour prendre quelques heures de repos, de peur de louper le coche.

Avec les photos des suspects et les immatriculations de tous les véhicules de la famille et un secteur de recherche d'autant plus large qu'ils n'ont plus à le couvrir eux-mêmes, ce n'est qu'une question de temps avant qu'on les retrouve. Et Cameron espère encore obtenir l'information avant ses collègues afin de bénéficier d'assez d'avance pour se débarrasser de Max et de Randall avant l'arrivée des unités d'intervention de la police.

Il se passe une main sur les yeux en se demandant pour la millième fois comment il va pouvoir réussir ce tour de force sans se faire prendre. Et pour la millième fois, il n'a pas de réponse à cette épineuse question. Et la fatigue cumulée sur ces dernières semaines intenses ne l'aide pas à réfléchir.

Il est presque neuf heures du soir. Caldwell est parti leur chercher à manger. McPherson et Simons sont rentrés chez eux. Cameron est quasiment seul dans la salle quand le téléphone sonne. Il décroche.

— Bonjour. Je souhaiterais parler à l'agent spécial Caldwell ou au lieutenant Diver.

— Bonjour, je suis le lieutenant Diver.

— Oh ! Parfait ! Ici Dave Wilson du département de police de Chattahoochee. Je vous appelle à propos de la demande concernant les campings que vous nous avez transmise.

Cameron se redresse légèrement.

— Vous avez quelque chose pour nous ?

— Oui. Un de mes agents vient de me contacter par radio. Il sort à peine du Triple C's Campground & RV Park. Les gérants ont formellement identifié deux de vos suspects ainsi que plusieurs véhicules signalés sur votre avis de recherche.

— Génial ! Pouvez-vous me transmettre les coordonnées du camping ?

— Bien sûr, il est situé au 2309 Flat Creek Road. Je vous envoie tout ça par mail.

— Merci.

Cameron raccroche. Il ne pouvait rêver plus belle opportunité. Il se lève et sort du poste de police sans perdre une seule seconde. Il traverse le parking en courant et saute dans sa voiture. Il s'engage sur la route en faisant crisser les pneus sur l'asphalte. Il traverse la ville vers le nord-ouest pour rejoindre l'I-10. Après une demi-heure de trajet sur l'autoroute, il emprunte la sortie 166. Il tourne à gauche sur Flat Creek Road. Moins de deux kilomètres plus tard, il découvre devant lui le panneau annonçant l'entrée du camping.

Il s'engage sur le chemin de terre et s'arrête devant la maisonnette des gérants.

Il entre en lançant un salut pressé à la ronde.

— Bonjour.

— Bonjour ! Je peux vous aider ?

Une jeune femme brune séduisante se tient derrière le comptoir. Cameron s'avance en montrant sa plaque.

— J'ai reçu un appel de mes collègues de Chattahoochee…

— Oh ! Bien sûr ! C'est moi qui ai renseigné le policier qui est venu nous voir. Il m'a montré les avis de recherche sur lesquels j'ai reconnu le plus âgé, celui qui a le visage marqué de cicatrices et le blond assez costaud. Ils sont arrivés en même temps que deux autres personnes, une femme et un homme, que je n'ai pas vus depuis plusieurs jours.

— Où est-ce que je peux les trouver ? la presse-t-il.

— Ils sont sur l'emplacement n° 126.

Cameron fait mine de partir.

— Attendez ! Que se passe-t-il ? s'inquiète-t-elle.

— Rien de grave. Je vais faire des repérages pour m'assurer que tout se passera bien quand mes collègues arriveront.

Elle se décompose en imaginant la mauvaise presse pour son affaire.

— Devons-nous faire évacuer le camping ?

— Non. Je vous l'ai dit, je suis là pour effectuer une reconnaissance du terrain.

— D'accord, se détend-elle. Alors, en sortant d'ici, prenez l'allée en face, puis la deuxième à droite, et c'est le dernier emplacement que vous trouverez sur la gauche. Il est en retrait du chemin, beaucoup plus arboré et abrité que les autres.

Cameron la remercie et sort. Il referme la porte et retient à grand-peine un juron.

L'agent spécial Caldwell l'attend au bas des marches. Merde ! Merde ! Merde ! Quelle déveine !

— J'ai l'impression que j'ai eu beaucoup de chance d'avoir pu intercepter le mail de Dave Wilson et de vous avoir rattrapé !

Cameron serre les lèvres en entendant son ton mordant.

— Qu'êtes-vous venu faire ici, seul ? l'interroge Caldwell avec une curiosité palpable.

— Je voulais les observer de loin, me rendre compte par moi-même de la configuration des lieux.

— Bien sûr, ironise l'agent spécial.

Cameron sent qu'il veut dire autre chose. Il n'hésite qu'un bref instant avant de se lancer.

— Votre comportement m'intrigue depuis la première seconde. J'ai imaginé beaucoup de scénarios, mais au final, je me suis trompé sur vous. Je pensais vraiment que vous faisiez partie de la bande.

— Pardon ? De quoi parlez-vous ?

— Je croyais que vous étiez le troisième gosse, celui qui tue ses victimes avec des armes blanches.

Cameron est tellement choqué par cette affirmation qu'il n'a pas besoin de simuler sa réaction.

— Vous êtes en train de m'accuser de quoi au juste ?

Caldwell hausse les épaules et affiche une moue d'excuse.

— J'imaginais qu'avant votre adoption, vous aviez pu être un des gosses enlevés par Max Ender. Ce qui expliquait aussi les meurtres au couteau à Tallahassee.

Cameron a du mal à conserver son calme.

— Il y a près de deux cent mille habitants dans cette ville et c'est moi que vous suspectez, juste parce que j'ai été adopté !

— J'ai dit que je le pensais…

Cameron croise les bras devant lui.

— Et qu'est-ce qui vous a convaincu de changer d'avis ?

— J'ai reçu les résultats du ViCAP concernant ma demande pour les trois méthodes cumulées, admet Caldwell avec un haussement d'épaules chagriné. Les meurtres au couteau dans le sillage des déplacements d'Ender ne se sont jamais arrêtés.

C'est quoi ces conneries ? Cameron se passe la main dans les cheveux. Ce type va le rendre fou avec ses révélations fracassantes ! Même si celle-ci l'arrange, il doit bien l'admettre.

— Vous en avez donc déduit que je ne pouvais pas être aux deux endroits à la fois.

— Exact. Je suis désolé de vous avoir suspecté, mais entre vos intuitions miraculeuses concernant la présence de plusieurs tueurs, le fait que vous avez été adopté il y a à peu près seize ans et que c'est la période de recherche que vous avez choisie pour votre demande au ViCAP, la façon dont ils vous ont impliqué, le couteau avec vos empreintes dans la poche de Maggie Carpenter, l'accident de votre mère, votre absence le jour du meurtre de Suzy Ender, votre ressemblance avec Tom Porter… j'ai vraiment cru que ça pouvait être vous.

Cameron frémit. Il se doutait que l'agent spécial avait reconstitué le puzzle à son sujet, mais l'entendre aligner ses arguments ainsi lui met un sacré coup au moral. C'est donc avec un sourire crispé qu'il accepte ses excuses.

— Je suis content de voir que vous êtes revenu à la raison.

— En signe de bonne foi, je vous donne la clef USB sur laquelle sont regroupées toutes mes notes à votre propos. J'allais adresser une demande pour obtenir votre dossier d'adoption, mais… j'ai abandonné l'idée.

Cameron tend la main pour attraper la clef. Caldwell ne la lâche pas.

— Ça ne m'explique toujours pas ce que vous êtes venu faire ici, tout seul…

— Vous l'avez dit vous-même, ils m'ont impliqué personnellement dans toute cette histoire, improvise Cameron. Vous ne seriez pas curieux à ma place ?

Caldwell se détend et ouvre ses doigts.

— Si…

— Vous m'accompagnez ?

Cameron perçoit la tentation dans le regard de Caldwell.

— Vous êtes toujours aussi borderline ? demande l'agent spécial avec une pointe d'envie dans la voix.

Cameron ne répond pas. Il part dans la direction indiquée par la gérante, tout en rangeant soigneusement la clef USB dans une poche intérieure de sa veste. Caldwell lui emboîte le pas, après avoir récupéré un sac estampillé FBI dans le coffre de sa voiture.

66

Caldwell s'arrête à côté de Cameron et s'accroupit comme lui entre deux arbres.

Les deux pick-up sont garés à proximité. La caravane est éclairée, même si aucun mouvement n'est perceptible à l'intérieur.

— On fait quoi maintenant ? chuchote Caldwell.

D'un geste Cameron l'engage à se taire. Il perçoit un bruit d'eau caractéristique : l'un des deux occupants est sous la douche.

Il se tourne vers l'agent spécial et trace un plan sommaire dans la terre entre eux.

— Voici comment se présente ce modèle de caravane. Vous entrez directement dans le salon cuisine. À droite, il y a la chambre des parents. Après la cuisine se trouve la petite salle d'eau. Au bout, c'est la chambre des enfants.

— Comment savez-vous tout ça ? tique Caldwell dont les soupçons reviennent au galop à la première occasion.

— Nous avons récupéré le modèle de cette caravane grâce à vous, je vous le rappelle, soupire Cameron. J'ai simplement effectué des recherches pour connaître la configuration de l'espace dans lequel nous devrons intervenir.

Caldwell incline la tête.

— Je vois…

— Ils ne sont plus que deux. Et l'un d'eux est sous la douche en ce moment.

— Comment le savez-vous ?

Cameron soupire.

— Vous n'entendez pas le bruit d'eau qui coule ?

— Si, maintenant que vous le dites.

— Donc, il n'y a qu'un seul adversaire face à nous.

Caldwell cligne des yeux et, pour la première fois depuis qu'il l'a rencontré, Cameron décèle de la peur en lui.

— Qu'est-ce que vous proposez exactement ?

— On fonce !

— Non ! Nous ferions une erreur monumentale. Il nous faut des renforts ! temporise Caldwell.

— Décidez-vous, le défie Cameron. Une chance pareille ne se reproduira pas de sitôt !

Ils s'affrontent du regard pendant quelques secondes : l'agent spécial qui entend les arguments de Cameron et souhaiterait agir aussi, mais est retenu par le respect de la procédure et le flic qui ne veut pas perdre une seconde de plus.

— OK ! finit par céder le fédéral.

Cameron sourit intérieurement.

— Restez là, je fais le tour et je reviens.

Avant que Caldwell ait le temps de répondre, Cameron se faufile dans le noir sans un bruit. Moins de cinq minutes plus tard, il revient en le faisant sursauter.

— Le deuxième homme est endormi sur le canapé, face à la porte. Il n'y a qu'un seul accès, donc on entre l'un derrière l'autre, on le neutralise. Le second sera à poil et désarmé.

— Un jeu d'enfant. C'est d'accord.

Caldwell fouille dans le sac qu'il a apporté, attrape un fusil à pompe à canon court en plus de son arme de service et enfile un gilet pare-balles. Il se frappe la poitrine.

— Je suis mieux équipé que vous, donc je passe devant et vous me couvrez.

— Vous êtes sûr ?

— Certain.

Caldwell sourit. Ils se glissent hors de leur cachette. Courbés, ils marchent vers la porte de la caravane. Cameron lui fait signe qu'elle s'ouvre vers la droite, tout en se plaçant, dos au mur, à gauche des marches en fer. Caldwell hoche la tête pour faire signe qu'il a compris.

Il pose la main sur la poignée, prend une inspiration et appuie. Il a à peine le temps d'ouvrir le battant qu'une balle le fauche au niveau de la gorge. Il s'effondre en arrière, non sans appuyer sur la détente de son fusil, dans un réflexe désespéré.

Cameron entend un cri. Randall est blessé, mais pas out. Dommage !

— Cameron, c'est toi ? grogne-t-il sous l'effet de la douleur.

Des pas hésitants retentissent à l'intérieur tandis que Randall veut vérifier s'il a fait mouche. Cameron, plaqué contre la paroi juste sous la fenêtre de la cuisine, ne bouge pas. Il attend que Randall se place tout seul dans l'axe de la porte. Ce qui ne tarde pas à se produire. Il pivote alors vers l'ouverture et tire plusieurs fois. Randall s'effondre en criant, la poitrine transpercée de plusieurs balles.

Cameron saute d'un bond à l'intérieur. Accroupi derrière le bloc-cuisine, là où il avait déjà trouvé refuge la nuit où il a espionné Max et Suzy, il tend la main vers le cou de Randall. Il n'a plus de pouls.

Cameron se concentre sur l'étape suivante. Il entend toujours le bruit de l'eau qui coule, malgré les échanges de coups de feu qui ont dû alerter Max. Méfiant, car la configuration des lieux ne lui offrira plus aucun abri une fois celui-ci quitté, il se redresse lentement tout en avançant.

Il voit trop tard la porte de la salle d'eau s'entrouvrir. Il entend une détonation et ressent une douleur fulgurante dans le bras droit. Rester planté au milieu est trop dangereux, reculer contreproductif. Il se jette en avant et plaque son dos contre le réfrigérateur, dans le renfoncement du mur de la salle d'eau. Il sait que c'est un piètre refuge. Si Max tire dans la paroi, les balles la traverseront sans aucune difficulté.

— Cameron ? Oh merde ! Tu es venu ! Je n'en attendais pas tant de ta part, espèce de petit merdeux !

Cameron aurait aimé un face-à-face final, un affrontement à la hauteur de la haine qu'il éprouve pour son bourreau et il imagine que l'inverse est réciproque. Mais il doit aller à la simplicité, celle qui sera crédible pour ses collègues et les experts scientifiques et balistiques. Cameron lève donc son pistolet du bras gauche et tire plusieurs fois à travers la cloison en contreplaqué en arrosant la zone où il pense que Max se tient jusqu'à ce qu'il entende un gros fracas à l'intérieur.

Cameron attend que les battements de son cœur se calment avant de jeter un regard dans la salle d'eau.

En caleçon, Max est tombé en arrière dans la douche en emportant le rideau et sa tringle. Il respire encore, même si son souffle est laborieux à cause des balles qui ont perforé ses poumons et son abdomen.

Le bras tremblant, il tente de lever son arme vers Cameron. Comme il sait qu'il n'en aura pas la force, il ouvre les lèvres.

— Tu n'as pas gagné… Cameron… Tu seras… toujours… ma… créature… Rien… de… plus… qu'un ange… transformé en fauve…

Il se fige et sa main retombe le long de son corps.

L'eau de la douche coule toujours sur la carcasse de Max. Cameron coupe le robinet. Le silence qui suit cet affrontement lui vrille les tympans.

C'est fini.

Il recule de quelques pas et observe le massacre : les corps criblés de balles de Max et Randall. Cameron chancelle et son bras blessé heurte la porte. Il grimace de douleur.

Il sort de la caravane d'un pas incertain pour rejoindre l'agent spécial. Caldwell est mort, noyé dans son propre sang.

Cameron attrape son téléphone portable et appelle les renforts.

67

— Putain de merde, Cameron ! Tu peux m'expliquer ce que tu as foutu encore ?

Il soupire. Est-ce qu'elle doit vraiment venir le cueillir dès son réveil après son passage au bloc chirurgical ?

— Cette fois, je n'y suis pour rien, Emma, rétorque-t-il d'une voix pâteuse.

Elle lui lance un regard noir.

— Je ne te crois pas !

Cameron hausse les épaules, mais suspend son geste à cause de la souffrance. Les cachets que l'infirmière vient de lui donner ne font pas suffisamment effet pour qu'il se montre aussi hardi. Les leçons de Max concernant la gestion de la douleur ont leur limite apparemment, ou alors il se ramollit.

— Caldwell et moi, nous nous sommes rendus au Triple C's Campground & RV Park pour une opération de reconnaissance. Après avoir évalué la situation et estimé nos chances de succès qui étaient élevées, il a voulu les arrêter lui-même.

Elle lève les yeux au ciel.

— À d'autres… L'agent spécial était un modèle de respect des procédures. Ce qui n'a jamais été ton cas !

Cameron se redresse légèrement sur ses oreillers pour lutter contre le sommeil, car ses paupières commencent à être lourdes.

— Je pourrais discuter avec toi pendant des heures pour t'en convaincre, mais c'est inutile. La preuve de ce que j'avance, c'est qu'il était bien là, en première ligne !

Elle fronce les sourcils.

— La gérante du camping n'a vu que toi et Caldwell est venu avec sa propre voiture ! Ne me prends pas pour une imbécile ! Dis plutôt qu'il t'a suivi pour t'empêcher de faire une connerie !

Cameron affiche une moue navrée.

— Qu'est-ce que tu vas inventer ? Il était vêtu de son gilet pare-balles lorsqu'il a été abattu en passant devant moi. Ça prouve bien qu'il était là de son plein gré et décidé à agir !

Évidemment, Caldwell ne serait pas entré frontalement avec autant de confiance s'il avait su que Randall ne dormait pas du tout et qu'au contraire il était en train de charger son arme.

En réalité, l'agent spécial n'avait aucune chance de s'en sortir, mais ça, plus personne ne peut en témoigner. Cameron s'en est assuré.

Il insiste.

— Je sais que tu me détestes à cause de ce qui s'est passé entre nous, Emma, mais tu ne peux pas transformer la réalité, cette fois.

Elle serre les lèvres.

— Comment oses-tu ?

— Non ! Toi, comment oses-tu me suspecter au moment où je viens de perdre mon équipier ? Caldwell est entré le premier, il a été touché, il a eu le temps de répliquer. Je suis entré à mon tour. J'ai abattu son assassin avant que Max Ender me tire une balle dans le bras. Ensuite, j'avais deux choix : attendre qu'il ait la même idée que moi en tirant à travers la fine paroi ou sauver ma peau.

Il secoue la tête.

— Je te défie de trouver une autre explication que celle-là.

Elle passe une main derrière son oreille pour repousser une mèche de cheveux et se donner le temps de réfléchir. Le rapport balistique est formel et confirme la version de Cameron, tout comme les témoignages des campeurs qui ont entendu les coups de feu.

Et pour couronner le tout, le chef et le maire sont aux anges ! Leur enquêteur vedette vient de résoudre une deuxième affaire spectaculaire et médiatique. Emma est coincée, elle ne peut rien contre lui. Rien ! Et c'est sans doute ça qui la rend aussi hargneuse.

— OK. Je te laisse le bénéfice du doute, cède-t-elle.

La porte de la chambre s'ouvre. Le père de Cameron entre à reculons en tirant le fauteuil roulant de son épouse.

— Bonjour, Cameron ! Oh ! Pardon ! Tu n'es pas seul.

Cameron tend la main vers Emma.

— Papa, maman, je vous présente le capitaine Burrows, ma supérieure.

Magnus fait mine de repartir en sens inverse.

— Je suis désolé de vous avoir interrompus. J'aurais dû frapper avant d'entrer.

Emma secoue la tête.

— Restez ! Je partais justement.

Elle leur serre la main avant de se diriger vers la porte.

— Je vous laisse. On se voit au travail, Cameron.

Elle sort de la pièce d'une démarche raide. Cameron se retrouve alors seul avec ses parents.

— Nous sommes rentrés dès que tu nous as téléphoné, l'informe son père.

— Alors, c'est fini ? Tu as résolu cette affaire ?

Lynda pose ses doigts près des siens. Il tend la main pour la toucher.

— C'est fini. Si tu savais comme je suis désolé que tu te sois retrouvée mêlée à tout ça, maman.

— Tu n'y es pour rien, Cameron.

Il approuve sans croiser son regard.

— Je suis si content de voir que tu vas mieux.

Et il ne ment pas.

— Et nous de savoir que ta blessure n'est pas grave. Nous sommes si fiers de ce que tu as accompli.

Il est si bien dans les bras de son père quand celui-ci lui donne une brève accolade virile chargée d'émotion. Il lit tant d'amour et de fierté dans les yeux de sa mère quand elle lui sourit.

Oui, il s'est mis en danger avec toute cette histoire, mais rien que pour vivre cet instant avec eux, Cameron sait qu'il a fait les bons choix.

68

Cameron s'assoit derrière son ordinateur. Il pose un coffret en bois à côté de lui. Il lui jette des coups d'œil réguliers, encore étonné par la tournure des événements. Presque malgré lui, il soulève le couvercle pour observer la médaille que le maire a tenu à lui remettre pour service rendu à la ville.

Une médaille pour avoir tué ses ennemis ! C'est risible quand il y pense.

En uniforme de parade, le bras en écharpe face aux caméras, ses parents applaudissant à tout rompre dans l'assistance, Cameron a savouré ces instants parce qu'il s'est senti libre pour la première fois de sa vie. Désormais, il n'aura plus besoin de regarder derrière lui. L'avenir lui appartient.

— Cameron ?

Il se retourne vers Emma qui a fini par entendre raison. En effet, depuis qu'il a repris le travail, elle garde ses distances avec lui et ne fait plus aucune allusion au différend qui les a opposés. Le fait qu'il l'ait entendue dire qu'elle a rencontré quelqu'un, un homme de son âge, n'y est sans doute pas étranger non plus.

— Je te présente Jack Sausser, le supérieur de l'agent spécial Caldwell.

Elle se tient au côté d'un homme curieusement vêtu pour un agent fédéral : santiags marron aux pieds, jean, chemisette blanche, lacet en guise de cravate autour du cou et Stetson sur la tête.

Cameron se lève pour saluer le nouveau venu. Il lui serre la main avec une petite pointe d'appréhension.

— Bonjour, lieutenant Diver. En tant que supérieur hiérarchique d'un agent fédéral abattu dans l'exercice de ses fonctions, je suis tenu de revoir avec vous l'ensemble des événements qui ont abouti à son décès. C'est la procédure standard.

Cameron fronce les sourcils.

— Bien sûr ! C'est normal.

Emma adresse un signe de la main à Cameron.

— Allez discuter en salle de réunion, vous serez plus tranquilles. Je serai dans mon bureau si vous avez besoin de moi.

Cameron y conduit l'agent spécial et s'assoit face à lui.

— Je suis prêt à répondre à vos interrogations.

Sausser lui sourit. Cameron note qu'une de ses incisives est ébréchée.

— C'est du simple formalisme... Je voudrais comprendre comment un homme aussi procédurier que mon agent s'est retrouvé en première ligne, face à des tueurs aussi dangereux et que vous avez pourtant choisi d'appréhender sans aucun renfort.

— Nous nous sommes rendus sur place dans l'intention de faire de simples repérages, admet Cameron. Et puis les choses se sont emballées. En constatant qu'Ender était sous la douche, qu'il n'y avait pas d'autre issue, que dans un espace aussi exigu l'attaque serait facile à mener, il a pris sa décision.

Cameron marque une pause et secoue la tête d'un air navré.

— Je ne suis pas réputé pour mon conformisme. On a dû vous le dire.

Sausser approuve. Cameron soupire.

— Je ne l'ai pas dissuadé de passer à l'action. Au contraire, je l'ai suivi sans hésiter. Pour le résultat désastreux que vous connaissez.

Cameron baisse les yeux et laisse un silence pesant s'installer entre eux.

— Je vois. Cela ne lui ressemble pas, mais il a peut-être voulu vous impressionner. Votre nom revenait souvent dans les conversations que nous avons eues après son arrivée ici.

— Ah…

Des conversations de quel type ? Caldwell lui a-t-il fait part de ses doutes à propos de Cameron ? Est-ce qu'il lui a envoyé une copie de la clef USB qu'il lui a remise au camping ?

Encore des questions et des suspicions… Cameron aimerait retrouver un peu de calme et de sérénité dans sa vie. Ne plus avoir à soupçonner tout le monde d'avoir percé ses secrets à jour.

— Oui. Caldwell se suffisait à lui-même, pourtant je pense que travailler avec vous lui a vraiment appris quelque chose, même si je ne sais pas quoi exactement. Mais revenons à cette enquête que nous devons boucler.

— Pardonnez-moi, mais que reste-t-il à boucler ? s'inquiète Cameron.

— L'agent spécial Caldwell avait une théorie très étrange concernant l'équipe de tueurs de Max Ender. Il s'agissait selon lui d'enfants enlevés et dressés à tuer.

Cameron hoche la tête.

— Si je peux me permettre, cette théorie n'avait rien d'étrange. Caldwell avait vu juste. Il s'avère que pour se venger, Max Ender a enlevé trois enfants. Nous avons retrouvé les corps de Jimmy Taylor et de Suzy Ender près du lac Munson et l'agent spécial Caldwell et moi avons abattu Max Ender et un individu identifié depuis comme étant James Harrington.

Cameron a dû annoncer aux parents de Randall et Dylon qu'après toutes ces années d'incertitude et de souffrance, ils avaient enfin été retrouvés, morts. Le plus pénible a été de devoir leur avouer que leurs fils étaient devenus des tueurs multirécidivistes sans pitié. Il imagine sans peine l'horreur qu'ils ont dû ressentir à l'idée que leurs chers petits anges aient été pervertis à ce point par l'homme qu'ils avaient involontairement contribué à détruire. Après ça, il s'est dit que la mort de ses parents biologiques était peut-être une bénédiction finalement…

— Seul Tom Porter, le dernier gamin enlevé, manque à l'appel, alors ? poursuit Sausser.

Cameron se demande s'il a vu le portrait vieilli du gosse qu'il a été.

— Il semblerait…

— Il est toujours en cavale d'après vous ?

— En cavale ou mort…

Sausser soupire et note l'information sur son calepin.

— Qu'ont donc conclu vos services concernant les meurtres de Suzy Ender et Jimmy Taylor ?

— La scène de crime de Jimmy Taylor était grossièrement maquillée en suicide, mais il s'agit bien d'un meurtre, explique Cameron. L'arme qui l'a tué avait déjà été utilisée par le passé. Elle était référencée dans nos bases dans le cadre de l'assassinat de Franck Farmer, le codétenu de Max Ender pendant son emprisonnement. Mais pour revenir à votre question, la version définitive du rapport des lieutenants McPherson et Simons établit que Suzy Ender a été tuée par Jimmy Taylor, lui-même assassiné par Max Ender qui aura voulu venger sa femme.

Cameron est assez fier de ce qu'il a fini par faire gober à ses collègues.

— La vengeance aura poursuivi cet homme toute sa vie. C'est bien malheureux, déclare Sausser avant de rester silencieux quelques instants. Bon, d'accord. Ça tient la route, même si c'est stupide de la part d'Ender de nous avoir laissé deux pistes à suivre aussi larges que des boulevards ! ironise-t-il.

— Je ne vous le fais pas dire…, admet piteusement Cameron.

— C'est même curieux qu'après tout ce temps passé dans l'ombre, il se mette ainsi en pleine lumière. Vous ne trouvez pas ?

Cameron hausse les épaules.

— Comment savoir ce qui pouvait paraître sensé à un homme aussi abîmé que Max Ender ? Est-ce qu'envoyer des enfants tuer ou mutiler ses ennemis vous semble normal ?

— Non, bien sûr ! De la même façon, je suppose que nous ne saurons jamais pourquoi ils sont venus à Tallahassee, ni pourquoi ils vous ont pris pour cible.

Cameron retient son souffle. Est-ce une question piège ?

— Peut-être est-ce simplement lié à la publicité à laquelle j'ai eu droit lors de l'arrestation de Simon Verhaegen…

Jack Sausser se penche une nouvelle fois sur son carnet avant de reprendre le fil de leur conversation.

— Caldwell a fait de multiples demandes au ViCAP desquelles il ressort qu'il suspectait donc trois tueurs d'agir de concert. Si on élimine Tom Porter que personne n'a vu au camping, comment expliquez-vous le fait qu'il n'y ait finalement que deux exécutants ?

Cameron étale plusieurs photos devant lui.

— On a trouvé un véritable arsenal en fouillant la caravane et les véhicules découverts sur les lieux de la fusillade : couteaux, flingues et la batte de base-ball utilisée pour les quatre meurtres de Tallahassee. On a donc supposé que James Harrington et Jimmy Taylor avaient des armes de prédilection, la batte de base-ball et les pistolets, mais qu'en cas de nécessité, ils n'hésitaient pas à se servir d'un couteau.

— Hum… J'avais cru comprendre qu'il existait aussi une certaine Jenny Ender. Quelle est votre hypothèse à son sujet ?

— Jenny Ender était la fille mort-née de Max et Suzy Ender. Grâce à son acte de naissance, ils ont pu obtenir des faux papiers pour ne plus apparaître directement dans le système. Pour nous, son rôle s'arrête à ça.

— Et vous n'avez pas envisagé que cette fameuse Jenny soit en vie et que ce soit elle qui utilisait les couteaux ? suggère judicieusement Sausser.

— Non.

Et pourtant, ça serait beaucoup plus en accord avec la philosophie de Max et avec ce que Cameron a vécu.

— Pourquoi ? tente de comprendre Sausser.

Cameron réfléchit quelques secondes et essaie de se rassurer en prononçant sa réponse.

— Rien n'est venu étayer cette hypothèse. Il n'y avait aucune trace d'une cinquième personne habitant dans cette caravane, que ce soit au niveau des empreintes, des traces d'ADN ou des vêtements…

Sausser hoche la tête.

— OK, vous m'avez convaincu, dit-il en se frottant les mains, satisfait du travail accompli. Reprenons. Il y avait Max Ender, deux tueurs et son épouse. Deux d'entre eux se sont entretués. L'agent spécial Caldwell et vous avez mis fin aux agissements des deux autres. Je clos donc officiellement les affaires des meurtres à la batte base-ball et ceux commis dans le sillage de Max Ender. Avec votre accord, bien sûr.

Cameron approuve.

— C'est bon pour moi.

— Je vais donc reprendre la route. Merci pour votre collaboration, lieutenant Diver.

Cameron serre la main de ce personnage atypique au sourire communicatif, mais dont il doit falloir se méfier malgré tout. Pour monter ainsi dans la hiérarchie du FBI en ne respectant pas ses codes vestimentaires, ce type doit être une tronche.

— Sans les outils du FBI et l'esprit acéré de l'agent spécial Caldwell, nous n'aurions pas pu résoudre cette affaire dont les ramifications étaient très anciennes, déclare Cameron. Il a accompli un travail formidable. Transmettez toutes mes condoléances à ses enfants.

— Je n'y manquerai pas.

Sausser le salue une dernière fois avant de s'en aller.

Cameron reste immobile quelques instants, le temps de s'assurer qu'il est toujours indemne après cette ultime épreuve. Puis les jambes coupées, il se rassoit.

Et au moment où il pense pouvoir tirer un trait définitif sur toute cette histoire, les paroles de l'agent fédéral font naître un soupçon terrible dans son esprit.

Trois façons de tuer, trois tueurs. C'était vrai à l'époque, ça ne peut pas être autrement aujourd'hui.

Cameron retourne devant son ordinateur pour inspecter encore une fois le portrait de Jenny Ender. Avec sa coiffure et ses lunettes, tout le haut du visage est méconnaissable. Il reste les lèvres et la forme du menton.

Cameron observe leurs lignes. Soudain, il se redresse et sort de son bureau.

69

— Allô, Cameron ?

— Oui, Trish ? Un problème ?

La légiste marque une petite pause, le temps de tirer sur sa cigarette probablement.

— Non, pas vraiment. Je voulais juste savoir à qui je dois envoyer le rapport concernant les meurtres au couteau que m'a demandé Caldwell maintenant qu'il est mort ?

Cameron a envie de frapper son volant de toutes ses forces ou de hurler tandis que cette menace en suspens resurgit dans sa mémoire. Il est englué dans la toile que Caldwell a tissée pour le prendre au piège ! Il ne s'en sortira jamais. Pourtant, il parvient à maîtriser sa voix pour questionner Trish.

— Quels sont les résultats ? As-tu pu établir un lien ?

Elle soupire.

— Tu parles ! J'ai perdu mon temps. Certains ont été poignardés par-derrière, de bas en haut ou de haut en bas, d'autres, égorgés en partant de la droite ou de la gauche, d'autres éventrés… Tout ça pour dire que je ne vois pas comment je pourrais établir un parallèle entre eux et encore moins avec les traces de torture sur le corps de Suzy Ender. Caldwell a voulu faire du zèle, paix à son âme, mais je pense que ces types ont été tués dans des règlements de comptes entre bandes rivales. Je ne vois pas de tueur en série derrière tout ça.

— Merci pour tes recherches, Trish. Je suppose qu'on peut classer sa demande.

— Je le pense aussi. Salue tes parents de ma part et dis-leur que je les appellerai bientôt pour organiser un barbecue.

— Sans faute. À bientôt, Trish.

Elle raccroche. Cameron adresse une prière muette à l'attention de Max qui l'a vraiment bien formé. Il a appliqué ses préceptes et il s'en sort haut la main, même si la demande de l'agent spécial lui a donné des sueurs froides et aurait pu lui coûter très cher. Il doit bien l'admettre.

L'horizon s'éclaircit totalement devant lui. Enfin presque.

Il quitte l'I-10 au niveau de la sortie 166. Bientôt, il se gare devant l'accueil du Triple C's Campground & RV Park.

Quand il entre, un homme âgé d'une petite quarantaine d'années se tient derrière le comptoir.

— Bonjour !

— Bonjour, je suis le lieutenant Diver.

L'homme regarde sa plaque de police avant de hocher la tête.

— Ah oui ! C'est encore au sujet de la fusillade ? déplore-t-il en soupirant. Quelle tuile pour nos affaires ! Et les médias qui répètent en boucle le nom du camping… On a perdu plusieurs clients et des réservations ont été annulées. Comme si on y était pour quelque chose ou que l'endroit était devenu un repaire de brigands !

— Je suis désolé, répond Cameron. En fait, je ne suis pas venu pour ça. Je voudrais savoir si, sur la même période que les Ender, une jeune femme, seule, a été cliente de votre camping.

L'homme réfléchit.

— Vous voulez dire une fille qui serait arrivée en même temps qu'eux ?

— Oui, mais inscrite séparément.

Le gérant sourit avec un air rêveur.

— Elle peut difficilement passer inaperçue. C'est une bombe, si vous voyez ce que je veux dire !

Cameron retient son souffle.

— Je peux en savoir plus sur elle ?

— Bien sûr ! Elle est arrivée, quelques heures après les Ender. Elle a demandé si on avait des mobile homes à louer pour quelques mois. On en avait justement un de libre. Pas très luxueux, mais ça lui convenait. Elle a mis fin à son contrat, il y a quelques jours à peine.

— Je peux avoir son nom ?

— Je dois pouvoir trouver ça dans mes dossiers, attendez voir…

Il se retourne vers un casier métallique dans lequel il fouille avant de sortir une fiche.

— Voilà ! Elle s'appelle Amber McAdam.

Cameron chancelle. Non !

— Ça ne va pas ? s'inquiète le gérant. Vous êtes tout pâle.

Cameron se reprend.

— Si, si. Vous a-t-elle montré des papiers d'identité ?

— On ne demande pas ça pour nos mobile homes ! Et encore moins pour les clients comme elle qui paient un mois d'avance et n'ont aucun retard de loyer ensuite.

— Je vois. Pouvez-vous me la décrire ?

Cameron a besoin de l'entendre, même si cela lui fait un mal de chien.

— Comme je vous l'ai expliqué, c'est un sacré beau brin de fille, mais trop farouche pour se laisser approcher.

— Et physiquement ?

— Elle a les cheveux longs, châtain clair, qu'elle relevait souvent avec une pince. Bien foutue. Une bouche à se damner. Un regard vert qui vous donne des palpitations…

— Avez-vous noté la plaque minéralogique de sa voiture ou le modèle ? le coupe Cameron.

— C'était une voiture étrangère, une Yaris beige. Je n'en sais pas plus, désolé.

La mort dans l'âme, Cameron clôt l'entretien.

— Merci pour votre aide.

— Hé, elle était dangereuse, elle aussi ?

— Non. Elle n'a rien à voir avec l'autre enquête, ne vous en faites pas.

— Je me disais aussi…

Cameron sort de la maisonnette et rejoint sa voiture.

Après la fusillade, il n'a pas eu beaucoup de temps pour lui : il a été hospitalisé, ensuite il s'est occupé de réinstaller ses parents chez eux et de clore l'enquête. Il a donc simplement contacté Amber pour lui annoncer qu'elle n'était plus en danger et qu'elle pouvait par conséquent rentrer chez elle, dans sa prétendue colocation.

Elle s'est bien foutue de lui !

Les implications de ce qu'il vient de découvrir lui donnent le tournis. Amber telle qu'il croit la connaître existe-t-elle ? Après tout, elle a été envoyée par Max auprès de lui pour le surveiller ou pire !

Sans réfléchir, il compose son numéro de portable. À sa grande surprise, elle décroche à la deuxième sonnerie.

— Salut, Cameron ! Tout va bien ?

Il sent immédiatement ses résolutions fondre.

— Salut. Oui, ça va. J'ai enfin réussi à boucler l'affaire qui me prenait tout mon temps.

— On peut se voir alors ?

Comme il aimerait croire que sa joie est réelle !

— Tu es libre, ce soir ? tente-t-il, pressé de mettre fin à cette mascarade.

— Je n'ai rien de prévu.

— Tu viens chez moi ?

— Dans combien de temps veux-tu que je sois là ?

Cameron doit rentrer chez lui et préparer leur affrontement.

— Dans deux heures, ça te convient ?

— C'est parfait ! À tout à l'heure.

Quand elle raccroche, Cameron ne sait plus quoi penser.

70

Le corps à demi dissimulé par le battant, Cameron ouvre la porte. Amber affiche un grand sourire. Comme d'habitude, elle est à tomber ! Sa robe vert bouteille moule son corps à la perfection. Il se sent bête de l'accueillir ainsi, armé jusqu'aux dents, de sorte qu'il range son flingue dans le tiroir de la console de l'entrée.

— Salut, je peux entrer ? s'impatiente-t-elle.

— Je t'en prie.

Il se recule galamment pour la laisser passer. Elle s'arrête face à lui et se met à fouiller dans son sac à main. Il se tend, prêt à la désarmer si elle tente quoi que ce soit.

— Qu'est-ce que tu fais ?

— Je cherche… Attends une seconde…

Et soudain, elle sort un paquet volumineux qu'elle lui tend. Il recule d'un bond.

— C'est un cadeau pour toi.

Il se sent un peu stupide de réagir avec autant d'excès.

— Un cadeau ?

— Oui. Prends-le.

Elle le lui met entre les mains.

— Qu'est-ce que c'est ?

— On dirait que tu n'as jamais reçu de cadeau ! se moque-t-elle. Généralement, pour connaître le contenu, il faut l'ouvrir.

— Oh, oui ! Bien sûr !

Il s'exécute et déballe plusieurs livres en format poche, allant de l'intégrale du *Seigneur des Anneaux* de Tolkien à *Ça* de Stephen King, en passant par *Des souris et des hommes* de Steinbeck et *La Route* de McCarthy. Il les a tous lus, d'ailleurs ils faisaient partie de ses préférés, mais ils ont été détruits avec tout le reste par Randall et Dylon.

Il ne comprend pas à quoi elle joue, ni qui il a devant lui. Une ennemie ? Un leurre ? Une femme amoureuse ? Une énorme erreur de jugement ?

— Tu ne les aimes pas ? s'inquiète-t-elle en ne le voyant pas réagir.

— Si au contraire. Merci beaucoup, je suis très touché par cette attention.

Elle sourit et se glisse entre ses bras pour le serrer contre elle. Un geste de pure tendresse. Cameron se crispe.

— J'ai préparé à manger.

Elle s'écarte de lui.

— Génial ! Je meurs de faim !

Elle se dirige vers le salon. Cameron est complètement largué. Il ne sait plus s'il a fabulé ou si elle est particulièrement douée. Et en même temps, pourquoi jouer la comédie, ainsi ? Pourquoi ne passe-t-elle pas à l'attaque une bonne fois pour toutes ?

Il dépose les livres sur ses étagères vides avant d'aller chercher une bouteille de vin à la cuisine. Il la rejoint sur la terrasse, là où il a préparé la table, et les sert. Elle ferme les yeux en portant le verre à ses lèvres.

— Amber ? Je me rends compte que je ne sais presque rien de toi.

— Que veux-tu savoir ?

— Tu ne m'as jamais dit ton nom de famille, ce que font tes parents, quelles études tu as suivies… Enfin, ce genre de trucs.

Elle avale encore une gorgée de vin.

— C'est un interrogatoire, monsieur le flic ? s'amuse-t-elle.

— C'est le type d'informations qu'échangent deux personnes dans notre situation.

Elle sourit.

— Dans notre situation ! Hou… dit comme ça, ça fait super peur ! glousse-t-elle avant de voir qu'il est très sérieux. OK ! Je m'appelle Amber McAdam.

Cameron serre les dents. Et merde !

En même temps, la bonne nouvelle, c'est qu'elle ne sait pas qu'il est sur sa piste, sinon elle aurait donné un autre nom.

— Mon père est avocat et ma mère institutrice. J'ai un frère qui est chercheur dans un laboratoire. Je ne les vois pas très souvent.

Cameron fronce les sourcils en songeant que la description colle à la perfection à Donovan Moore et à sa famille, mais c'est impossible. Olivia Moore est morte dans un incendie, elle n'a pas été enlevée comme lui et les autres.

— Et toi ?

Comme si elle l'ignorait…

— Mon père travaillait à la Cour suprême de Floride avant de prendre sa retraite et ma mère est bénévole dans diverses associations. Je les considère comme tels, mais en réalité, ce ne sont pas mes parents. J'ai été adopté.

Elle ne saisit pas la perche tendue de la façon dont il s'y attend.

— Tu as cherché à connaître tes parents biologiques ?

— Je sais qui ils sont. Ou plutôt qui ils étaient. Ils sont morts, tous les deux.

— C'est triste.

— Ils ont été tués par une ordure, un homme sans scrupules.

Il plante son regard dans le sien, cependant elle ne réagit pas à sa provocation.

— Mais passons… Ce qui est arrivé à ma mère adoptive il y a peu me touche beaucoup plus. Elle a été agressée chez elle et poussée dans un escalier.

Amber repose son verre d'un air grave.

— Pourquoi ne me l'as-tu pas dit avant ? Je ne le savais même pas. J'aurais pu être à tes côtés pour t'aider à traverser cette épreuve, te soutenir…

Décontenancé, il perd du terrain.

— Je suis désolé…

Merde ! Désolé de quoi ? C'est peut-être elle qui a poussé Lynda dans le dos pour qu'elle se brise les os. Il perd la tête ou quoi ?

Il se lève et rejoint le barbecue. Il revient avec un plat chargé d'une côte de bœuf et de pommes de terre cuites dans du papier aluminium au milieu des braises.

— Ça a l'air délicieux.

— Je l'espère bien !

Il voit un peu ça comme le dernier repas du condamné vu que l'un d'entre eux ne ressortira pas vivant de cette soirée. Ils commencent à manger. Elle soupire de bonheur.

— Je pourrais m'habituer à cette vie. Méfie-toi !

La perplexité de Cameron est à son comble alors qu'elle répond à chacune de ses questions concernant ses études, ses goûts, son passé et ses projets d'avenir dans lesquels elle l'intègre systématiquement.

Elle ne laisse aucune zone d'ombre. Et plus elle se met en lumière et plus il plonge dans les ténèbres.

— Alors, je suis en état d'arrestation, lieutenant Diver ?

Il laisse échapper un sourire crispé.

— Pas pour le moment.

Elle se lève et contourne la table pour lui prendre la main et l'attire vers elle.

— Je te trouve bien trop sérieux, ce soir.

Il la suit jusqu'à sa chambre. Il ne sait plus du tout où il en est. Doit-il la repousser ?

Elle pose ses lèvres sur les siennes. Et il comprend qu'il est incapable de faire preuve d'une telle détermination. Une voix s'élève en lui pour lui rappeler qu'elle agit ainsi sur ordre de Max ! Une autre lui répond qu'il est mort et que plus personne ne l'oblige à coucher avec lui.

Cameron a l'impression qu'il va imploser sous la pression de son cœur et de sa raison qui s'opposent avec violence. Alors, il muselle toutes ses pensées contradictoires. Il la déshabille et la rejoint sur le lit.

Son corps parfait répond à chaque sollicitation du sien. Elle est devenue si importante pour lui en si peu de temps. Il l'aime, bon sang !

Sous le choc de cette révélation, il comprend que Max a trouvé l'arme parfaite contre lui. Il ne pourra pas la tuer, même si sa vie en dépend. Cameron ferme les yeux.

— Tout va bien, Cameron ?

Il pose ses lèvres sur la peau lisse de son ventre.

— Oui.

Et elle ? Qu'éprouve-t-elle, au moment de coucher avec son ennemi ?

Désespéré par ce nouvel éclair de lucidité douloureuse, il s'enfonce en elle. Elle ne repousse pas cet assaut brutal, au contraire, elle l'accueille en se cambrant et en gémissant. Il la hait pour ça, pour ce bien-être et cette souffrance combinée, pour tous ses mensonges auxquels il a accepté de croire.

Et s'il la tuait maintenant pendant qu'elle est à sa merci ? Il se redresse sur les genoux et pose ses mains autour de son cou. Il serre légèrement. Elle ouvre les yeux et la passion à l'état brut qu'il lit dans son regard lui fait piteusement lâcher prise.

Il est foutu. Les soupirs de plaisir d'Amber annihilent sa combativité. Son corps qui enserre délicieusement le sien le rend plus servile qu'un chien. Il jouit sans plus se poser de questions.

Anéanti par cette lutte qu'il vient de mener contre son instinct, il roule sur le côté. Les battements affolés de son cœur et son souffle s'apaisent lentement.

C'est à cet instant qu'il perçoit un mouvement fluide à la périphérie de son regard. Il a à peine le temps de voir la lame qui plonge vers sa gorge.

71

Trish Garrow se gare le long du trottoir. Les aboiements de ses chiens lui vrillent les tympans comme chaque fois qu'elle les emmène en voiture. Elle doit être maso pour traîner ses clebs partout !

Elle soupire avant de leur crier de se taire. Surpris, ils marquent un bref instant de silence et elle a l'audace de croire qu'elle a gagné. Tu parles ! Cortex, le plus ancien de la bande, se remet à japper sans raison et les autres suivent sans même chercher à comprendre.

Vidée avant même de commencer, elle ouvre la portière et se laisse glisser jusqu'au sol. Les douleurs dans ses os lui rappellent qu'elle n'est plus toute jeune et que ces conneries ne sont plus de son âge. Elle devrait passer le relais, laisser à d'autres ce genre de nuits agitées…

— Bonjour, docteur Garrow ! Je vous montre où se trouve le corps ? Suivez-moi, c'est par ici.

Elle tire sur sa cigarette et souffle la fumée vers la bouille juvénile de ce jeune homme, Rudy Seller, qui vient d'être affecté récemment dans son service. S'il croit qu'elle ne l'a pas vu arriver avec ses dents qui rayent le parquet. Elle se redresse pour montrer qu'elle est encore combative, malgré son allure dépenaillée.

— On y va dès que… ah ! Vous ! Là…

Comme toujours, elle charge un jeune policier de promener ses chiens. Dès qu'il s'éloigne avec eux, elle respire mieux. Elle emboîte le pas de Rudy Seller qui se remet à jacasser.

— La victime est un homme.

Rudy est un « fils de ». Il a été chaudement recommandé par les amis des amis de son paternel dont l'influence politique n'est plus à démontrer et qui ne cesse de glisser à l'oreille de son réseau que son parachuté de fils mériterait la place qu'elle occupe actuellement.

Trish n'a rien contre le fait de passer la main un jour, à une exception près. Elle veut transmettre son service à une personne compétente, apte à assurer une continuité sans heurts, tant au niveau des morts et de leurs familles que des vivants travaillant aujourd'hui sous ses ordres. Ce jeune homme n'a ni la maturité, ni les connaissances, ni les capacités, ni même la lucidité pour comprendre qu'il n'est pas à la hauteur. D'où son aversion pour lui.

Derrière lui, elle longe l'angle d'un immeuble en brique et oblique dans une ruelle perpendiculaire. L'éclairage municipal se reflète sur l'asphalte mouillé par les pluies récentes et enveloppe toute l'allée dans un halo orangé. Un petit attroupement cantonné au-delà du périmètre de sécurité marqué par les rubans jaunes lui indique la direction à suivre. En arrivant près du corps, elle salue tout le monde à la ronde.

Un policier s'avance vers elle.

— Bonjour, doc ! Pas trop dur le réveil ultra-matinal ?

Elle soupire.

— Arrête avec ça ! Tu vois bien que j'ai encore les yeux fermés !

Il rit avant de lui donner quelques informations.

— Voilà ce qu'on sait. La femme qui est là-bas…

Il la lui montre du doigt.

— … est sortie du bar voisin avec le type qui est en train de rendre ses boyaux un peu plus loin. Le choc de la découverte l'a un peu secoué, explique-t-il en haussant les sourcils.

Trish grimace.

— En passant devant cette ruelle, ils ont été pris d'une envie subite. Ils se sont rués dans le noir et ont eu la surprise, au milieu de leur partie fine, de tomber sur le corps que voici.

Trish s'accroupit pour procéder aux premières observations.

— Alors ? demande-t-il après plusieurs minutes.

Elle se redresse lentement en grimaçant.

— Je crois que je me fais trop vieille pour ces conneries…

— Ne dis pas ça ! la reprend son interlocuteur. Je pense au contraire que c'est ce qui te maintient en pleine forme.

En parlant, il montre la ruelle mal éclairée et le corps qui macère face contre terre dans une flaque huileuse et nauséabonde.

— Arrête tes bêtises, glousse-t-elle.

Seller tourne autour d'eux comme une mouche. Elle se place devant lui.

— C'est bon pour les photos ? Vous avez quadrillé la scène ? Je peux le retourner ?

Elle sait que Marco, un autre assistant, s'en est occupé. Elle veut juste montrer à ce gosse à quel point il est largué.

— Heu… non, docteur Garrow.

Il regarde autour de lui, paniqué, cherchant un responsable à ce fiasco.

— Et toi, Marco, tu as photographié la scène ?

— C'est fait, boss !

Trish lance un regard explicite vers Rudy.

— Et il est déjà en train de préparer la suite des opérations. Voilà ce qu'est un vrai professionnel.

— Oui, docteur Garrow.

La tonalité de l'échange alerte le flic qui lance un regard étonné vers elle. Pour toute réponse, elle lève les yeux au ciel.

— Je t'expliquerai. Allons-y.

Avec l'aide du policier, Trish attrape les épaules du mort et le tourne sur le côté. Surprise, elle lâche un glapissement horrifié.

— Oh mon Dieu !

— Ça va, Trish ?

— Oui. Oui. Ça va. Je me suis juste arrosée avec cette mixture infâme. Tout va bien. On recommence, Cameron.

Il approuve. Une seconde plus tard, la victime repose sur le dos. Cameron tend la main vers la poche intérieure du blouson trempé. Il trouve son portefeuille.

Trish a repris l'inspection sommaire du cadavre en écartant les pans de sa chemise.

— Il est mort poignardé. Un coup au cœur. Son corps a été déplacé. Il ne s'agit pas de la scène de crime.

— Il s'appelait Brice McAllistair.

Elle se redresse.

— On remballe ! Et ta maman, ça va ?

Cameron note ces premières données dans un carnet. Il s'interrompt pour lui répondre, si habitué à ses changements de sujet intempestifs qu'ils ne le surprennent plus.

— Oui. Les médecins avaient raison à son propos. Elle s'est bien remise de ses fractures. Elle marche normalement à présent. Papa est ravi et soulagé de pouvoir profiter d'elle à plein temps maintenant qu'elle est de nouveau mobile et en retraite. Pour fêter ça, il lui a proposé de partir en voyage à Hawaï.

— Elle en a de la chance.

Trish emmaillote les mains du mort dans des sachets en plastique et adresse un signe à Marco. Avec deux autres collègues, ils placent le corps dans un sac mortuaire.

— C'est sympa Hawaï…

— Je suis content pour eux, ça va leur faire du bien, cette escapade.

— Docteur Garrow, l'interrompt encore Seller, nous sommes prêts à partir.

— Très bien, j'arrive, s'impatiente-t-elle.

Cameron la salue avec affection.

— Je pourrai te raconter la suite devant le prochain cadavre !

— Je vais prendre ma retraite, l'avertit-elle avec un air de défi dans les yeux.

Il rigole.

— Je ne te crois pas !

— Et tu as raison, soupire-t-elle. Allez ! À la prochaine !

72

Cameron coupe son moteur. Il est rentré au poste de police pour taper son rapport préliminaire, et de fil en aiguille, il est déjà six heures du soir.

Il tourne la poignée et pénètre chez lui.

Sa vie a radicalement changé depuis cette nuit durant laquelle Amber a essayé de le tuer. Il ferme brièvement les yeux pour laisser les souvenirs revenir.

Quand il a perçu un mouvement fluide à la périphérie de son regard, il a immédiatement réagi et bloqué son attaque d'une main et braqué sur elle le flingue qu'il avait caché sous son oreiller de l'autre.

L'expression de la jeune femme n'était même pas haineuse, alors que la lame de son couteau venait de passer à un cheveu de sa carotide. Consciente qu'il était plus fort qu'elle physiquement, elle a battu en retraite, sans lâcher son arme.

— Tu avais l'air si étrange ce soir. Tu as tout compris, n'est-ce pas ?

— Pourquoi, Amber ?

La douleur broyait son cœur, pourtant il était soulagé qu'elle se soit enfin décidée à retirer son masque.

— Pourquoi ? Tu oses me demander pourquoi, alors que tout est ta faute, Cameron.

— Ma faute ? a-t-il demandé, abasourdi.

— Si tu n'avais pas pris la fuite, jamais Max n'aurait eu besoin de m'enlever à ma famille. Si tu ne l'avais pas trahi, il n'aurait pas eu besoin de me créer pour te punir.

Cameron a senti la colère gronder en lui.

— Max est mort ! Tu ne lui dois plus rien !

Une lueur de perplexité a envahi son regard.

— Que dis-tu ?

Il a reculé hors de portée et s'est assis face à elle.

— Moi aussi, il m'a créé pour exécuter ses volontés. Pourtant, je me suis affranchi. Rien ne t'empêche de faire la même chose, surtout maintenant qu'il ne te donnera plus jamais d'ordres.

Sans s'en rendre compte, elle a laissé retomber son arme de quelques centimètres.

— Tu es en train de négocier pour sauver ta vie ? s'est-elle moquée. Le brillant Cameron en est réduit à supplier pour survivre quelques secondes de plus.

— Il ne s'agit pas de survivre, Amber ! Il s'agit de vivre, enfin ! Laisse-moi t'aider.

— Comme tu as aidé Dylon ?

Il a refermé la bouche, douché par ce douloureux rappel.

— Je ne voulais pas le tuer, mais il m'a supplié de le libérer…

— Il ne supportait plus de vivre ainsi, a-t-elle fini par admettre après un silence.

— Tu le savais ?

— Oui. Sa souffrance crevait les yeux.

Son visage s'est durci à nouveau et sa posture est redevenue menaçante.

— C'est ce que tu proposes, Cameron ? Tu veux me tuer, moi aussi ?

— Ne sois pas stupide ! Tu as bien compris que je suis incapable de te faire du mal !

Il s'est senti idiot d'avoir abaissé si vite son jeu. Cependant, elle avait l'air plus surprise par ce qu'il venait de dire que décidée à profiter de cet aveu de faiblesse.

— Pourquoi ?

Cette question pleine d'espoir et de curiosité prouvait à elle seule qu'Amber restait ouverte à la discussion.

— Raconte-moi ton histoire, a exigé Cameron.

Bon, il l'avait un peu sous-estimée, il doit bien l'admettre. Profitant de sa distraction, Amber s'est jetée sur lui. Il a bloqué son poignet, mais la lame a ripé sur son avant-bras en arrachant un lambeau de peau. Il a juré et l'a repoussée violemment hors du lit. Elle a fait mine de se redresser, mais il a pointé son arme sur sa tête en retirant le cran de sécurité.

— Comment t'es-tu retrouvée entre les sales pattes de Max ? Dis-le-moi ! a-t-il aboyé.

Elle a gardé le silence quelques secondes avant de céder.

— Tu aurais dû envoyer Jonathan Moore en prison, mais tu as préféré fuir. Max a dû trouver une autre méthode pour se venger de Donovan Moore.

— Donovan Moore est ton père, n'est-ce pas ?

Elle a semblé perdue pendant un instant.

— Oui. Il était mon père biologique et Max voulait toujours le punir. Alors, il s'est rabattu sur moi, la benjamine de la famille. Et afin que personne ne puisse jamais retracer mon existence et établir un lien supplémentaire avec lui, il a simulé ma mort. Ils ont placé le corps d'une autre gamine dans mon lit et ont mis le feu au matelas. La maison a été réduite en cendres et Olivia Moore est décédée ce jour-là, à l'âge de huit ans.

Elle a fermé les yeux, plongée dans les souvenirs douloureux.

— Max a immédiatement commencé à me former pour que je prenne ta relève au couteau. C'était horrible. J'avais huit ans et je me souvenais de chaque détail de ma vie précédente. Je voulais y retourner, mais Max disait que si je m'échappais, il tuerait toute ma famille. De sorte que j'ai encaissé les coups, supporté la faim et la peur. J'ai appris à tuer. J'obéissais à ses ordres sans discuter, comme les deux autres.

— Randall et Dylon ne t'en ont pas trop fait baver ? a voulu savoir Cameron.

— Pas au début…

Cameron a compris immédiatement que quelque chose clochait dans sa réponse.

— Ne me dis pas que l'un d'eux est ton enfoiré d'ex ?

— Et où veux-tu que j'aie rencontré un garçon alors que nous vivions coupés du monde et en totale autarcie ?

Cameron a retenu son souffle en voyant son regard s'assombrir.

— Quand j'ai eu quatorze ans et que mon corps a commencé à changer, Randall s'est mis à me tourner autour. Il ne cessait de faire des allusions douteuses.

Il se débrouillait pour qu'on se retrouve seuls le plus souvent possible. J'avais peur de lui, mais je me pensais vraiment capable de le repousser. Tu parles ! Il a profité de l'absence des autres pour…

Une larme a perlé à ses paupières. Cameron aurait voulu la prendre dans ses bras pour la consoler, mais il s'est retenu à cause du couteau toujours pointé vers lui.

— Je suis désolé pour toi. Tellement désolé. Ce porc est mort beaucoup trop rapidement à mon goût ! Si j'avais su…

Malgré la gravité des faits, elle a souri.

— Ne t'inquiète pas pour ça. Suzy s'est rendu compte de ce qu'il m'avait fait. Max est devenu fou de rage. Il a tabassé Randall qui a dû garder le lit pendant plusieurs semaines après ça. Max a presque failli le tuer.

Cameron a alors dû expliquer à Amber que Max avait été violé par ses codétenus en prison. C'était la seule chose qu'il ne pouvait pas tolérer de la part de ses créatures et surtout pas sous son toit.

Malgré ce brutal rappel à l'ordre, Amber a continué de vivre sous pression. Randall n'a jamais cessé de la désirer, même s'il a compris que la force n'était pas la solution. Il a tout tenté pour la remettre dans son lit, mais comment aurait-elle pu supporter son contact après ce qu'il lui avait infligé ? C'était bien assez de sentir ses regards de convoitise sur elle, puis sa jalousie maladive quand il a compris qu'elle couchait avec Cameron et qu'elle aimait ça.

— Après ça, j'ai réussi à faire admettre à Max que mes capacités seraient bien mieux employées ailleurs.

— Ailleurs ?

— Je lui ai expliqué que sa manière de voir nous maintenait coincés à l'âge de pierre et que notre façon de traquer nos victimes était dangereuse et archaïque. Il a fini par comprendre que pour être capable d'attaquer la société en profondeur, il fallait utiliser ses forces contre elle.

Cameron a souri en imaginant Max, coincé face à ses propres mensonges et incohérences à propos du système qu'il prétendait combattre.

— Il t'a écoutée ?

— Oui. Il m'a acheté un ordinateur.

— Et il n'a pas eu peur que tu l'utilises contre lui ?

Amber a serré les dents.

— Il y a bien eu un moment où tu as exécuté les tâches qu'il te confiait sans te poser de questions, Cameron. J'ai fait pareil que toi. J'ai utilisé cet ordinateur dans un seul but : Max. À ma propre surprise, je me suis révélée étonnamment douée avec les machines. Je lisais des manuels, j'apprenais, j'essayais. Et un jour, j'ai été capable d'inventer des programmes et de mettre au point des combines grâce auxquelles je suis devenue la principale pourvoyeuse de fonds du groupe.

— À quel moment as-tu compris que Max nous mentait et nous utilisait pour assouvir ses petits plans mesquins ?

À ce moment-là, Cameron ne voyait plus que le couteau qui pendait inutilement dans la main d'Amber.

— Je l'ai compris quand je suis entrée chez toi et que j'ai vu tes étagères remplies de tous ces livres, CD et films. Je me suis dit que si toi, le préféré, tu avais fui pour retrouver ce monde-là, c'est qu'il devait en valoir la peine.

— Tu veux parler de toutes les affaires que Randall et Dylon ont détruites ici ?

— L'idée venait de moi, a-t-elle admis, les yeux baissés.

Cameron a encaissé la nouvelle avec un rictus douloureux.

— Je vois…

Presque gênée par son expression peinée, elle a tenté de se justifier.

— C'est pour trouver tes points faibles que j'ai été envoyée à tes côtés.

— Le couteau dans la poche de la veste de Maggie Carpenter, c'était toi aussi ?

— Oui. Je l'ai pris dans ta boîte à gants le soir où je t'ai rejoint pour manger un risotto, juste après que tu as tué ce dealer dans le parc.

Au point où il en était, il avait besoin de connaître toutes les implications d'Amber dans ses malheurs.

— Et ma mère ?

— Je ne l'ai pas poussée, mais j'étais avec eux ce soir-là.

Sous l'effet de la colère, Cameron n'a pas pu se retenir de pointer à nouveau son arme vers elle, avant de prendre une grande inspiration et de la reposer.

— Comment ont-ils retrouvé ma trace ?

— Un jour, Suzy est sortie de leur chambre, affolée. Elle a demandé à Max de la rejoindre de toute urgence. Je les ai entendus commenter le reportage télé dans lequel tu étais en train de passer. Ils étaient dans tous leurs états à l'idée que tu sois devenu flic. Max est sorti de la pièce et il nous a ordonné de préparer le départ. En chemin, il nous a expliqué son plan : la mise en place d'une étroite surveillance, les meurtres perpétrés par Randall pour attirer ton attention, la destruction de tout ce à quoi tu tenais, puis ta mise à mort.

— Et toi, dans tout ça ?

— Malgré tous mes entraînements et mes capacités, Max m'a annoncé que mon rôle se limiterait à te séduire.

Il a senti toute son amertume et c'est avec angoisse qu'il a posé la question dont il redoutait la réponse.

— Il t'a expressément demandé de coucher avec moi ?

— Oui, a-t-elle admis à contrecœur.

— Rien ne t'obligeait à le faire ! Pourquoi, Amber ?

Il a dû insister, arme à l'appui, pour qu'elle lui révèle progressivement la vérité.

Pour les détails pratiques, Max avait chargé Suzy de former Amber. Elle lui a expliqué ce qui devait normalement se passer entre un homme et une femme. Elle l'a rassurée. Elle lui a donné des conseils pour lui plaire. Bref, sans le vouloir, elle a facilité le rapprochement entre eux grâce à la curiosité qu'elle a éveillée en Amber et qu'il a récompensée sans même en avoir conscience.

La jeune femme n'arrivait pas à détester Cameron comme elle aurait dû le faire alors qu'il s'était montré si doux et gentil avec elle lors de leur première nuit et toutes les suivantes.

Plus libre de ses mouvements que les deux autres, elle était venue le retrouver bien plus souvent que nécessaire, comme un papillon attiré par la flamme. Elle était allée jusqu'à cacher leur rupture à Max et à inventer une menace pesant sur ses épaules pour renouer avec Cameron.

C'est là que le plan de Max avait définitivement pris l'eau.

Même si Cameron s'est senti doublement mortifié en découvrant les dessous de la stratégie de Max, il a été contraint d'admettre l'évidence.

— Je suis content que tu l'aies fait, Amber.

— Tu n'es pas censé être content, tu es censé être mort ! a-t-elle pesté.

Comme cette tirade n'a été accompagnée d'aucun geste agressif, Cameron a avancé d'autres pions.

— Maintenant, tu as deux possibilités. Soit tu me tues et tu deviens une fugitive pour le reste de tes jours. Et Max aura gagné. Soit tu acceptes de reconnaître que nous sommes pareils, tous les deux, et que nous pouvons nous entraider.

— Nous entraider ? Comment ?

— Plus rien ne nous oblige à obéir à Max maintenant qu'il est mort ! Tu comprends ?

Au moment de se jeter dans le vide, il a buté sur les mots, comme un adolescent invitant sa première copine à sortir.

— Viens habiter avec moi. On s'entend plutôt bien quand on ne cherche pas à s'entretuer. Tu ne trouves pas ?

— Tu me proposes de m'installer ici ? s'est-elle exclamée avec surprise.

Il a hoché la tête avec conviction.

— Nous avons une chance de réparer tout le mal que Max nous a fait. Tu la laisserais filer ?

— Tu sous-entend de vivre une vie normale ? Deux tueurs comme nous ? Alliés et coincés dans une existence ordinaire ? Et je ne te parle même pas du fait que je n'ai aucune identité !

Cameron a écarté son objection d'un geste.

— Ne te réfugie pas derrière une excuse aussi bidon, alors que tu m'as avoué que tu sais presque tout faire avec un ordinateur entre les mains ! La vraie question, c'est de savoir si tu acceptes ma proposition ou pas.

Au tour d'Amber d'être perdue.

— C'est vraiment ce que tu désires ? Vivre avec moi ? Alors que mes capacités se résument à tuer et à voler les gens ?

Elle s'est mise à rire nerveusement.

— D'ailleurs, tu nous imagines parents, en train d'emmener nos gosses à leurs leçons de musique ou de sport ? Que leur dirons-nous ?

Parents ? Ah, les femmes ! Elle avait été bien plus loin que lui dans ses réflexions, évidemment. Et il doit admettre que cette projection l'a terrifié : se caser, avoir des gosses, empêcher qu'il leur arrive du mal, bien les élever pour qu'ils soient polis, mais aptes à se défendre…

Il a pourtant pris sur lui pour afficher une expression sereine.

— Nous leur dirons la vérité officielle : je suis policier et toi… informaticienne, a-t-il proposé.

À ce rappel, elle s'est refermée.

— Mes combines n'ont rien de légal, Cameron. Et je suis parfois amenée à tuer des gens pour couvrir mes traces. Et en tant que flic…

— J'ai moi aussi mes petits passe-temps !

— Tuer des dealers ?

Ils sont restés songeurs tous les deux. Seule leur part sombre pouvait rendre acceptable celle de l'autre. Si Cameron l'avait déjà compris à ce moment-là, Amber est parvenue tout doucement à la même conclusion.

— Et entre deux meurtres pour pimenter notre quotidien, tu nous crois vraiment capables de supporter la routine ?

Cameron a ri.

— Parce que tu penses que vivre avec une tueuse dont je devrai peut-être couvrir les traces en tant que flic sera routinier ? Tu penses vraiment que si tu me mettais en danger avec tes activités, je ne saurais pas trouver une solution radicale pour me débarrasser de toi ? Tu imagines que je suis assez stupide pour croire que le jour où on se disputera, tu ne tenteras pas de me planter un couteau dans le cœur ?

Il a haussé les épaules.

— Et dans le pire des cas, si un jour nous décidions de nous ranger, nous ne ferions rien de plus que de redevenir des gens normaux.

Elle a éclaté de rire. Cameron s'est alors rendu compte de la valeur de ce son que personne d'autre n'avait probablement jamais entendu.

— J'ai compris le message. Nous resterons toujours des bêtes sauvages sous des dehors civilisés.

— Je pratique l'exercice depuis très longtemps. Il demande de la maîtrise, mais c'est faisable.

Oui, c'est faisable. La preuve, leur arrangement tient depuis plus d'un an.

— Salut, Cameron ! Ta mère a appelé. Elle veut nous inviter à dîner avant leur départ pour Hawaï. J'ai dit oui.

Il revient au présent et à Amber qui est assise sur le canapé, un livre à la main. La jeune femme a immédiatement plu à ses parents. Et la réciproque est vraie.

— Génial ! Ils vont pouvoir nous narguer avec leur voyage de rêve…

Elle lui lance un sourire resplendissant quand il la rejoint.

— Alors, ta journée ?

— J'ai hérité de l'enquête sur ta dernière œuvre : Brice McAllistair.

— Il nous a rapporté la modique somme de trente mille dollars. Qu'en dis-tu ?

Cameron s'assoit près d'elle.

— Tu as bien fait disparaître toutes tes traces, n'est-ce pas ?

— Bien sûr ! répond-elle en haussant un sourcil amusé. Toi et tes collègues, vous ne trouverez rien !

Il sait qu'elle a raison car c'est la troisième fois qu'il enquête sur les meurtres de sa compagne et il n'a pas encore eu besoin d'intervenir pour l'aider.

— Beau boulot !

— Je sais, admet-elle sans fausse modestie.

Elle l'embrasse.

— Et après avoir tué ce type, comment tu as occupé ton temps ? demande-t-il avec un clin d'œil.

Officiellement, Amber travaille dans une association pour aider les femmes victimes de violences physiques et sexuelles. Tout comme Cameron qui est devenu policier pour expier, Amber a choisi cette voie pour sa rédemption. Ce qui ne les empêche ni l'un ni l'autre de poursuivre leurs activités illicites et de se couvrir mutuellement, voire d'agir de concert quand ils en éprouvent le besoin.

— Wanda est passée aujourd'hui. Nous avons beaucoup parlé. J'ai l'impression qu'elle a enfin compris que son mari ne cessera jamais de la frapper.

Pendant qu'il va chercher une bouteille, elle prend des verres dans le vaisselier. Il verse le vin rouge.

— Elle est prête à le quitter ?

— Pas encore tout à fait.

— Tu veux que j'aille le buter pour accélérer la manœuvre ?

Elle attrape son verre et se cale contre Cameron.

— Pourquoi pas ? répond-elle en trinquant avec lui.

Ils savent tous les deux que c'est une plaisanterie. Deux super-prédateurs de leur espèce n'iront jamais se compromettre dans une banale histoire ménagère.

— Bon, il faut que je me lance… j'ai quelque chose à t'avouer, Cameron.

En voyant son expression coupable, il ressent un bref moment d'inquiétude.

— J'ai voulu faire une lessive, mais j'ai mélangé les couleurs. Tes chemises sont toutes devenues… roses.

Il se retient de rire.

— On était pourtant d'accord sur la répartition des tâches…, la sermonne-t-il.

— Je sais manier à peu près n'importe quelle arme, j'ai cru qu'une machine à laver ne me résisterait pas !

— Cantonne-toi aux ordinateurs et aux couteaux, suggère-t-il.

— Et aux grosses coupures ? susurre-t-elle avec une moue taquine.

Il repense au cadavre exsangue qu'elle a abandonné cette nuit dans la ruelle.

— Et aux grosses coupures, confirme-t-il.

Max n'a pas fait exprès de placer cette femme sur sa route. Enfin si ! Mais il n'envisageait certainement pas que ses anges déchus trouveraient aussi facilement leur équilibre parmi les simples mortels.

Remerciements

Je remercie infiniment les quatre personnes qui m'ont apporté un regard pertinent et des conseils judicieux pendant l'écriture de ce livre : Jacques Saussey, Pat, Martine Giacometti et Olivier Norek.

Et je n'oublie pas mes autres primo-lecteurs habituels : Marilyne, André et Fabienne. Vous êtes des cobayes sensas !

Cette fois, un petit nouveau s'est greffé à l'aventure : Gabriel, mon fils. Merci pour ta large contribution à la découverte du titre de ce livre au cours d'un brainstorming familial. La relève est assurée !

Je remercie également mon éditeur, Glenn Tavennec, et toute la team de La Bête Noire pour le travail accompli, la qualité des échanges et des relations.

Je tiens à saluer aussi l'équipe de Pocket qui contribue largement à l'existence de mes livres.

Et toujours un immense merci aux libraires, blogueurs, lecteurs et amis qui me soutiennent depuis le premier jour.

Nous formons une belle équipe.

« [illegible] d'ingéniosité [illegible] [illegible] l'auteur [illegible] »

Olivier Norek

Claire FAVAN

« Seule ici fort » Cela pourrait être un appel au secours désespéré. Du jeune Nils, [illegible] Marqué par la disparition inexpliquée de sa sœur, il est contraint de vivre dans un foyer brisé par l'incertitude et l'absence. Du lieutenant Adam Gibson, ensuite. Chargé de diriger l'enquête sur la découverte d'un effroyable charnier dans l'Alabama, il doit rendre leur identité à chacune des femmes assassinées pour espérer remonter la piste du tueur. Mais Adam prend le risque de trop, celui qui va inverser le sens de la traque.

Cet ouvrage a été composé et mis en pages
par ÉTIANNE COMPOSITION
à Montrouge.

#lisez! engagé
www.lisez.com
Pour plus d'information :
Imprimé sur du papier issu de forêts gérées durablement.

Achevé d'imprimer en janvier 2024 par
La Nouvelle Imprimerie Laballery
58500 Clamecy (Nièvre)
N° d'impression : 312335

S27988/07

Pocket, 92 avenue de France, 75013 PARIS

Imprimé en France